本书出版得到以下项目的资助：

广东海洋大学文学与新闻传播学院中国语言文学重点学科经费

广东海洋大学科技处重大科研成果培育计划（人文社科）经费

广东海洋大学发展规划处学科建设经费

新时期以来中国文学的
市井意识研究

XINSHIQI YILAI ZHONGGUO WENXUE DE
SHIJING YISHI YANJIU

肖佩华／著

群言出版社

QUNYAN PRESS

图书在版编目（CIP）数据

新时期以来中国文学的市井意识研究/肖佩华著.
－北京：群言出版社，2021.7
ISBN 978-7-5193-0657-1

Ⅰ.①新… Ⅱ.①肖… Ⅲ.①中国文学－现代文学－文学研究
②中国文学－当代文学－文学研究 Ⅳ.①I206.6

中国版本图书馆 CIP 数据核字（2021）第 112940 号

责任编辑：杨　青
封面设计：品诚文化

出版发行：群言出版社
地　　址：北京市东城区东厂胡同北巷 1 号（100006）
网　　址：www. qypublish. com（官网书城）
电子信箱：qunyancbs@126. com
联系电话：010－65267783　65263836
经　　销：全国新华书店

印　　刷：四川科德彩色数码科技有限公司
版　　次：2021 年 7 月第 1 版　2021 年 7 月第 1 次印刷
开　　本：710mm × 1000mm　16 开
印　　张：12.75
字　　数：230 千字
书　　号：ISBN 978-7-5193-0657-1
定　　价：39.80 元

序

　　肖佩华的中国现当代文学研究专著《新时期以来中国文学的市井意识研究》即将出版，他嘱我为该书写序，我欣然应允。

　　记得佩华是 20 世纪 80 年代初大学毕业，工作多年后，于 1993 年秋考入我任职的湖北大学中文系攻读中国现当代文学专业硕士学位研究生。他性格沉稳、基础扎实、思想活跃、学习勤奋，三年后以优秀成绩毕业，其后一直在高校从事现当代文学的教学与研究工作。他敏而好学，在学习与研究方面好像永不知足，在克服了诸多困难之后，他又考取了中国现代文学馆与河南大学联合招收的博士生，师从吴福辉先生攻读中国现当代文学专业博士学位，并顺利毕业。一晃这么多年过去了，他精于教学，著述颇丰，早已是一位称职的教授。我在武汉，他在广东，虽然相去甚远，但深挚的师生情谊，使我们彼此常常牵挂于心。

　　克罗齐在《美学原理》《历史学的理论和实际》中提出"一切历史都是当代史"等观点，深刻地影响了新时期以来的中国文学及其创作，许多作家认识到"历史之光并不投射在'客观'的事件上，而是投射在写历史的人身上，历史照亮的不是过去，而是现在。毫无疑问这就是每一代人都觉得有必要重写他们的历史的缘故"。《新时期以来中国文学的市井意识研究》的作者对此有独特、深切的体悟。他认为，新时期以来中国不少作家的作品熔铸了主体对历史与现实的丰富体验、全面观照和深沉思考。当作家把他们同我们民族的历史、民族的命运、民族的精神、民族的文化联系在一起的时候，一种巨大的历史文化感便油然而出。这是在新的生活、新的时代变革中产生的、由新的社会历史观、新的道德价值观、新的伦理观念、人生态度所构成的现代意识，这种现代意识日渐深入地渗透在现当代作家的创作中，并以此去观照生活、表现生活。

　　全书共七章二十三节。通读全书，我感觉该书最大的亮点，就是专注"市井"，并且将古今演变打通。过去，当我们只把眼光死盯在"五四文学""左翼文学""五十年代文学"或所谓"十七年文学""新时期文学"

的时候，仅仅注意描述的是我们对世界文学的回应。研究者一旦把任何一种当今的文学现象与古代接续，就势必要讨论真正的中国问题，就会将视野放得更宽，不再是线性的简单的两相对照，而是网状的全方位的深入思考。

的确，该书选题新颖，角度特异，富有原创性。作者将"市井"作为独立的概念范畴引入新时期以来的中国文学研究，并以此为立足点，致力于融汇中西、连接城乡、贯穿古今、打通流派，突破了传统的类型学研究条框，从而使中国文学在民族文化范畴和中国"现代性"范畴里拥有了自己独特的价值，为文学史的写作提供了新的思路和方法。全书视野开阔、架构合理、史论结合、阐述确当，举凡中国市井的古今演变、市井细民的生态景观与精神表象、"市井意识"的文化特质及其文学审美特征、民俗学内涵等，均有新的识见。作者还特别注意到目前学术界关于余华、莫言的研究虽然成果很多，但都忽略了其实际存在的"市井意识"，为此作者特意辟有专章"被'遗忘'的市井意识"，分析他们作品的"市井意识"及其特点，认为"市井意识"在其小说创作中有着不可忽视的地位。像江南小镇海盐之于余华、山东高密乡镇之于莫言，像北平胡同之于老舍、高邮之于汪曾祺、上海弄堂之于张爱玲一样，海盐小镇、高密乡镇就是余华、莫言的情结和精神故乡，其创作总是自觉或不自觉地出现与海盐小镇、高密乡镇有关的人和事，充满了浓郁的市井意识，等等。更难能可贵的是该书对港台作家也有论述，如亦舒是香港著名的言情小说家，描绘港城霓虹灯下的都市风情，白先勇的台北书写，俱可看出中国传统文学对他们的影响。上述成果丰富完善了现今市井文化、市井意识的研究。

长期以来，学界主流受到费正清学派的挑战——回应模式观点的影响，认为中国现当代城市文学的形成是对西方文学冲击的被动反映。其实中国有自己的特色与主动性，尤其从改革开放新时期以来中国的变化更大，现代化取得了巨大成功，中国城市文学亦日益繁荣，成为构建中国文学与世界文学关系的重要路径。而相比于中国实际发生的剧变，学界的研究则表现得迟缓甚至陈旧。该书作者敏锐地发现以往的关于中国城市文学的解释范式已经很难用于阐释中国这种种变化。作者的研究无疑有助于打破学界长期以来中国/西方、传统/现代、落后/先进、国家/社会、乡土/都市的二元对立的划分模式，具有独到的学术价值与现实意义。

还有该书的研究方法也值得一提，主要采用了实证研究法、综合研究法以及比较研究法等。如：

实证研究法：对带有浓厚市井意识的中国文学特别是新时期以来"市井意识"文学的发展历程、现状、成就及存在的问题进行了实证分析，以加强研究的针对性。

综合研究法：该书综合运用历史、美学及逻辑相结合的方法，力图从市民文学成长的历史中把握其演化性，从中国市民文学和新时期以来"市井意识"文学，以及外国文学，包括西方文学发展的差异中把握其同质性，取得历史和美学的统一、历史和逻辑的统一、理论与实践的统一。

比较研究法："有比较才能有鉴别"。基于这种情况，该书的比较法主要在纵向的层面上进行，着重于新时期以来"市井意识"文学与传统市民文学的比较，在比较中梳理市井意识—市井文化精神—市民文学景观的承袭和变异。同时，该书也有横向的对比，如市井叙事立场与精英文学叙述姿态的比较区别，并与国外特别是西方文学进行了相应的比较。

毋庸讳言，该书也有不足，在有些篇章中理论的阐释还可以更加深入、透彻些。我相信，作者在今后的研究中一定能够更上一层楼，取得更丰硕的学术成果！

熊德彪
2020 年 9 月于湖北大学

（熊德彪，教授，中国新文学学会名誉副会长、中国乡土诗人分会名誉会长、《中国乡土诗人》执行主编、湖北省毛泽东诗词研究会名誉副会长、湖北大学原中文系主任、湖北商贸学院原常务副校长）

目录

第一章 导 论

第一节 选题依据与价值意义

带有浓厚市井意识的市民文学创作，在我国源远流长。从唐传奇描写市井风情和民风习俗的篇什，到宋元话本状写市井百姓的悲欢离合，经由"三言二拍"、《金瓶梅》而渐趋成熟。进入 20 世纪后，张恨水、老舍、张爱玲、予且等人把市井风情小说的精髓特质发扬开来，特别是新时期以来，汪曾祺、邓友梅、刘心武、刘恒、王安忆、金宇澄、陆文夫、范小青、冯骥才、林希、张欣、池莉、余华、莫言等人继承和发展了市井风情小说的传统，取得了令人瞩目的创作成就。海派小说研究的著名学者吴福辉较早注意到市井文学传统对我国现当代市民文学的影响，在《都市漩流中的海派小说》中明言："我把海派小说定义为世态小说。它们与《莺莺传》、《碾玉观音》、'三言二拍'有割不断的渊源关系。海派故事便是新的市民传奇。"① 范伯群的《礼拜六的蝴蝶梦》② 《论"都市乡土小说"》③ 则最早为"鸳鸯蝴蝶派"正名，打破了纯文学和通俗文学势不两立的传统观念，指出现代都市文学的乡土性，都市文学是与乡土文学融合在一起的。陈子善《说不尽的张爱玲》④ 注重史料的考证，其中特别提到了张氏小说融通纯文学与通俗文学之意义。陈思和《中国当代文学史教程》⑤ 中的章节"乡土小说与市井小说"和田中阳《市井人生，闾巷风俗——20 世纪中

---

① 吴福辉. 都市漩流中的海派小说 [M]. 长沙：湖南教育出版社，1995：228.
② 范伯群. 礼拜六的蝴蝶梦 [M]. 北京：人民文学出版社，1989.
③ 范伯群. 论"都市乡土小说"[J]. 文学评论，2002（3）.
④ 陈子善. 说不尽的张爱玲 [M]. 上海：上海三联书店，2004.
⑤ 陈思和. 中国当代文学史教程（第二版）[M]. 上海：复旦大学出版社，2008.

国市民文学文本读解一得》等论及了市井小说的兴起与文化根源。① 张光芒《当代城市文学的发展与反思》、孟繁华《建构时期的中国城市文学——当下中国文学状况的一个方面》、陈晓明《城市文学：弯路与困境》②、施战军《论中国式的城市文学的生成》注意到了当代城市文学创作取得的成就及不足。而相关专著如杨义《京派海派综论》③、赵园《北京：城与人》、李今《海派小说与现代都市文化》④、李俊国《中国现代都市小说研究》等从各自的角度论述了现代文学城与人的关系以及文化眷恋与文化多元等诸元素。海外相关研究如李欧梵《上海摩登——一种新都市文化在中国》⑤、夏志清《中国现代小说史》等对海派文学的文学成就及其对 20 世纪中国文学发展的意义、"张派"传人各类创作得失都有着精彩的分析。

难能可贵的是，一些学者注意到了中国现当代市民文学书写的复杂多样性，许道明《海派文学论》："我们需要对自己业已拥有的资源做出必要的清理，从古代的市井文学到近现代的海派文艺，再到社会主义新时期的城市文学来一番历史性的总结，从正面和反面的经验中揭橥若干带规律性的东西。"⑥ 而蒋述卓《城市的想象与呈现》更直言当下城市文学研究的不足："大量的文章仅就 90 年代的城市文学本身来谈论城市文学，鲜有将其纳入整个城市文学发展的视阈，对其生成与变异，在宏观考察的基础上，进行深刻的理论透视，从而揭示出城市文学本身的特性及其发展规律的文章。"⑦ 张鸿声《城市现代性的另一种表述——中国当代城市文学研究（1949－1976）》则分析了长期被忽视的 1949－1976 时间内城市题材文学的特征及其特殊的现代性表达⑧；刘勇《城市文学应植根城市的历史文化底蕴——以北京文学为例》特别提到了传统为城市文化之根意义；徐德明《"乡下人进城"的文学叙述》着眼于当下农民进城的文学书写，论述了城市文学的新景观；李永东《市井生存与民国政治的沟通：想象天津的一种

---

① 田中阳. 市井人生，闾巷风俗——20 世纪中国市民文学文本读解一得 [J]. 湖南师范大学社会科学学报，2004（1）.

② 陈晓明. 城市文学：弯路与困境 [J]. 文艺争鸣，2014（12）.

③ 杨义. 京派海派综论（图志本）[M]. 北京：中国社会科学出版社，2003.

④ 李今. 海派小说与现代都市文化 [M]. 合肥：安徽教育出版社，2001.

⑤ 李欧梵. 上海摩登——一种新都市文化在中国 [M]. 毛尖，译. 北京：北京大学出版社，2001.

⑥ 许道明. 海派文学论 [M]. 上海：复旦大学出版社，1999：410.

⑦ 蒋述卓. 城市的想象与呈现 [M]. 北京：中国社会科学出版社，2003：40.

⑧ 张鸿声等. 城市现代性的另一种表述：中国当代城市文学研究（1949－1976）[M]. 北京：北京大学出版社，2014.

方式》阐述了市井与政治的关系。① 相关论文和著作还有杨剑龙《探究都市文化与都市文学之间的关联》、张柠《文学与城市的恩怨》、陈继会《文学传统与新都市小说》、杨扬《城市地位与文学使命》、刘川鄂《小市民 名作家——池莉论》等。

另外，周水涛《新时期小城镇叙事小说研究》、栾梅建《小城镇意识与中国现代作家》等提出了"小城镇意识"等概念。值得一提的是新时期以来关于"城市文学与城市文化"主题的学术研讨会开了很多次，会议围绕城市经验的多元表达、城市文学新的美学形态的开掘等话题展开研讨，提出了不少新观点。

以上研究从不同角度拓宽了中国现当代市民文学的研究视野，为该领域的研究奠定了坚实的基础，但也有忽视或遮蔽的地方：其一，成系统理论的市民文学研究专著多数是以 1949 年前的中国现代文学为对象，以新时期以来的市民文学为研究对象的成果则较少，多为单篇或个案研究；其二，目前学界研究中国现代市民文学，包括新时期以来的中国市民文学，其主流观点仍然是沿用费正清学派的"挑战——回应"模式，在这种观点影响下，中国现当代文学的形成是对西方文学冲击的被动反映，虽然"挑战——回应"模式被后来的一些学者进行过批判和反思②，但这种观点依然是中国现当代文学研究的主流，其研究多基于将中国当作西方的"他者"。其实，从改革开放新时期以来，中国的变化很大，现代化取得了巨大成功，中国文学亦日益繁荣，成为建构中国文学与世界文学关系的重要路径。而相比于中国实际发生的剧变，学界的研究则表现得迟缓甚至陈旧。我们发现以往的关于中国文学的解释范式已经愈来愈难于阐释中国的种种变化。现代化实现的途径不仅仅有西方欧美模式，还有其他模式。中华人民共和国成立以来、特别是改革开放新时期以来，中国的崛起、城市（镇）化的成功充分说明了这一点。基于此，本书把"市井意识"这样一个关键词和核心观念作为独立的概念范畴引入新时期以来的中国文学研究，从属于中国本土经验和城市文化之根的"市井意识"这一核心观念入手，透视新时期以来中国文学，"重回现代中国叙事的元历史"③"市井意

---

① 李永东. 市井生存与民国政治的沟通：想象天津的一种方式 [J]. 中山大学学报（社科版），2016，56（2）.

② 20 世纪 70 年代以美国学者柯文（2005）的《在中国发现历史：中国中心观在美国的兴起》为代表，批判了费正清史学派西方中心主义的史观。

③ 汪晖（2008）在其鸿篇巨作《现代中国思想的兴起》中通过对现代中国思想的知识考古学分析，希望能够打破帝国——国家二元对立结构，重回现代中国叙事的元历史。

识"的提出，无疑有助于打破学界长期以来中国/西方、传统/现代、落后/先进、国家/社会、乡土/都市的二元对立的划分模式，打通中国的都会、城市、乡镇割不断的血脉相连，是中国现当代文学研究上的新视域，具有独到的学术价值与现实意义。在世界经济全球化和城市逐渐一体化的今天，探讨属于中国本土经验和城市文化之根的市井意识，不论是对总结、促进中国当代文学创作如何走向世界，还是对推动中国当代文学史研究，都具有重大的理论意义和学术价值。我们看到，为了阐述现代主义以至后现代主义在中国的大行其道，一些研究者往往生硬地套用西方的理论概念来对中国现代文学，包括新时期以来的中国文学，做削足适履、买椟还珠的阐述——千方百计从中国文学中寻找符合西方观念的事例，而历史、国情、文化的巨大差异常常被有意无意地忽略，从而使中国文学的真面目变得愈加扑朔迷离。正视中国文学的特质及其独有的某些形态，深入具体的历史情境中去，而不是简单地套用西方的概念和范畴来定义和分析中国文学，应是文学研究中值得注意的问题。

第二节　研究的主要内容

基于此，本书把"市井意识"作为独立的概念范畴引入新时期以来的中国文学研究，从发生学和观念史的角度理清中国作家观念的发生演化状况，从意识结构和价值层面探讨新时期以来中国文学、文化的逻辑产生和转型特点。打通中国的都会、城市、乡镇割不断的血脉相连，发掘新时期以来中国文学的现代性意义，具有深厚的中国本土经验，体现出另一种现代性。

我们所说的"市井意识"主要是指中国市井细民阶层的生活态度和思想观念。中国作家在其文本中着意描绘这些市井细民生存的原生本真状态，所展示出来的市井风情、审美趣味构成了这些作品的底色和基调；以中国广大地域——城市集镇、市井间巷之间的文化风俗来显示社会现实的环境，拓展情节，刻画人物，尤其是剖示人物的文化心理，画出"市井细民的魂灵"，使漫长修远的数千年的民族历史和文化与当代社会、现实的人的心灵相接，而且包含了现代性质素和都市文化的丰富蕴涵。

必须注意辨析几个有关的概念，"市井"与"都市"是两个既有联系又有区别的概念。以上海而论，上海常被等同于特定的都市景观，如上海外滩、世博园等。这个"上海"当然重要，但除此之外，还有一个表面不那么璀璨耀眼却又深嵌在日常生活中的上海。上海真正的主角其实是"密布四处的普通民宅和建筑"；"作为一种建筑的社会的和心理的空间，弄堂是上海中产阶级的秘密和物质文化的体现"。正是作家笔下的弄堂"让我们看到了上海的精神补偿力量，它不断流动，阻止那种使上海走向衰败的力量"。① 此处所谓弄堂，正是市井的一种具象化形式。上海其实是：表面上的西方化，内里的中国精神（Chinese spirit inside with Westernized out Looking）。西方文明与中国精神，如油和水一样混合，油浮其上，而内里还是坚实的中国文化的核。由此我们不难联想到波德莱尔有关现代性的经典定义：现代性一半是变的，一半是不变的。因此在中国土地上星罗棋布的城市或城镇绝大部分是"市井"，"市井"是中国城市或城镇的构成主体。大城市中也有"市井"，"都市"的"市井"是"都市"的重要组成部分，一定意义上可以说"市井"是中国城市的根。抓住了市井，也就捕捉住了中国城市的"魂"。从中也可知文学研究中"市井"地位的重要性。其所体现出来的中国本土经验和城市文化之根的现代性，并非与西方文化对抗，新旧文化乃是接续的、调和的；中国文化是在开放下的坚守，坚守中的开放。由此打破学界主流仍然沿用的费正清学派的"挑战—回应"模式，以及将传统与中国视为现代性的他者叙事怪圈。

大致可以为本书所涉及的相关概念以及研究范围做出如下界定：

1. 本书主要从市井意识角度探讨新时期以来中国文学与中国传统市民文学之渊源关系，对"市井意识"这一概念的外延取较为宽泛的界限。将古、近代的市民文学，现当代的，尤其是新时期以来一些具有浓郁市井意识的文学作品纳入研究视野，如：《金瓶梅》《浪子》《欢喜冤家》及"三言二拍"；老舍、张爱玲、汪曾祺、邓友梅、刘心武、刘恒、陆文夫、范小青、冯骥才、林希、池莉、王朔、金宇澄、王安忆等人的作品。另外，一些非市民的作家也会写出一些市井意识浓郁的作品，像贾平凹、张欣、洪三泰、亦舒、余华、莫言等。

2. 非政治意识形态性，饮食男女为作品常态，是与"宏大叙事"相对的一种"世俗叙事"——市井日常生活叙事。其主题、题材、人物、叙事、语言、审美意向等，大都呈现出"俗"的特性。

---

① 张艳虹，汤拥华. 市井诗学如何可能？——试论当代上海小说研究的一种理论路径［J］. 文艺争鸣，2017（10）：110－117.

3. 世俗情趣，作者多以市井趣味为价值取向，采取市民价值本位——市民化书写，以知识分子身份去观照市井生活，直面人生的残缺与无奈，发掘出生存的意义与价值。它对应于城市民间的主体——市民社会的生成与发展，应和着市民社会的审美需求，与其保持着某种程度的一致性。世俗情趣、市井风情构成了这些作品的底色和基调。当然，这其中同样不排除作家主观的价值判断，或同情、或婉讽、或批判等。

4. "市井意识"是新时期以来中国文学的一个重要特质，如余华、莫言等作家存在浓郁的"市井意识"（正是我们所要研究的），而他们除了"市井意识"，还有现代意识等，这正是时代特征所带来的中西文化、文学交融而产生的结果，实现了对传统市井文学的提升和超越。

本书视野开阔，注意在中西文化碰撞、交汇的宏阔历史背景上，从中西文化关联的文化语境中，对新时期以来中国文学创作中的"市井意识"问题，加以系统深入地考察，以代表性作家和相关文本为个案，重点分析其"市井意识"的文化特质及其文学审美特征。既在纵向上将研究对象与具体显现境遇及其中西文化的历史语境结合起来加以探讨，以揭示在不同阶段中的"市井意识"的独特内涵，又在横向上围绕着不同文化影响和审美取向，广泛地拓展新时期以来中国文学与"市井意识"的联系，并在这种广泛的联系中拓展出这种具有浓厚市井意识的新时期以来中国文学创作的独特性和创新性。

海派文学、城市文化研究的著名学者吴福辉曾多次言及"市井"研究的重要意义。他说"市井"的研究当然是都市（城市）文学、文化研究的题中应有之义。以往我们注视中国现当代文学的城乡结构，乡的一面如鲁迅、王鲁彦、台静农等勾勒的东南一带的农村画面，大部分所写则是沈从文的湘西边城、蹇先艾的贵州道上、萧红的呼兰河生死场、端木蕻良的科尔沁旗草原，一色是偏僻之地；城的一面便是茅盾的上海、老舍的北平。而市井的研究有可能把我们的目标转向这两者之间，转向过去也按乡村看待的其实已具有城乡接合部特征的广阔的中间地带。像沙汀的川北大山中的市镇、师陀豫中的果园废城、汪曾祺的苏北县城、余华的江南小镇海盐、莫言的齐鲁高密乡镇，其中确乎活跃着市井社会和市井人物，他们更接近中国本土的城市成长史，也更易带我们去理解北京（老舍、邓友梅、刘心武、王朔等）、上海（张爱玲、王安忆、金宇澄等）、武汉（池莉等）、广东（张欣、洪三泰等）、香港（亦舒等）的城中之"市井"的趣味，打通中国都会、城市、乡镇的割不断的血肉联系，揭示市井细民的生存本相。具有深厚的中国本土经验，可用中国话语与西方城市文学进行对话的，应该是另一种现代性——中国现代性。在此基础上进一步探讨新时期以来中国文学中市井意识观念发生演变的动因、效应和影响，考辨市井意识在新时期以来中国文学中的种种显现、变异和转换；分析在中国现代化进程中，尤其是 2019 年中国城镇化率达到 60%，成为"城市化"大国后，中国文化、文学如何发展？出路何在？我们深深期待中国作家加强文化自信，创作出更多的文学经典作品，实现文化强国目标。

中国市井文化源远流长，"市井意识"的凸现发展，鲜明地表征了新时期以来中国文学的历史进程。基于此，我们把市井意识视作一个具有统一性的整体，侧重于从它与作为民族文化内源性遗产的中国传统市民文学思潮的关系，从作家主体的人格精神、心路历程和期待视野与主流文学或其他相关文学流派的关系，较为系统地考察新时期以来中国文学创作之生成的各种"合力"因素、发展的自律性特点、市井意识的形成与特征以及审美意识等。

而其中最引人注目的，乃在于其发展过程中所呈现出来的"民族化"与"现代化"的相互影响、相互促进，可谓"现代化与民族化"并行不悖。英国学者汤因比认为：在一个民族的文明进程中，当两种文化（按：指传统与现代）发生冲突、撞击、融汇、整合之时，知识分子便作为一种"变压器"而出现、存在。这时，他们的肩上承担着颇为沉重的双重使命：一方面，他们需要热情地学习、汲取先进的文化并将其精华传播到全社会中去；另一方面，他们又要审慎地用一种新的视界去察析、转化、重建传统的文化，使之以崭新的风范适应新时代的要求而延续、发展下去。从中国新时期以来文化现代化历史进程及其演变特点来看，汪曾祺、邓友梅、刘恒、王朔、刘心武、冯骥才、林希、陆文夫、范小青、池莉、张欣、洪三泰、阿来、王安忆、金宇澄、亦舒、余华、莫言等人与同时代的知识分子所亲历的这个时期，无疑正处在这样一种重要的文化转型和重构时代。难能可贵的是作家们以创作主体的精神，把对社会的观察、人生的体验、时代的感知、心灵的悸动付诸创作实践，演绎为文学文本，以文学的方式参与社会现实与历史的变革与创造；把他们对世界、对本土、对人类历史文化研究的全部智慧，创造性地渗透于现代文化的构建。这种现代文化的建构，既包含了对西方先进文化的回应、择取和吸纳，更包含了对民族传统文化的改造、融合和转化。传统文化作为"渊源"，蕴含的是多面性的内容，既有丰富可发掘的精神资源，也有封闭落后的沉渣；它积极的一面可以促进现代社会的发展，而消极的一面，如同套上沉重的枷锁，又可成为阻碍社会进步的惰性力量。因此，既不能崇古守旧地将它神圣化，也不能断然割裂地将它虚无化。那种否定一切，把传统文化视为封建糟粕而弃之如敝屣，或者肯定一切，把传统文化视为国粹至宝而推崇备至，都只会从一个极端走向另一个极端，并将陷入两难的境地。任何文化发展本身都包含了因袭和变革。肯定与否定、批判与认同、继承与创造、抛弃与弘扬是两面并存的，偏执任何一面都是狭隘、短浅、非理性的。在中国社会转型时期，在传统文化与现代的碰撞中，不少作家把握最佳均衡点作合理的、科学的扬弃，从而寻求传统文化与现代的契合，促使传统文化向现代的转换，使之熔铸入现代文化的建构，融合到中国现代化的进程，这体现出作家们对传统文化的理性审视。汪曾祺、邓友梅、刘心武、刘恒、冯骥才、林希、王安忆、金宇澄、陆文夫、范小青、池莉、阿来、洪三泰、亦舒、余华、莫言等人的最大贡献，就是对传统市井风情小说实现了创造性的现代转换。这些作家对外来文化（文学）无论是欧美模式还是俄苏模式都采取了一种不予盲目鼓吹的叙事立场，以此来唤醒人们对民族文化建构的内源性的思考：中国文化在新时期以来这样一个特定的紧张的文化空间中究竟如何自处，是被外来的异质文化置换掉，还是在屈辱中坚守自存？它又将如何被认知？新时期以来中国文学对本土文化的清醒认识与顽强坚守，从文化建构的意义上来说是非常可取的，也自有合情合理之处。其合理性在于文化生长的标准是："无法在对于外部环境的征服中发现的，不论这个外部环境是属于人类的还是属于自然界的；这个标准毋宁说是存在于重心在不同场所的不断转移之中，在这些场所中挑战和应战的行为，以不同的地位出现。在这些所谓不同的场所里，挑战并不是从外部来的，而是从内部涌现的，胜利的应战也不以克服外部的障碍或外部敌人这种形式出现，而是以内部的自行调剂或自决的形式出现。"① 陈平原则借鉴、发挥了美国学者柯文的"内部路径"（Internal Approach）② 分析模式，从内、外因主次关系出发，论证了传统资源作为内因在现代文学源起与变革中的主导性地位与西方资源作为外因的边缘性位置："研究一个国家的文学，自然必须从那个国家的历史和现状出发。外来影响只能起刺激和促进的作

---

① ［英］阿诺德·汤因比. 历史研究［M］. 上海：上海人民出版社，1966：251.
② 参见柯文. 在中国发现历史：中国中心观在美国的兴起［M］. 北京：中华书局，1989. 作者在近现代中国史研究领域提出了"内部路径"（Internal Approach）分析模式，该模式是对传统"冲击—回应"模式的反动，倾向于缩减外来"冲击"的影响并增加对中国内部变革动力与"内在方向感"的考量。

用，真正起决定作用的变革动力应该来自这一文学传统内部。否则，变革不可能获得成功。"① 马克思更深刻地指出："人们自己创造自己的历史，但是他们并不是随心所欲地创造，而是在直接碰到的、既定的、从过去继承下来的条件下创造。"② 法国艺术哲学家丹纳亦将具有极强的相对稳定性的传统文化形象地比作"原始的花岗石"。所以说，文明的生长必须依靠内部的自决机制，文化必须依靠自身的调适才会得以再生长和再发育，生机与活力来自自我的适时应变。希冀把文明的生长完全寄托于外来文化的置换上，显然是不可能的。这是新时期以来中国文学对民族传统文化内源性思考带给我们的一个深刻的启示。"现代化与民族化"并行不悖，体现了新时期以来中国文学对西方、俄苏现实主义、拉美魔幻现实主义、现代主义乃至后现代主义等现代意识、文学观念与技巧手法的学习与借鉴，这可以说是作家们借他山之石，在垫高的视点上重新发现、认识并发扬光大了自己的传统，是"把中国文学固有的特质因了外来影响而益美化"③，并使得在一个高层次上的中西文学"融化"成为可能与现实。汪曾祺、王安忆、金宇澄、余华、莫言等取得了很高的成就，他们所取得的成就预示了一种民族文学的方向：既是中国的，又是世界的。可以说，这是"市井意识"传统留给我们新时期文学的最宝贵的资源以及对我们的最大启示。的确，中国当代文学、文化建设应以自身所拥有的文学、文化资源为立足点，以文学、文化的"内源发展"作为根本增长方式，我们不能割断传统文化渊源，不能漠视传统文化资源的发掘和利用。当然，这并不意味要固守源头，传统文学、文化与现当代文学、文化如同流不能与源断绝，而流又不等同于源。所谓传统，"传"是历史的延伸、承袭，"统"是传的精神整体。它不单单是遗产，而是包括了过去发生的、流延到现在的，并且影响到将来的内容，其中重要的不在于过去遗留的，而在于现在流延的。关于传统，哲学大师黑格尔曾有过极为生动而精辟的比喻，他认为传统"是生命洋溢的，有如一道洪流，离开它的源头愈远，它就膨胀得愈大"④。这一观点包含了深邃的历史辩证法。传统文学、文化只有在现代化文学、文化的"流"中不断改造、融合、超越、更新，才能获得生命洋溢的膨胀，从而转换和实现自身的价值和意义，并延续下去。也只有这样，中华民族

① 陈平原. 新文学：传统文学的创造性转化 [J]. 二十一世纪，1992（4）.
② 马克思恩格斯全集：第 1 卷 [M]. 北京：人民出版社，1980：254—255.
③ 周作人. 扬鞭集·序 [J]. 语丝（82）.
④ ［德］黑格尔. 哲学史讲演录：第 1 卷 [A]. 转引自张岱年等. 中国文化概论 [C]. 北京：北京师范大学出版社，2004：8.

的文学、文化才能真正源远而流长。

当然，带有浓厚市井意识的中国文学创作流派众多、风格多样，作家们的审美趣味、价值取向也各有不同，但"现代化与民族化并行不悖"的文化策略是多数作家的选择。一方面，作家们认识到在全球化大潮中，中国文化必须保持自己鲜明的个性，才能屹立于世界各民族文化之林。所以，他们的作品以一种温暖和亲切的感觉来观照传统文化和在传统文化熏染下的市井细民的命运遭际，表现出对传统文化恋恋难舍的偏爱；另一方面，作家们理性地正视历史发展的必然趋势，中国文化必须融入现代化潮流中才有久远鲜活的生命力，故他们的不少作品又以一种批判的眼光来剖析市井细民生存的文化语境和与生俱来的精神根性。

确实，市井意识对新时期以来中国文学影响深远，一定意义上，它已成了新时期以来中国作家挥之不去的"集体无意识"，并且这种市井意识导引新时期以来中国作家面对文学现代化进程中外来文学特别是欧美文学的巨大冲击，做出了积极的思考和回答。他们投身于中国当代文学的现代性建构，采取"现代化与民族化并行不悖"的文化策略，从而有力地影响和促进了中国文学现代化的进程。当然，市井意识的渗透、影响已经以当代小说的形式出现，嵌入了许多当代思潮、技法，如有些作家和市井文学之间明显嵌入了西方现代主义的内涵，再有一些作家对传统市井题材的处理赋予了一种当代人文主义的思想意识和价值观念，成功地实现了传统市井文学的当代转型。因此，我们非常有必要深入系统地探讨市井意识在新时期以来中国文学中的种种显现、变异和转换。

比如：长期以来学术界关于余华的研究大多都围绕着其"先锋性"、暴力、冷漠、血腥的创作风格以及苦难、死亡主题的解读或者其创作转型和叙事语言技巧这几个方面展开，而余华小说创作中关于市井意识的部分和意义却很少被提及，无直接针对其"市井意识"的研究。其实余华塑造了大量的"市井小人"形象，"市井意识"在余华小说创作中有着不可忽视的地位。我们注意到其家乡江南小镇海盐之于余华，就像北平胡同之于老舍、高邮之于汪曾祺、上海弄堂之于张爱玲一样，海盐小镇就是余华的精神家园。在余华的创作中总是自觉或不自觉地出现与海盐小镇有关的人、事、物，充满了浓郁的市井意识。遗憾的是，笔者搜阅国内外余华研究资料，发现目前学术界尚未有专门研究余华小说中"市井意识"的相关论著。为了进一步丰富余华及其作品研究，有必要从"市井意识"出发，对余华小说进行比较系统的研究。"市井意识"作为一个重要的文学现象贯穿了余华小说的创作过程，起着非常重要的作用，莫言也是如此。莫言以乡土文学为主要写作基点，结合自己实际生活的方方面面，在小说中融入了故乡中具有代表性的风土人情，展现出一幅幅平凡但生动的生活图画。通过其小说对乡土文化的表现，可以了解其中的市井文化，进一步了解莫言创作的出发点及反映出的社会特征。但是，如今研究莫言小说中市井文化的学者寥寥无几，国内外暂时还没有学者对其小说作品中的"市井文化"有详尽的归纳总结。虽然资料匮乏，但笔者还是迎难而上，在本书中辟有专门的章节分析莫言小说中与市井文化有关的内容、某些具有市井文化代表性的人物及行为，剖析他所呈现在小说里的市井意识及市井文化对其作品的影响，并总结归纳市井文化对于莫言文学创作的重要性，丰富完善现今市井文化、市井意识的研究，算是抛砖引玉。笔者认为，余华、莫言是新时期以来中国文学杰出的代表性作家，其作品植根于中华民族古老深厚的文明，描绘了中国城市与农村的真实现状，打通了中国都会、城市、乡镇割不断的血脉，让数千年的民族历史和文化与当代社会、现实的人心灵相接。他们从中国传统文化、文学，包括市井文化、市民文学丰厚的资源中广泛汲取营养，同时不忘放眼世界，学习、吸收了西方的现代主义、拉美的魔幻现实主义等写作手法。威廉·福克纳、加西亚·马尔克斯、弗兰兹·卡夫卡、查尔斯·狄更斯等对他们的创作都有影响。正如夏尔·波德莱尔所说有关现代性的经典定义：现代性一半是变的，一半是不变的。余华、莫言的创作融合了中外（西）文学，取得了很高的成就，引领了新时期中国文学的高峰，具有深厚的中国本土经验——中国话语，体现出另一种现代性——中国现代性。

无疑，研究余华、莫言等作家的"市井意识"有着不可忽视的文学价值与现实意义。此外，本书对港台作家也有论述，如亦舒是香港著名的言情小说家，描绘港城霓虹灯下的都市风情；白先勇的台北书写，俱可看出中国传统文学对他们的影响。

第三节　研究思路方法和预期目标

综上所述，新时期40多年以来中国文学中的"市井意识"作为重要的文学现象，形成了具有自身相对独立性和系统性的文化精神、创作原则、话语特征和文学传统，在中国现当代文学的整体格局中占有相当重要的位置。要理解中国的城市，市井实在是一个难以漠视乃至十分重要的所在。因此我们主张"回到原初"，追本溯源，从根上理清新时期以来中国文学的文化渊源及文学形态，提出"市井意识"概念，系统深入考察中国市民文学的生成发展以及在当代的承续、转型、变异情况，阐释发掘新时期以来中国文学"市井意识"的现代性意义，注重开掘、考辨第一手资料，还原其本来的面目，论从史出，避免主观臆断，采取宏观与微观相结合及比较、跨学科等方法，中西融合，古今打通，城乡相连，雅俗汇流，打破学界长期以来的二元对立的划分模式，以揭示新时期以来中国文学"市井意识"的总体面貌、独特内涵和基本特征，总结其历史命运和经验教训，并期冀对繁荣今后的中国当代文学创作提供一定的启迪与借鉴。

笔者预期达到如下目标：

1. 研究观点新。提出"市井意识"概念，并运用这一概念系统深入地研究新时期以来中国文学"市井意识"的发生与演变及所体现出的现代性意义——属于中国本土经验和城市文化之根的中国话语，体现出另一种现代性——中国现代性，从而使中国当代文学在民族文化范畴和中国"现代性"范畴里拥有自己独特的价值。这是此前的学界未曾深入探讨的。

2. 研究内容新。在中西文化背景下，连接城乡、贯穿古今、融合雅俗，将充满"市井意识"的古代文学—现代文学—当代文学打通来研究，突破了传统的类型学研究窠臼，为市民文学史的写作提供新的研究思路。

3. 研究方法新。本书运用文学社会学、文化人类学、城市地理学等多学科交叉研究，以丰富拓展加深本书研究对象的深广度，为新时期以来的文学研究提供一种新的方法。

第二章 市井：从传统到现代

第一节 "市井"概念及其文化表征

我国市井文化、市民文学源远流长，历史悠久。市井文化是与宫廷文化（主流意识形态文化）、士林文化（精英文化）、乡村文化颇为不同的一种文化形态，是工商业及城市双向发展的必然产物。作为一种独特的文化类型，市井文化形成于唐宋。随着门阀制度退出历史舞台，大批没落贵族与学人士子被抛入市民阶层，遂使市民阶层的内涵扩大，最终成为创造市井文化的文化族群。市井文化反映了自我意识高涨的市民社群要求政治、经济与文化平等的文化心态，特别是市民对文化艺术的渴求以及对节日游艺活动的兴趣达到了前所未有的程度，充分显示了市民社群的文化共享心理。市井文化的特征要求物质较丰富、政治较宽松以及个体意识较强等基本社会条件，反映在文学作品中更多的是围绕市民自身问题、现状及如何解决等，并具有一定历史意识的阐发，能博得市民大众的认同和反省。它往往以生活的原生态、贴近生活的形式——市井日常俗世的生活叙事获得广大市民的赞赏和支持。市井文化根系市民社会，经历了从古代向现当代的变异、转型。

何谓"市井"与市井文化？从字面上考察，"市井"一词带有交易的含义，与商品经济有密切联系。"市井"之得名因由，前人已有数说。

其一是《管子》尹注说。《管子》有"处商必就市井"句，尹知章注曰："立市必四方，若造井之制，故曰市井。"①

其二是《春秋井田记》说。汉应劭《风俗通》引《春秋井田记》曰："……八家而九顷二十亩，共为一井。房舍在内，贵人也；公田次之，重

---

① ［先秦］管子. 管子·小匡 [M]. 管子. 北京：中华书局，2009：125—134.

公也；私田在外，贱私也。井田之义：一曰无泄地气，二曰无费一家，三曰同风俗，四曰合巧拙，五曰通财货。因井为市，交易而退，故称市井也。"① 即市以井田为依托而开，所以又叫市井。《公羊传·宣公十五年》汉何休解诂、《后汉书·刘宠传》《初学记》都持此说。

其三是《汉书》颜注说。前引《汉书》"商相与语财利于市井"句，颜师古注曰："凡言市井者，市，交易之处；井，共汲之所，故总而言之也。"②《陔余丛考》收此说。③《史记》张守节正义更详言之，《史记·平准书》有"山川园池市井租税之入"句，张守节正义曰："古人未有市，若朝聚井汲水，便将货物于井边货卖，故言市井也。"④ 即人们在井边汲水时顺便贸有无而成市，故称市井。

其四是《风俗通》所收俗说。此说曰："市井，谓至市者当于井上洗濯其物香洁，及自严饰，乃到市也。"⑤ 意在指明到市之物先于井上洗涤之故。

如此等等，不一而足。而这种种说法，尽管侧重点有所不同，但大意都是说市井与商品买卖有关，其本意，市井当指买卖货物的场所。的确，市井是商贾计财较利之所，商人作为生产者与消费者的中介，是一个为卖而买的逐利阶层。他们集中于市井，使市井形成一个以买卖商品为中心的文化氛围。商品经济作为自然经济的对立物，具备动摇封建经济基础的活跃因素，在人类交换活动中逐渐形成了市井文化，正是作为封建专制主义的对立物而存在和发展的。

钟敬文先生认为："文学通常有三条干流：上层文学、俗文学和农民文学。第一条属于精英文学或作家文学，第二条属于市民文学，第三条属于农民文学。"⑥ 袁行霈先生所著《中国文学概论》一书，也将中国文学分成四大类别，即宫廷文学、士林文学、市井文学与乡村文学。据著者自言："这种分类，既着眼于题材内容，又兼顾文学产生发育的环境土壤，以及作者和欣赏者，是一种综合的分类法。"无疑，如果将这种文学的综合分类法借用于中国文化史研究，也有其长处，但并不能涵盖文化的所有部类，如宗教文化、政治文化、制度文化，科技文化等就难以在这种四分

---

① ［东汉］应劭. 风俗通义校释 ［M］. 天津：天津人民出版社，1980：73.
② ［汉］班固. 汉书 卷91 货殖传序 ［M］. 北京：中华书局，1999：2725.
③ ［清］赵翼. 陔余丛考 卷4 市井 ［M］. 北京：中华书局，2006：84.
④ ［汉］司马迁. 史记 卷30 平准书 ［M］. 北京：中华书局，2008：624－653.
⑤ ［东汉］应劭. 风俗通义校释 ［M］. 天津：天津人民出版社，1980：81.
⑥ 钟敬文. 话说民间文化 ［M］. 北京：人民日报出版社，1990：3.

法中找到适宜的或固定的位置。然而无论如何，它在文化研究的一定范畴中仍可以显示出较为方便的特点，即宫廷文化、士林文化、乡村文化、市井文化。

在等级森严的封建社会中，皇家气象自不同于寻常百姓家，与官宦人家也存在着不少的差异。宫廷文化是独特的，不仅在一个朝代中有传承性，在不同的历史朝代之间也有因袭的因素。

封建士大夫作为一个阶层，是属于统治者阵营的，他们既要驭下，又要奉上，即使是"无官一身轻"的文人墨客，其追求也与庶民百姓有明显不同，更多关心的是温饱以外的物质与精神的享乐。研究士林文化是一件有意义的工作，方兴未艾的中国文人画研究即是一例。

乡村文化在以农业立国的中国社会有其特殊的意义，从《诗经》十五国风中的优美民歌到近现代的一些动人的民间传说以及某些习俗等，都可以寻觅到它们的足迹。在民间文学这枝芬芳的花枝上，就有许许多多乡村文化的清露。

市井文化是伴随封建社会商品经济的萌生和发展而不断成长丰富的。伴随唐代以后市民阶层的出现和壮大，这一代表着新兴力量的文化就不断向旧制度和旧秩序进行着挑战。总的说来，市井文化作为产生于封建社会内部的一股异己势力，一直不断冲击、侵蚀着封建专制统治基础，它是一种蓬勃发展却又夹杂着一些污泥浊水的文化。

宫廷文化与士林文化属于雅文化的范畴，乡村文化与市井文化则属于俗文化的范畴。俗文化与通常所说的民间文化并不完全等同，这就像俗文学并不完全等同于民间文学一样。市井文化部分包蕴于民间文化中，且是联系民间文化与士林文化的桥梁。如市井文化中的话本小说本是以娱乐市民为主的讲唱文学形式，当它为封建文人所模仿，并有大量的拟话本小说问世以后，这一文学形式就注入了士林文化因素。同时这一模仿又反作用于市井文化，使正统儒家思想不知不觉地进入市井之中。[1]

城市不仅累积着财富，也荟萃着人文。唐宋兴起了适合市民阶层审美趣味的市井文化：

1. 话本：讲述历史及人世间故事的"说话"从中唐以后就兴盛起来，有了行会并在南宋末进入"黄金时代"。记录"说话"的文章叫"话本"，是后来白话小说之祖。

---

① 赵伯陶. 市井文化与市民心态 [M]. 武汉：湖北教育出版社，1996：4—5.

2. 宋杂剧：在瓦舍勾栏中演出，并且已商业化。以温州为发祥地的南戏与杂剧南北相应。此外还有滑稽戏、傀儡戏、影戏等，都在市民中找到了自己的观众。市井文化既然本质上是一种商业性的文化，价值观必然是功利的。它以种种娱乐性极强的形式为市人提供赋闲与消遣，一方面帮助人们缓解隔阂、孤独、陌生、寂寞、无聊等情绪而创造出大众参与、集体共享的种种方式，甚至不惜以声色犬马事人；而另一方面，它提供的常常是一种精神的松懈、暇时的消遣、情感的释放，而不是精神的追求与创造。它往往只让市民遗忘些什么，而不是得到些什么。因而市井文化就必然是通俗浅近的。市井文化在大街小巷、酒楼茶肆、书场戏园、赌局鸳帐中产生，充溢着酒色财气，它要贴近市民真实的日常生活和心态，适应他们浅近而表面化的喜怒哀乐。市民的情感与欲望，常常不是因为对现实与历史的深层次的忧患，而是从直接的生活表层，也即从柴米油盐这一类生存状态的趋向所引发的，要适应这种生存状态所引起的心理反应，因而它必然通俗，也必须通俗。这完全由市井文化的本体所决定，不通无以理解，不俗无以贴近，不通不俗就无以参与和共鸣，也因而使市井文化缺少深刻性和心灵冲击力，也缺乏血与火的悲剧意识。它的有些带有严肃、深刻、反叛意味的表现，也仅仅发自对现实表象的不满，指向的也往往只是妨碍现世享乐的外部世界，久经市井文化熏陶的人，常常会视野狭窄、目光短浅，他们的世界观和价值标准常常显得零碎、多变而不成系统。[①] 因此随商逐利、赋闲消遣、通俗浅近、时尚多变可说是市井文化的基本形态。正是这样，把它和雅文化（精英文化）等区别开来。

我们知道，精英文化最大的特征就是"终极关怀"，主要体现为对人类生存的精神性关怀。人的生存具有两重性：物质性和精神性。人的物质性是人的自然属性，是有限、固定的；而人的精神性则是人的社会属性，它是无限、非固定的。一般说来，人作为一个现实的生物人，在这个世界上有太多的具体事物需要去加以关注，如为生计、事业的忙碌与奔波，对名利、欲望的追逐等，都应属于人的物质性追求，社会应为此提供相应的物质财富，来满足人们的各种物质需求，这就是所谓的物质关怀（也称之为"形下关怀"）。一般来说，人的物质关怀都具有一个清楚而明白的指向性，它能够使人们切实地达到占有并享用某个有形的对象性存在。可以说，物质关怀在人类历史发展的任何阶段都是人类生存与发展的第一需

---

① 周时奋. 市井 [M]. 济南：山东画报出版社，2003：143—144.

要。这正像马克思所言，"我们首先应当确定一切人类生存的第一个前提，也就是一切历史的第一个前提，这个前提是：人们为了能够'创造历史'，必须能够生活。但是为了生活，首先就需要吃喝住穿以及其他一些东西。因此第一个历史活动就是生产满足这些需要的资料，即生产物质生活本身。"① 也就是说，人作为生物有机体，最基本的需要应是物质需要，因此，对人的物质关怀也是对人的最初步、最起码的生存需要的关怀（诸如对食物、健康、住房等物质方面需要的满足）。很显然，对人的物质关怀应是"终极关怀"所赖以"立足"的前提。卢卡奇·格奥尔格也说："日常态度既是每个人活动的起点，也是每个人活动的终点。这就是说，如果把日常生活看作一条长河，那么由这条长河中分流出科学与艺术这两样对现实更高的感受形式和再现形式。它们互相区别并相应地构成了特定的目标，取得了具有纯粹形式的——源于社会生活需要的——特性，通过它们对人们生活的作用和影响而重新注入日常生活的长河。"② 换句话说，日常生活之所以重要，不是因为它不再是非日常生活得以成立的物质前提，而是因为它支撑并消化着非日常生活。随着日常生活自为性的获得，如何正确对待世俗世界中的日常生活并有效表达自己对日常生活的态度，成为广大民众关注的重心。世俗文化，便是在这一时代背景下应运而生的、表达民众产生于日常生活世界里的意识形态需求的文化形态。而精英文化的"终极关怀"作为人的精神层面的关怀，其实质是对人的形上关怀。例如：关于自我认识问题（我是谁？我从哪里来？我到哪里去？）；关于人生价值和意义问题（人为什么活？）；关于人的处境（人活得怎样？人应该怎样活？）问题等。精英文化的"终极关怀"实际上意味着是对人自身当下动物性生存状态的超越，是对人物质关怀的超越，是人的非物质性享受的精神需要。而且在某种意义上说，人正是以精神为特有的本质才能区别于动物，即人只要活着，就得寻找意义、价值等"终极关怀"。所以不论是个人还是民族，如果仅仅有物质关怀而没有哲学的精神关怀，没有对无限理想境界的超越祈向，不仅会导致人类生存的感性化、表层化，而且还会使人与人、国家与国家、人与自然之间的矛盾日益尖锐和不可调和，必定使整个人类的生存茫然游荡而无所寄托，陷入无根、浮躁和无序的生存状态之中，从而使人们强烈地感受到生活的无聊和荒诞，同时又会反过来扭曲

---

① 马克思恩格斯选集：第 1 卷 [M]. 北京：人民出版社，1995：79.

② ［匈］卢卡奇·格奥尔格. 审美特性：第 1 卷 [M]. 北京：中国社会科学出版社，1986：1—2.

人们的各种物质关怀。可见，"终极关怀"所着意强调的是人在生存中对意义的追求、价值的实现及对理想目标的渴望。也就是说，"终极关怀"是自觉地以人的生存命运作为自己的思考对象，是对处于陌生的或异己的周遭世界中不能把握自身命运的人的根本的精神关怀，它是对人的存在及其意义的关注与思考。换言之，"终极关怀"主要是立足于"形而上"这个"根本"来对人的生存命运进行理性的分析和透视，它所体现的是对人的生存的最为深层次的关切，它通过研究人为什么活着、怎样活着才有意义等问题来为人类的生存提供精神依托，即最根本的生存信仰和"安身立命"的精神家园。很显然，精英文化一个最重要的使命就是要为人类的生存确立和设定最高的价值目标和终极意义，然后诉诸人的理性，使人类自觉地去关怀这个"终极目标"，并朝着这个"终极目标"而不断地追求，从而使人们的精神达到更高的境界。

为此，精英文化、高雅文学秉承了"以天下为己任"的道德情怀，对现实的不合理、不完善之处，表现出了应有的批判精神，注重人文关怀。它更多地依据纯粹的审美观照，主要立足于"自我"立场，关注未来，对现实生活作严肃的批判思考，刻意追求思想和艺术上的超前探索，它是知识分子的一种权力话语。而市井文化、市民文学更多地依托于大众化的感官欲念和"快乐原则"，强调文学的娱乐消遣和宣泄功能，因而它一般具有通俗、浅显、时尚等特征，易于生产和消费，具有更广泛的读者群，是市井小民自娱自乐的一种权力话语。它从神圣的彼岸理想转向世俗的物质生活，从崇高的国家集体利益转向当下的现实个人关怀。进入现代社会以来，中国民众的平民意识也愈加明确和强烈，他们要求娱乐、热衷消费、享受生活，前所未有地行使着自己的主体权利——不仅在政治经济生活中，还在精神文化生活中。相应地，这种凸显日常生活重要性的平民意识也成为世俗文化存在和发展的主线，它决定着世俗文化最本质的属性，使其成为消费社会中大众最真实欲望的表现体，也为世俗文化的成长和自我调节提供了一定的依据。的确，在现代社会中，世俗生活越来越重要，只有肯定此岸世俗的意义，世俗文化才能具备和强调彼岸精神理想的精英文化同等重要的地位，日常生活才具有直接的世俗意义而不是依附非日常生活获得神圣的象征意义，甚至成为非日常生活的目的指向。用张爱玲的话来说："我发现弄文学的人向来是注重人生飞扬的一面，而忽视人生安稳的一面，其实，后者正是前者的底子，又如，他们多是注重人生的斗争，而忽略和谐的一面，人是为了要求和谐的一面才斗争的。"① 尤其是到了现代平民社会，日益富裕的物质经济条件愈加衬托出日常生活的绚丽多姿，和精英文化比较起来，关注和谐的生活的世俗文化更能得到民众的青睐。于是烦琐的日常生活包括柴米油盐、邻里纠纷等挤走了理想、信仰，广大人民的喜怒哀乐更多地来源于日复一日的世俗生活。在这里，世俗的粗鄙战胜了启蒙的神圣，物质性的烦恼取代了精神性的思考，人们"从云朵锦绣的半空中踏踏实实踩到了地面上"。不可否认的是，市井文化、市民文学是一种极为活跃、极具生命力的文化，它兼容百纳、吞吐自如，永远追逐和创造着时尚，也永远处于变态之中。

诚然，历史演进到现在，现代意义上的城市在古老的中国大地上业已出现，但中国特色的市井并未消失，仍继续着它顽强的生命力。这里我想再次强调的是对"市井"与"都市"这两个概念的理解。它们之间有着密切的联系，但又有区别。"市井"，一般指中下层市民生存居住的小街、小巷、小市，而"都市"一般是指大城市，是政治、经济、文化、交通的中心所在。大城市中有"市井"，"都市"的"市井"是"都市"的重要组成部分，但有"市井"的城市或城镇并不能都称之为"都市"。在中国，星罗棋布的城市或城镇绝大部分不能称之为"都市"，"市井"是这些城市或城镇的重要构成。在古老的苏州河畔、在北京的钟鼓楼旁、在武汉晴川阁的丽影中、在南国深腹地带高大的榕树下……丛生的市井细民历尽了生活的悲欢。市井间巷之间有着深厚的民族心理和民族文化传统的历史积淀。"市井"一头连着传统文明，一头连着现代文明。由于中国特殊的国情，长时间是一个以农为本的农业大国，农耕文明悠久，现代化起步较迟，城市的现代化进程漫长而艰难，大部分的城市或城镇充满了浓郁的与农耕文明血脉相连、根深蒂固的市井意识。从现代化的历史进程来看，"都市"一般站在时代的前列，是带动中国社会走向现代化的"火车头"，"都市"的主导方向应该是由现代大工业和现代的市场经济为根本建构的现代文明。一定意义上，"都市"的"市井"对"都市"的生存和发展起着重要的制约作用，而中国较多的以"市井"为构成主体的城市或城镇虽已有一定的商品经济等现代观念，但其本质上仍处在一种与农耕文明藕断丝连的市井意识之中。赵园就认为："中国的市民阶层，其形成的历史，以及在

---

① 张爱玲文集：第四卷［M］. 合肥：安徽文艺出版社，1992：172.

社会结构中的位置与欧洲资本主义国家有显著的不同。"① 由此我们可以认定，市井是中国城市与城镇中特殊的生存空间与文化空间。千百年来，它收容、庇护、抚养着街衢百姓，是平民布衣安身立命的居所，成为五行八作、三教九流的汇集之地。小业主、工匠、城镇贫民、艺人、郎中、游民、落魄文人、中下层知识分子、普通职员、失势的官员、败落的商家、前朝（政府）遗老遗少等构成了市井阶层的主体。在市井中，工、商、医、卜、僧、道、娼、丐可以比肩并立，歌舞戏曲与巷陌小技可以同时登场，追逐时髦、创造流行、风靡新奇、强调官感，其结果必然使市井文化表现得丰富变幻、生机勃勃而杂乱无章。市井是一种急流奔腾的"现象流""逝者如斯夫，不舍昼夜"。市井间巷之间蒸腾着无拘无束、放荡不羁的生命活力和野性力量，但它也藏垢纳污，有着残余的封建思想意识、道德观念及江湖习气，因此，要理解中国的城市，必须正确认识市井。

"市井意识"是中国文学的一个重要特质，从古至今，一脉相承，当然，随着时代社会历史的变迁，市井日常生活的内涵和范畴也在不断地发生变化。然而，不管它怎样变换，市民的生存方式、生活内容——衣食住行、休闲娱乐、审美情趣——始终是"市井意识"的表现中心。有鉴于此，本书侧重从"市井意识"——由日常生活而构成的中国世俗文化景观、世俗文化精神层面来探讨、研究新时期以来中国文学与市民文学传统的关系，这是一个富有兴味的新课题。

许多年来，我们比较多地注意了文学与政治、社会、经济等的研究，注意了它与国外，特别是欧洲文学的关系，而恰恰忽略了它与中国广大市民关系最为密切的衣食住行、休闲娱乐、生活方式的研究，忽略了它与中国市民文学传统关系的研究。事实上，从市井意识角度来探讨、研究新时期以来中国文学与市民文学传统的关系，可以为研究新时期以来的中国文学提供一种新的方法、新的视野。千百年来，中国的普通市民形成了独具特色的生活形态、审美情趣，他们依据自己的生活逻辑来拓展物质生活和精神生活的空间。广大市民的风俗习惯（市井习俗）具有无穷的魅力，千百年来形成的习惯是不会轻易湮没的。市民们的生活形态所展示出来的原本而具有生命活力的大千世界，最具体、最形象、最可靠，也最真实地反映了人类历史中经常为人们所忽视的一些基础性的甚至是决定性的方面。这些世俗文化现象在什么条件下产生？又是如何影响着社会生活？社会生

---

① 赵园. 老舍——北京市民社会的表现者与批判者［M］. 王晓明. 20 世纪中国文学史论：第 2 卷. 上海：东方出版中心，1997：320.

活又如何推动世俗文化的演变？因而本书的内容是更好地理清新时期以来中国文学与市民文学传统关系的脉络。文学研究的根本使命就是研究人、了解人，而要深刻地了解这一切，就必须研究市民的文化消费、生活方式。生活在低层的市民大众日常思维、生活习惯、心理素质和衣食住行、生老病死、婚丧嫁娶等行为方式，以及市民大众对生命的理解。关于人生价值和生活意义的普遍信仰，实际上比经过文人、学者加工升华而形成的规范性的文化更真实、更生动、更丰富地表现了历史的本相，这就是研究新时期以来中国文学与市民文学传统的关系的学术意义之所在。正如杨义先生所言，研究中国文学"关键在于回到中国文化原点"①"因为西方理论是在特定的环境中产生的，它并没有依据中国大量的文学文化经验和文学的生命形态，所以很多西方理论家对中国的东西是隔膜的，知之不多的"②。

市井的确是中国普通市民赖以托身的特殊的生存空间与文化空间，从冯梦龙、凌濛初到老舍、张爱玲、苏青、予且、黄谷柳、汪曾祺、陆文夫、范小青、邓友梅、刘心武、刘恒、冯骥才、林希、王朔、池莉、王安忆、金宇澄、洪三泰、张欣、亦舒、余华、莫言等都描绘了一幅幅市井气息浓郁的市民生态景观图像，为读者提供了栩栩如生的市井生态标本，揭示了市井细民的生存本相。因此，市井实际上是中国城市、集镇的一种能辐射、集中所有景况的丰富存在，是城市的体征。把市井作为体征去抒写，并以其韵味揭示较深的层面，这也是新时期以来作家们对中国当代文学的一个重要开拓。

第二节　流变轨迹及叙事模式

中国市井风情小说的历史源远流长，现当代小说继承和发展了传统的市民文学艺术形式。中国特殊的社会、政治、文化背景，对小说家的创作观念产生了深刻的影响，使得现当代小说形成了两次市民文学浪潮，出现了以北京为代表的"乡土中国市井"、以上海为代表的"挟带洋场风韵市

---

① 杨义. 中国叙述学的文化阐释［M］//重绘中国文学地图. 北京：中国社会科学出版社，2003：1.

② 杨义. 杨义访谈录［M］//重绘中国文学地图. 北京：中国社会科学出版社，2003：496.

井"、以大江南北小镇等为代表的"间巷市井"三种最具代表性的市井叙事模式。中国传统市民文学的影响及意义不可低估。

马克思指出："物质劳动和精神劳动的最大一次分工，就是城市和乡村的分离。""城市本身表明了人口、生产工具、资本、享乐和需求的集中。"① 可见，城市是人类社会基本的聚落形态之一，是与乡村相对而言的。城市的含义和特征在不同的历史发展阶段也不尽相同，并且中国城市的形成和发展独具特色，走过了一条与西方不同的道路，从而也影响和决定着中国市民及市民社会与西方的迥异，它们反过来也影响和决定着中国市民文学、市井风情小说与西方城市文学的不同面貌和特色。

下面结合中国现当代城市的发展状况，具体分析转型期间不同阶段、不同区域的中国市井风情小说的特点，梳理其流变轨迹并归纳其叙事模式。

一、现代文学史上第一次市民文学浪潮：20 世纪 20—40 年代

1919 年后，由于资本主义世界工业革命的兴起，工业新技术和大机器生产的浪潮波及中国，中国的城市化进程相对加快。到 1947 年底，全国 5 万人以上的城市达到了 168 个②。随着现代城市的发展，新市民阶层的兴起，促进了市民文学的转型，在 20 世纪 20—40 年代的中国，掀起了现代文学史上市民文学的浪潮。因为社会转型和商业性文化环境的形成，作家对主流意识形态（主流文化）的反拨和纯文学性的消解，不少现代市井风情小说在继承我国传统市民文学的基础上注入了新元素。概括来看，这时期我国的市井风情小说创作主要以北平、上海为两大中心，题材众多，风格多样，但大致可以划分为三大模式、五种情况。

第一种模式：以北平为代表的皇城由封建古都转向半封建古都、现代城市的文学。其作品突出反映半封建古都的市井风情，显现出"旧中有新"的特色。具体来说，这类小说创作可分下列两种情况：

1. 主要用现实主义创作方法来表现中国传统都市在现代文明冲击下广大市民阶层心理的变化，"市民阶层命运向何处去？"成为这类市民文学最关心的问题，主要作家有老舍等。老舍相继创作了《老张的哲学》《赵子曰》《离婚》《断魂枪》《月牙儿》《骆驼祥子》《四世同堂》等小说，其以

---

① 马克思恩格斯全集：第 3 卷 [M]. 北京：人民出版社，1965：56—57.
② 靳润成. 中国城市化之路 [M]. 上海：学林出版社，1999：210—211.

北平的市井作为故事发生的背景，聚焦古都普通市井细民的生存状态，展现了半封建古都的市井风情特色。如《骆驼祥子》《离婚》较广泛地展现了古都市民阶层的生活图景，从中国传统文化视角观照市民生活。其笔下人物与上海的"新感觉派"、张爱玲等作家笔下的人物不同，没有出现真正意义上的现代资产阶级人物，缺乏开拓进取的雄心壮志，基本上是新派人物，积极因素少。虎妞形象多少折射出来一些现代女性的意识，没有传统的"三从四德"等观念。最多的人物形象是旧派市民，如祥子是个洋车夫。《骆驼祥子》揭示了现代西方文明资本主义侵略中国后农民的悲惨命运，由于种种主客观的复杂原因，农民走向城市后不能成为产业工人，只能沦落为流氓无产者，其命运发人深省。

2. 由原有的都市通俗文学走向现代都市通俗文学，日益平民化、生活化，代表作家有张恨水等。清末民初，文坛上出现了以消遣、趣味、娱乐为主旨的都市通俗文学，以"鸳鸯蝴蝶派"为代表，主要作家有包天笑、秦瘦鸥、张恨水等人。到了20世纪30年代前后，其中的一些作家创作了较多的新市井风情小说，如张恨水、秦瘦鸥等人。他们既接纳传统的文化、价值观念，驰骋于旧派章回小说的腹地，又力图突破"鸳鸯蝴蝶派"的狭小躯壳，以适应"五四"以来批判传统观念的时代风潮，跟上现代的步伐。如《啼笑姻缘》通过少年学子樊家树与贫寒的鼓姬沈凤喜的爱情传奇及其悲剧结局，呼唤着谴责强权、同情被损害者的平民主义，内容上聚合了下层社会和上层社会，其形式熔言情、社会与武侠小说于一炉；《八十一梦》则运用由真入幻、以幻证真的梦幻形式，参照明清神怪、讽刺小说及近代谴责小说的笔法，揭露官僚的贪污腐败、骄奢淫逸，投机商人的囤积居奇、巧取豪夺，为读者剥脱出一个昏天黑地、五光十色的"雾重庆"都市社会。秦瘦鸥的《秋海棠》风靡一时，作者运用中国传统小说笔法，描写了一位名优同一个被军阀霸占的女人凄婉动人的爱情悲剧，鞭挞了黑暗的社会和军阀的罪恶。故事跌宕起伏，曲折离奇，一波三折，符合当时人们的审美心理习惯，很受欢迎，并被改编成剧本上演，广为传播。

第二种模式：以上海为代表的市民文学，这类市民文学更突出反映半殖民地的现代都市风情，"市井"在海派小说中有了新的表现形态。它们大致可分以下两种情况：

1. 既具有先锋性同时也具有一定市井性的"新感觉心理分析派"，主要代表作家有刘呐鸥、施蛰存、穆时英等。值得注意的是，以往人们一般只注重"新感觉派"的先锋性，而忽略它实际还存在的"市井性"，像穆时英早期的作品《南北极》，主人公都是下等社会的男性——一些青洪帮式的男性，粗鲁、直率、残忍、好杀、狡狯、浮滑，种种坏习惯，无一不备，但也有一种为上流人所不及的侠义气概——实质是一股浓得化不开的市井气。即便后期的穆时英、刘呐鸥与我国古代的白居易、元稹、柳永等也很有几分相似之处，落魄、孤独、寂寞时便跑到各种娱乐场所去寻欢，一副放浪形骸的浪子形象。他们和正统文人所要求的"修身齐家治国平天下"背道而驰，因为市井意识渗透、影响了这些知识分子。有学者谈到中国知识阶级缺乏独立思想，达则与贵族同化，穷则与游民为伍，因而在文化上也有双重性，一面是贵族性，夸大骄慢；另一面则是游民性，轻佻浮躁，凡事皆倾向过激，往往同一人，处拂逆则显游民性，顺利则显贵族性。① 这种分析很有见地，"新感觉派"笔下的浪子，身份上虽然多属白领，表面西化色彩很浓，细细分析，却发现其洋化的背后颇有些中国自古即有的市井浪子遗风。并且，新感觉派小说的人物、故事多集中在消费场所，如舞场、赌场、剧院，从中可看出他们与市井狎邪小说的某种关联。

2. 把现代性与市井性对接的新市民小说，市井性浓郁，这派作家以张爱玲、苏青、予且等为代表。他们的作品大都表现新市民日常生活中的世俗趣味、物质欲望、情欲世界，多集中于家庭琐事上。张爱玲风行于世是在 20 世纪 40 年代。当时的左翼作家正在"时代的风口浪尖"上拼命地摇旗呐喊，展望光明的未来，其时的文学创作往往在理想的光照下，以揭露社会痛苦为己任，但是这种理想主义在沦陷区的国土上被抛弃了，在这片文化废墟上生长出来的是讲实利的市民文学。张爱玲的根在都市，熟悉都市，是市民世界一分子，她曾直言不讳地说自己是一个俗人，爱钱，爱逛街，爱吃零食，爱穿大红大绿的衣服，喜欢斤斤计较，热爱通俗文化等，所以她在表现市民生活心理时就更显得得心应手，且对市民嘲讽时有更多认同、宽容和理解，"世上有用的人往往是俗人""他们有什么不好，我都能够原谅，有时候还有喜欢，因为他们存在，他们是真的"②。世情、言情、闺闱等构成了张爱玲小说创作的重要特征。正是如此，她的《传奇》一出版就能产生轰动效应，作品中散发出来的市井趣味，迎合了市民的欣赏口味。从这个意义上来说，张爱玲及其作品是大众的，她为我们谱写了一部隐没于市井的"没落贵族"的俗世而苍凉的传奇。"小市民"代表和

---

① 王学泰. 游民文化与中国社会绪论 [M]. 北京：学苑出版社，1999：2.
② 张爱玲. 我看苏青 [M] // 来凤仪. 张爱玲散文全编. 杭州：浙江文艺出版社，1992：257.

象征了张爱玲所恋恋不舍的人生的安稳的一面，但张爱玲又是高雅的，她在对市民人生作形而下细密真切的表现时又蕴涵了对人的生存状况、生存意义的形而上的思索。《传奇》响彻着通常的人生的回声——正如在《茉莉香片》中的一个比喻："人生是一袭华美的袍，爬满了虱子。"正是对通常人生的回声的表现，她的小说完成了对传统通俗小说的超越。张爱玲等的出现，使得中国传统市民文学在她们手里得到了很大的提升和超越，她的琐碎却又深广的世俗人生描写最终指向了人生悲剧性的宿命——苍凉。另一位女作家苏青也以俗人自居，她的作品首先带给人们的就是一种亲切感。她不同于那些"君临"读者的作家，多了一份贴近常人的亲切，多了一份与普通市民大众的沟通。谭正璧曾这样分析苏青的作品："作者在小说里所擅长的也是心理描写，她描写的又全都是女性的性欲心理。""大多数人对于她的作品，不过是抱着和一般人欢喜读《金瓶梅》《X 史》相同态度，这种态度并不是读者程度的幼稚，或是心理的堕落，而全以作者全部文章的内容为因子。"① 而张爱玲说得更到位："踏实地把握住生活的情趣的，苏青是第一个，她的特点是'伟大的单纯'。经过她那俊洁的表现，最普通的成为最动人的。因为人类的共同性，她比谁都懂得。"② 的确如此，苏青笔下总是不离市井生活的方方面面，尤其把目光全力投注于女性，以主妇或市民的见解截取生活的横断面，在对日常生活琐事的描绘中导引出对"意义"的探寻。予且则钟情上海亭子间小市民的小小悲欢，市井民间是他们书写不尽的源泉。

第三种模式：以苏北的汪曾祺、珠江流域的黄谷柳等为代表的"闾巷市井"叙事。

汪曾祺的《鸡鸭名家》《落魄》（后来写的《受戒》《大淖记事》），黄谷柳的《虾球传》等作品尽显市井风采；即使是"人生派"的叶圣陶，"左翼"的张天翼、李劼人等作家的作品也市井味十足。"人生派"及左翼作家一般被人们习惯看作是社会宏大叙事，注重阶级性、时代性，但恐怕并不尽然，也有一些作家有自己独特的话语，尽管他们不是市民小说家，然而并不缺乏市井意识，如叶圣陶、张天翼、李劼人。他们的创作相当一部分关注普通市民的生存状态，从城市集镇、市井间巷之间的文化风俗来显示社会现实的环境，尤其是剖示人物的文化心理，画出"市井细民的魂灵"。如果说叶圣陶、张天翼的小说格调更多是在细腻的客观写实中描摹

---

① 苏青. 苏青文集：下册 [M]. 上海：上海书店，1997：487.
② 许道明. 海派文学论 [M]. 上海：复旦大学出版社，1999：389.

出小市民、小职员的灰色人生，那么李劼人等左翼作家，则更多是在粗犷的浪漫主义氛围中写出江湖上游民们不屈、野性的生命活力。李劼人描绘了袍哥、流氓、土匪、妓女、商人、衙役、旧文人等一大批栩栩如生的三教九流、五行八作的市井人物。珠江流域黄谷柳先生的《虾球传》则是粤港社会的浮世绘，显示其价值的独特、地位的独特。

在香港这个典型的殖民地社会里，"三教九流无所不有，有摆地摊卖东西的，有打武卖膏药的，有占卦算命的，也有像'虾球''牛仔'这样当'扒手'的流浪儿童。"① 在那里，城市流氓、黑社会、行帮横行，他们与当地中上层官僚政客沆瀣一气，构成了一幅丑恶众生的画图。

围绕着人物的活动，作品向读者展示的是一幅殖民地都市特有景观：扒窃、大盗、走私。黑社会行帮组织中的小马仔，有组织地进行扒窃，窃得钱财上交小头目，然后分得一小份；黑社会行帮组织的大行动，偷盗海轮商船的货舱，用舢板装运，与缉私船周旋；黑社会行帮组织借军舰走私，贪得无厌而不顾过量超载，导致舰艇倾覆……它们交织在一起构成了殖民地都市文化的斑斓色彩。请看作者对广州一角的描绘：

> 沙溪是广州四郊千百个大赌窟中最典型的一个。围绕着这大赌窟的周围，有娼妓的花艇、有雷公轰的当店、有并排栉比的鸦片烟窟、有女招待的狗肉寮、有大茶楼大酒肆、有金银外钞找换店、有枪支武器交换所，更还有各种征税机关和兵役机关。这里的最高行政首长是一个首席保长，他是这里的大地主，这大赌窟就是建筑在他自己的茨菇塘上。沿码头的江边，建筑有高耸入云的炮楼，保护着这块土地。
>
> 沿岸的景物是美丽的，北堤是荔枝树向南岸的杨桃树点头招呼；江水击拍着一片翠绿的青草；在丰饶的大地上，簇拥着一堆堆的村舍，鸭群在村前池塘中游泳；村女们赤足下塘去采茨菇……

特有的南国风情一一展现，活脱脱是一部流浪者的世态风情小说。

二、第二次市民文学浪潮：20 世纪 80 年代至今

1949 年新中国成立初期，我国城市化水平达 11%。"一五"期间城镇

---

① 钟敬文. 回忆谷柳 [M] // 新文学史料：第 3 辑. 人民文学出版社，1979：142.

人口增加 2400 万人，年均增长 7.22％。[1]

改革开放以后我国城市化空前发展，据统计，2001 年我国城市总数达到 700 多个，其中，人口总数超过 1000 万以上的特大城市有 5 个，即北京市、上海市、天津市、广州市、重庆市，人口在 100 万—1000 万之间的大城市有 40 余个，人口在 50 万—100 万之间的中等城市 50 余个。另外，还有 2000 余个建制镇。城镇非农业人口已近 5000 万，全国城市化水平达到近 40％。[2] 到 2019 年底中国城镇化率达到了 60％，根据联合国预测，到 2030 年中国城市化率将达约 70.6％，2 亿新增城镇人口的约 80％将分布在 19 个城市群，约 60％将分布在长三角、珠三角、京津冀、长江中游、成渝、中原、山东半岛等 7 大城市群。随即而来的是中国的市民社会、市民意识有了巨大的发展和提升，带有浓厚市井意识的市井风情小说创作也呈现出新特色。

1. "王朔与池莉现象"

随着我国市场经济体制的逐步确立，各种禁忌的打破，私人生活空间的自由度的扩大，城市化、现代化浪潮的跌宕，我国掀起了第二次市民文学的浪潮。蛰居京城的王朔更是率先举起了"市民精神"的大旗。笔者认为，王朔更多地承续、弘扬了我国传统的市民文化精神——市井意识，一定程度上，王朔是当代社会的"冯梦龙"。他成功了，得到众多的喝彩，掌声主要来自平民，也招致不少诟骂，其中颇多来自知识分子阶层。在市场经济的大潮中，王朔的小说走向了市场，开创卖文之先河，与影视联姻。他改变了中国作家的生存方式、角色功能和文化人格。其小说最突出的成就是率先开掘了新时期以来新兴的市民阶层资源，他塑造了这个阶层一系列的"痞子"形象，"物欲"和"情欲"成了他们生活的中心，世俗性的享乐文化代表了这个新兴市民阶层的趣味。在二十世纪八九十年代的中国，这些世俗化的"顽主"形象无疑具有革命性的意义。他们一方面是对我国长期以来执行"左"的错误所造成的思想禁锢的反叛，以一种更加实际和现实的观念来看待生活；另一方面，世俗化以休闲娱乐为主，这种趣味反感霸权言论和知识分子的启蒙说教。王朔对意识形态话语和启蒙话语的痛快淋漓、毫不留情的颠覆是小说流行的主要原因，难怪有人评论王朔的小说是"市井的狂欢"[3]。

① 靳润成. 中国城市化之路 [M]. 上海：学林出版社，1999：210—211.
② 邓伟志. 当代"城市病"[M]. 北京：中国青年出版社，2003：1.
③ 陈虹. 市井的狂欢 [J]. 文艺评论，1993（1）：4.

第二章 市井：从传统到现代

紧接而起的池莉等"新写实"小说家也不甘人后。池莉以一种沉迷的姿态来叙写当代中国社会转型时期市井大众的原生态生活，市民立场价值取向非常明显，其作品表现的是都市闾巷市民的日常生活。日常生活虽然平庸烦琐，却是实实在在的。池莉以"过日子三部曲"——《烦恼人生》《不谈爱情》和《太阳出世》而名扬文坛。

2. 北方：多聚焦清末民初的各色市井人物，挖掘历史的陈迹

20世纪80年代新时期文学发展以来，北方出现了北京邓友梅的《寻找"画儿韩"》《那五》《烟壶》等"新京味小说"，以及天津冯骥才的《神鞭》《三寸金莲》《阴阳八卦》《炮打双灯》《市井人物》、林希的《天津闲人》《相士无非子》等"津门小说"，他们的小说大多聚焦清末民初的各色市井人物，挖掘历史的陈迹。邓友梅的小说主要表现的是封建社会末期畸形的文化和这种文化培养熏陶出来的特殊市民阶层，有纨绔子弟、行医郎中、小报记者、说唱艺人、古董商贾、地痞流氓，堪称一幅近代社会的"清明上河图"，"民俗学风味"十足，让人们窥见了在职业历史学家、经济学家、社会学家笔下难以见到的八旗子弟史、梨园史、文物书画史和艺人史。冯骥才则侧重细心体味和描绘直接体现文物化、史俗化的人物细节，如女人的小脚、男人的辫子等，并由这种既是人体自然的东西又是历史衍化的产物的艺术再现、激活僵死的历史，达到对民族文化进行深层咀嚼反思的目的。林希则为天津的混混们书写了一部现代传奇。这些小说在艺术表现形式上大都汲取了中国传统市民文学的元素，擅于讲故事，具有一波三折、起伏不断的情节和通俗易懂、诙谐风趣的语言，并有一贯的北方文化的阳刚之气。当然，与此同时也出现了不少关注当代市民生活的作品，如刘心武创作的《钟鼓楼》反映了处于时代洪流变迁中的北京市民生活，被称为"新京味小说"。从表面上看，小说讲述了公元1982年12月12日（农历十月二十八日）这一天中，发生在北京钟鼓楼一带的故事，而实际上，作品的时间跨度却长达上百年（从清朝末年到20世纪80年代初）。小说向读者展示了北京市民的生活场景。作品中，三教九流、士农工商等各阶层人物无不栩栩如生。市井细民的悲欢离合、几代人的命运沉浮历历在目，犹如翻开了城市记忆的浮世绘，堪称京味特色的当代版"清明上河图"。稍后出现的莫言更有打通中国城市、乡镇割不断的血脉相连的《红高粱家族》《丰乳肥臀》《檀香刑》等众多作品。其作品大雅大俗、大喜大悲、大开大合，被翻译成英语、德语、法语、韩语、日语、西班牙语等多种语言在国外销售，深受国内外读者的喜爱，先后获得了茅盾文学

奖、诺贝尔文学奖等多个奖项。

3. 南方：对当代鲜活的市井细民给予了特别的关注

这时期在南方，则出现了江苏陆文夫的《小贩世家》《美食家》、范小青的《裤裆巷风流记》等带有浓郁的苏州风情的"小巷文学"，上海王安忆的《好婆与李同志》、程乃珊的《女儿经》等"海派小说"，他们都较早在文化意识的观照中塑造了一批市井小民形象。还有上海作家金宇澄，其长篇小说《繁花》在2012年秋冬卷《收获》上发表，广受好评，获得了2015年度第九届茅盾文学奖，被誉为"最好的上海小说之一和最好的城市小说之一"。整部小说是"话本体"，采取中国传统章回小说穿插法——单双章双线交叉的叙述方式，不慌不忙地将20世纪60年代到90年代2个时期30多年来上海市井生活的变化一一呈现，主要描写了主人公沪生、阿宝和小毛从少年到中年的成长经历。都市的风物人情，少男少女的成长或沉沦，时代的沧桑变化，在《繁花》这部小说里被淋漓尽致地体现。《繁花》的笔调是冷峻的，又带着冷幽默。作者熟知这繁花喧闹里的空虚和无聊，而这恰恰是芸芸众生的人生之旅。① 与北方京津市井小说不同的是，南方的小说大多无意于历史陈迹的挖掘，而是对当代鲜活的市井细民给予了特别的关注，不少小说散发出江南水乡独有的清新俊逸、柔软轻灵之气，给市民文学增添了一道新的风景线。

在岭南地区的广东则出现了张欣（又被称为"新生代作家"）的《爱又如何》《岁月无敌》《浮世缘》《千万与春住》等描写都市人生百态的"岭南小说"。如《爱又如何》的主线是写朱可馨与沈伟的爱情故事，爱固然重要，但面对生活的压力，孰轻孰重？显然，生存是第一位的，爱又如何？《千万与春住》最初发表在2019年第2期的《花城》杂志上，在2019年第3期的《长篇小说选刊》上转载，2019年6月由花城出版社推出单行本。其书名取自我国北宋时期的词人王观的句子"若到江南赶上春，千万和春住"。小说寓意当我们的人生中遭遇黑暗，也要让自己有勇气发出光亮，哪怕是微弱的光亮也要奉献给自己与所爱的人。小说写得极富传奇性。都市女性滕纳蜜是某单位培训中心主任，虽然精明决断，但她的生活却如一盘糟糕的棋局错乱不堪——婚姻破裂、儿子丢失、闺密失联。然而，随着警方发现了儿子薛狮狮的下落，隐藏了多年的秘密逐渐浮出水

---

① 王纪人. 沪语市井浮世绘——评金宇澄的《繁花》和"繁花体"［N］. 解放日报，2012-11-16.

面，这足以毁灭几个家庭……小说扣人心弦，道尽都市日常生活，烟火气背后，见证了人生的沧桑，这是张欣小说的魅力。其小说切合了广东岭南文化的世俗性，受到读者的好评。

还有广东湛江遂溪籍作家洪三泰，其作品具有浓郁的"岭南情结"，如长篇小说《风流时代三部曲》（《野情》《野性》《又见风花雪月》，花城出版社 2000 年出版）主要描写了错综复杂的商战。在广州房地产市场上，房地产漩涡浮浮沉沉，神秘富豪刁达八与国企房地产巨子魏巨兵进行了惊心动魄的角逐。海外巨商的介入，使竞争更加复杂激烈。魏巨兵起起落落，经营惨淡，身心憔悴。作品还写了他扑朔迷离的爱情生活，缠缠绵绵，但最后是竹篮打水一场空。经历过低谷，抵达过高峰，沉浮不定，命运无常，以喜剧开场，终了还是悲剧，如此结局让人心生几多感慨。从作品中我们窥见了时代的风云变幻。

同时期出现的香港言情小说家亦舒，也创作了大量的作品，主要有《喜宝》《玫瑰的故事》《香雪海》《风信子》《曼陀罗》《花解语》《圆舞》《连环》《朝花夕拾》《异乡人》《我的前半生》《她比烟花寂寞》《西岸阳光充沛》《曾经深爱过》等。亦舒的小说不粉饰生活，不美化现实，展现了真实的香港生活和现代都市人的情感状态。其作品尤其反映了都市女性在香港社会下艰难的生存境遇，高度发展的工商业社会对爱情、婚姻、亲情的异化以及都市人难脱寂寞的命运，探讨了都市女性的出路，揭示了都市人自私、功利、冷酷的人性，展现了香港文明繁华背后的苍凉。亦舒的言情小说格调清新，情节奇诡，可读性强，不仅在香港流行，也风靡于东南亚等华人地区。

稍后出现的浙江作家余华创作了《活着》《许三观卖血记》《兄弟》《第七天》等作品，这些作品大多已成为经典。余华的作品雅俗共赏，好评如潮，《活着》《许三观卖血记》入选百位批评家和文学编辑评选的 20 世纪 90 年代最具有影响的 10 部作品，多部作品被译成英语、俄语、法语、德语、日语等 20 多种语言，在 20 多个国家出版发行。浙江的余华与山东的莫言一南一北，遥相呼应，他们的作品植根于中华民族悠久的历史文化传统，真实描写了中国城市与农村百姓的生活状况。他们从市井文化、市民文学丰厚的资源中广泛汲取营养，同时放眼世界，吸收了国外的批判现实主义、现代主义、拉美的魔幻现实主义乃至后现代主义等多种写作手法。余华等作家的创作融合了中外文化，创造了新时期文学的辉煌，成为改革开放以来中国当代文坛的领军人物。

4. "新生代作家"："欲望的叙事"

1992 年，我国市场化进程开始加快，由此带来了我国城市化、现代化的较快发展，城市人口从 1978 年的 10％上升到 2001 年的 40％，促进了新的市民阶层的兴起，他们在城市生活中扮演着越来越重要的角色。也正因此，我国新市井风情小说遽然崛起。《上海文学》与《佛山文艺》联手在1995 年推出新市民小说，并发表《新市民小说联展征文暨评奖启事》。新市民小说实际上已一跃成为当下的文学主流，其主要代表性作家有邱华栋《手上的星光》《环境戏剧人》、韩东《障碍》、朱文《我爱美元》《尖锐之秋》、何顿《生活无罪》《我不想事》《无所谓》、张欣《爱又如何》《岁月无敌》、唐颖《糜烂》《红颜》等。这些人被称为"新生代作家"。

随着城市化进程的发展，大量的农民、小职员离开他们世代居住的乡镇来到城市，中国社会出现了巨大的边缘人员层——流民。他们无户籍、无固定工作与居所，希望有一天能被城市接纳，这些"闯入者"成为新市民小说着意描绘的对象。"闯入者"一进入城市，便被五光十色的都市繁华迷惑，都市点燃了他们内心蛰伏已久的欲望："我必须进入一个新的社会阶层，在这样一个社会迅速分层的时期，我必须过上舒适的生活。"① 为此，"闯入者"们使出了各种手段，《音乐工厂》里的杨兰离开乡村到城市打工，一度陷入困境，于是她出卖自己青春的肉体来赚钱，获取金钱上的最大满足成了她生活中的目标。"欲望的叙事"成了当代文坛一道眩惑的风景线，而从这些新市民小说中我们既感受到了扑面而来的西方现代都市旋风，同时又嗅到了《金瓶梅》等明清市井艳情小说的遗味。

2020 年第七次全国人口普查数据显示，从 2010 年第六次全国人口普查到 2020 年这 10 年间，中国城镇常住人口增加 2.36 亿人，常住人口城镇化率提高 14.21 个百分点，居住在城镇的人口为 90199 万人，占总人口的63.89％，随着中国经济社会持续发展和促进城镇化发展各项改革措施持续推进，城镇化率仍将保持上升趋势。城市化、现代化的发展，促进了新的市民阶层的兴起，他们在城市生活中扮演着越来越重要的角色，城市文学也越来越繁荣丰富。

总之，从张恨水、老舍、汪曾祺、张爱玲、苏青、王朔、池莉、金宇澄、余华、莫言等人身上，我们可以明显看到他们与市民文学——市井日常生活叙事的传承关系。他们对我国市井文化传统精神的承续和弘扬，也起到非常重要的作用。

---

① 邱华栋. 环境戏剧人［J］. 上海文学，1995（5）：23.

第三节　文化立场与叙事艺术

丹尼尔·贝尔曾对"文化"做出了这样的定义："文化本身是为人类生命过程提供解释系统，帮助他们对付生存困境的一种努力。"① "文化领域是意义的领域，它通过艺术与仪式，以想象的表现方法诠释世界的意义。"② 如果将这一定义延伸到以叙述市井生态景观和世俗文化见长的新时期以来的中国市民文学上，同样有其适应性。生态景观、世俗文化无疑也具有对人的生命过程提供以民间理性为观照点的解释，而文学艺术又因其更利于"以想象的表现方法诠释世界的意义"，比现实的世俗生活和世俗事相的展示更具体形象，更"切近人与历史、人与社会的深刻关联点，因而也更容易蕴涵较大的思想深度和意识到的历史内容"③。新时期以来的中国市民文学正是当代文学史上各阶段以世俗文化为主要叙事内容的小说创作文本的聚合，它通过叙述市井文化中集体性、传承性、模式性、地方性的世俗事相和世俗心理来关注中下层民众的生存境遇、行为方式、心理愿望、宗教信仰、伦理观念、道德范型及社会组织，实际上它是以世俗的内容和文学的具体性、情感性、审美性特征相结合的方式对人类的生命过程提供最充分的形象化的叙事。无疑，新时期以来中国市民文学的叙事具有鲜明的特征并凸显出浓郁的文化意识。

一、"为市井细民写心"：作家感同身受的"自我"叙事

以市井作为叙事和审美对象的市民文学创作，在我国源远流长。在古代中国的市民文学发轫之初，市民作家们就将目光投向市井间巷，以他们所熟悉的市井风情为依托、支点、媒介来反映历史、现实以及历史与现实的联系，这成为中国市民文学一个宝贵的传统。《金瓶梅》"三言""二拍"等小说就为我们树立了典范。现代小说家张恨水、老舍、张爱玲以及新时期以来的汪曾祺、邓友梅、刘心武、刘恒、冯骥才、王安忆、金宇澄、陆

---

① ［美］丹尼尔·贝尔著. 资本主义文化矛盾［M］. 北京：北京三联书店，1989：24.
② ［美］丹尼尔·贝尔著. 资本主义文化矛盾［M］. 北京：北京三联书店，1989：31.
③ 程金城. 生命过程的解释与对付困境的努力［J］. 甘肃社会科学，2002（5）：82—88.

文夫、范小青、池莉、张欣、洪三泰、亦舒、余华、莫言等，发扬市井风情小说的精髓，取得了巨大成就。他们的文学追求、价值取向体现出了较多的相似性。

诚然，市井风情，特别是世俗情趣——物欲、情欲向来是文学家所乐意关注和表现的，但不同作家有着不同的叙事立场与价值取向。在不少作家的笔下，这种关注所构成的叙述却是一种关于"他者"的叙事。尽管有良知的作家们在叙述这个"他者"的故事时也不乏同情、怜悯和关怀，为市井庸众们的痛苦、不幸呼吁和呐喊，但是作家笔下的"他者"毕竟是一个被观照、被叙述的对象，作家的"自我"与被叙述的"他者"之间，始终存在着一段距离——一段由于生存方式和生命体验的不同而不是因为缺乏同情心所造成的距离。"这段距离所带来的，则是对'他者'的感受和理解的隔膜。虽说同情也许能填补距离造成的空当，却无法让作家获得只有身处'他者'位置才能得到的那些虽然琐碎然而却是切肤的经验，更难以体认平民百姓由此形成的人生感受，即那些滋生于琐碎生活细节的乐趣和悲哀。"① 而我们看到的张恨水、老舍、张爱玲、苏青、予且、汪曾祺、刘心武、刘恒、陆文夫、范小青、池莉、张欣、亦舒、余华、莫言等作家则不然，他们笔下的市井细民的生活故事已不是一种关于"他者"的叙事，而更多的是一种感同身受的"自我"的叙事。尽管他们对市民也有委婉的批评，但他们的情感趋向是站在市民一边的，对市井细民的七情六欲、琐碎人生不仅寄寓了深切的理解、同情，更多的是融入与认同，"因为懂得，所以慈悲"；我们从他们的文学世界中了解到的是求真、求实、求生存发展的市井细民化认知世界。在他们的作品中，张扬着的不仅是单纯的市井平民生存及人身保障的"生存权"，而且是由此引发的以人做主体所显现出的坚韧的生命意志，在生活的锤炼中所体现的真诚、善良、宽容与忍辱负重的生命特色。他们真诚地"为市井细民写心"，描绘这些市井细民的七情六欲、喜怒哀乐、人生理想，一定程度上也就是自我的描绘。作家们实在没法阻止自己的这种情感投入，对于市民，他们不可能是鲁迅式的纯粹精英知识分子的"观照"、俯视态度，也不会像茅盾那样具有社会政治学家的意识形态立场。这正是这些作家区别于许多中国现当代作家的地方，是市井意识的流露。

① 孙文宪. 世俗生活的意义［J］. 江汉大学学报，2003，22（6）：2—24.

二、市井生态景观与精神表象：市民文学的叙事焦点

（一）刻意叙说和发掘"日常生活的况味"

马克思说："人们为了能够'创造历史'，必须能够生活。但是为了生活，首先就需要衣、食、住以及其他东西。因此第一个历史活动就是生产满足这些需要的资料，即生产物资生活本身。"[①] 马克思视"生活"为人类的"第一个历史活动"，并进而指出："现代历史著述方面的一切真正进步，都是当历史学家从政治形式的外表深入社会生活深处时才取得的。"[②]诚然，生活，包括吃、穿、用和休闲在内，是人类赖以生存和发展的基本方式，只是在吃什么、穿什么、用什么，怎样吃、怎样穿、怎样用、怎样玩的方方面面各民族表现出种种差别，创造出独特的文化形态和民族传统。在此需特别指出的是，比之于其他只把衣食住行——"饮食男女"作为一种背景的小说，现当代市民文学明显不同。"饮食男女"等生态景观构成了市民文学叙述的本体，作家们努力在"饮食男女"的生态景观中挖掘出"生活的况味"，从而品味出人生的意义。

这里所说的生态景观，主要是指为维持自我生存和繁衍后代而进行的日常生活活动，它总是在个人的现实环境中发生。从这个意义上说，现当代市民文学绝大多数可称得上是日常化写作，其特点就是把日常生活作为文学叙事和审美的主要对象，不断描述日常生活和经验，具有将日常生活转化为艺术的审美倾向。其本质是对人生庸常经验和世俗诉求的表现，取消附着在日常生活之上的一切诗意的、理想的、精神的因素，并企图以此来消解、颠覆人性的普遍价值。日常化写作的这种创作姿态消解了文学艺术的神圣性、理想性和超越性，从而赋予文学艺术以平民色彩，使日常生活从国家政治和传统伦理道德中分离出来成为私人领域，并为其提供存在的合理化依据。现当代市民文学的大多数作家之所以具有这样的写作姿态，主要是因为作家在意识上接受了商业化社会对文人的世俗化改造。社会与时俱进，其分化发展的结果使市民和知识分子之间消弭了界限，有相互转化的可能。新时期以来部分文化精英通过叙述日常生活、日常经验和颠覆传统价值观来还原现实生活的原生态和"纯态事实"，还原被传统精神饰物所遮蔽了的现代市民的日常生活。

---

① 马克思恩格斯全集：第 1 卷 [M]．北京：人民出版社，1965：32.
② 马克思恩格斯全集：第 47 卷 [M]．北京：人民出版社，1965：501.

诚然，"日常生活"决定了市民文学诉诸市井细民世俗欲求、满足现实精神欲望的意识形态属性——即市井文化的"市井意识"。这里所说的市井意识，是指商品经济、消费社会中影响、制约甚至支配大众现实日常生活的一种思维方式或价值观念，它以市井文化为载体，消解精英文化的"彼岸理想"，肯定并宣扬当下的世俗生活以及从中滋生出来的价值观念和伦理道德。这是一种"迥然不同于泛政治意识形态以及传统意识形态的另一种社会意识形态""二者之间的区别在于：前者关注终极意义和对终极价值的承诺，后者关注现实意义和对当下利益的获得；前者是理想主义的，后者是实利主义的；前者注重精神追求，后者注重物质消费；前者维护意识形态的纯洁性、正统性、神圣性，后者则表现出自己的杂糅性、中立性、大众性"。① 秉承"市井意识"，现当代市民文学描绘出了从 20 世纪到 21 世纪现今社会历史的变迁和不同时代、不同区域市井间的世俗景观，刻画出形形色色的市井人物，真实地展现出三教九流的众生相和由这些人物构成的光怪陆离的社会景观。这是中国社会的经济、政治、人情、世态的风俗画上的市人相，或者说是市人相的生态景观图画。

　　这里姑且以北京、上海两座城市为例论述，因为它们基本上可代表中国现当代市民社会的两种表现形态。

　　先谈古都北京。北京是代表了皇城乡土中国向现代中国转换过程中保留了很多乡土性的半现代城市。明清以来它作为皇城而成为中国文化的中心，在近代它艰难而慢慢地经历向现代城市的过渡过程。传统的本质文化在衰落的同时又顽强地存在着，因此使得变化中的北京保留了某种乡土性；它处于皇城乡土文化向现代文化的转换过程中，所以有某种皇城的乡土性，这是北京市民社会的特点。

　　现代作家老舍是北京市民社会最早的"京味"文学开创人，新时期以来出现了邓友梅、陈建功、王朔等北京市井生态景观的表现者，作品有浓郁的"京味"特色。他们的笔下有车夫、拳师、艺人、剃头匠、妓女、流氓、地痞、无赖等市井人物，从居住习俗（四合院）、市商民俗（热闹的商业街、老字号）、饮食文化（北京小吃、四季食品）、不同行业（拉洋车的、裱糊匠、办丧事的），到家族、亲族、人生礼仪（诞生礼、洗三、生日、婚礼、丧礼）、婚姻习俗（离婚、寡妇再嫁、卖淫）、信仰习俗（迷信、禁忌）、节日习俗（春节、元宵节、端午节）、交往习俗（婆媳关系、

　　① 王又平. 世纪性的跨越——近二十年小说创作潮流研究 [M]. 武汉：华中师范大学出版社，1998：98.

人际交往、送礼还礼）等社会生活诸多方面，叙写了北京的"市井风情录"。如邓友梅从那些破落的八旗子弟、梨园弟子、江湖郎中、古董商人、小报记者、无聊文人、地痞流氓等市井细民众生相的描写中，展现出一幅幅旧北京的市井景观图画。《烟壶》从旗奴制度，写到德胜门外的鬼市交易、押花会的习俗、盂兰盆会斋僧拜佛、中秋节天桥南北十里长街茶食店制作月饼的争奇斗妍，生动地展现了清末北京的世情风俗。《那五》在展示那五的生活经历中，把古董商店博古堂、《紫罗兰画报》报馆、清音茶社、电台的清唱和广告等生活场景贯穿起来。在这些风俗画和生活场景中，蕴含着北京这座古都的历史文化情致。陈建功在"谈天说地"系列小说中，也刻画了各种不同的人物，有挖煤的、扛包的、看门的、蹬三轮的、剃头的大老爷们等，有驾着摩托车、穿着牛仔服、戴着蛤蟆镜、提着录音机的小青年，还有文雅而又窝囊的知识分子、絮絮叨叨爱管闲事的老太太、爱脸面的旗人等。环绕着这些人物的生活场景是街道文化站、菜市场的音乐茶座、摩托车交易市场、街旁路灯下的象棋摊、热闹红火的溜冰场、宾馆门前的停车场、馄饨馆子、理发铺子……形象地再现了当代京城的市井文化景观。

比之北京，上海却是现代都市，相对来说，它与国际接轨是有历史因缘的。20世纪30年代的上海号称"东方巴黎"，是一个现代国际大都会，典型的现代大都市，几乎成为现代中国的一个象征，因而"市井"在海派小说中也有了新的表现形态。而这个城市的子民在思想观念方面同样有着不少的旧习气，如张爱玲所说"上海人是传统的中国人加上近代高压生活的磨炼"。在海派小说中塑造的人物形象就有许多的"市井小人"，如《南北极》等新感觉派作品中有海盗、盐枭、洪门子弟、票匪、土匪、汽车夫、人力车夫、乞丐，舞女、妓女、侍女；新感觉派小说里即使一些人身份属白领，表面上西化色彩很浓，细细分析，却发现其洋化的背后颇有些中国自古即有的市井浪子遗风。予且笔下则有不少的失业职员、普通学生；张爱玲的小说有小麻油坊出身的女儿曹七巧、小保姆阿小，更多的是沦落于市井中的前清遗老遗少们；苏青则写了许多职业女性；周楞伽写了不少的流氓习气甚浓的无产者、军警；赵景深则表现小市民知识分子的灰色人生，如此等等，多为"市井小人"，全为世俗的"日常生活"而生活，斤斤计较于"饮食男女"，可谓名副其实的"市井小人"。海派作家在努力地捕捉上海文化的灵魂，他们找到了弄堂，写出了不少的佳作。像张爱玲就自认"一身俗骨"，喜欢精刮刮的上海人，故她彻底地走进日常生活，喊喊喳喳地絮叨吃、穿、住、用，"从柴米油盐，肥皂、水与太阳之中去寻找实际的人生"①。她为隐没于市井的"没落贵族"谱写了一部俗世而苍凉的传奇，是海派中真正能把现代性与市井性对接的一个天才型作家。苏青也以俗人自居，把"饮食男女，人之大欲存焉"一句改成"饮食男，女人之大欲存焉"，仅此一句，就石破天惊，不知要惊倒多少须眉。其笔下总是不离市井生活的方方面面，尤其把目光全力投注于女性，以主妇或市民的见解截取生活的横断面，在对日常生活琐事的描绘中导引出对"意义"的探寻；虽说她的故乡是宁波，她却"常常是用上海人的眼光观察上海社会，但又习惯用自我的方式予以表现，因此，她的'海派'作品也就独具艺术个性了"②。予且也钟情上海亭子间小市民的小小悲欢。

当代海派作家王安忆承续了张爱玲、苏青、予且等市民小说家的路子，放弃了主流话语的上海形象，自觉地走进上海的民间形态中。她试图寻找上海的灵魂和精神，这精神和灵魂是上海的芯子，她也找到了弄堂。"王琦瑶是典型的上海弄堂的女儿，每天早上，后弄的门一响，提着花书包出来的，就是王琦瑶；下午，跟着隔壁留声机唱'四季调'的，就是王琦瑶；结伴到电影院看费雯丽主演的《乱世佳人》的，是一群王琦瑶；到照相馆去拍小照的，则是两个特别要好的'王琦瑶'。每间偏房或者亭子间里，几乎都坐着一个'王琦瑶'。""上海的弄堂是性感的，有一股肌肤之亲似的。它有着触手的凉和暖，是可感可知，有一些私心的。"③《长恨歌》就这样以"日常生活"为通道，将"个人经验"与历史、现实相沟通，讲述了上海小姐王琦瑶的一生浮沉。在作品中，王安忆只谈人伦日用、饮食男女。历史的沧桑都浸透在普通人的生活起居当中，王安忆从茶点、衣着、摆设、娱乐的小处着眼，将一部城市的大历史讲得踏实妥帖、切肤彻骨、充盈四溢。王安忆对个人日常生活的描述就是对个人与历史之关系的描述。在她的文学世界中，个人和历史既不对立，也不隔膜。个人就生活在历史之中，历史对我们的影响就来源于当下，来源于此时此地的日常生活。

海派另一作家金宇澄，其长篇小说《繁花》在 2012 年秋冬卷《收获》上发表，整部小说是"话本体"，采取中国传统章回小说穿插法，继承明清以来"三言""两拍"、特别是《海上花列传》《苏州繁华梦》《九尾龟》

---

① 张爱玲. 张爱玲文集：第 4 卷 [M]. 合肥：安徽文艺出版社，1992：17—18.
② 胡凌芝. 苏青论 [J]. 中国现代文学研究丛刊，1993 (1)：299—307.
③ 王安忆. 长恨歌 [M]. 北京：作家出版社，2000：5.

《海天鸿雪记》的吴语方言，凡30万言，100多个人物，于不动声色中将20世纪60年代至90年代2个时期30余年来上海惊心动魄的蜕变忠实呈现。金宇澄谦虚地表示："我想做一个位置很低的说书人。"①《繁花》有意将2个时段的上海穿插闪回，通过人物的过去与现在的并置呈现了上海的特殊韵味。金宇澄的写作仿佛手端摄像机，在上海的大街弄堂中穿梭，有时是一览无余的长镜头，有时是细致入微的近距离特写。《繁花》描写建构的文化地理空间基本上是以上海为重心，从静安菜市场到平安电影院，从新闸路的苏州河边到武定路的弄堂，从黄浦江面上船坞的轰鸣到卢湾区的尼古拉斯东正教堂，从茂名路的洋房到瑞金路的石库门，从淮海路的"伟民"邮票橱窗到制造局路花神庙的摊贩，从曹杨工人新村杨树浦到机修分厂……这些上海地理空间的客观描写，一下子将故事的氛围拉回到二十世纪六七十年代，这是小毛、沪生、阿宝等人物活动的文化空间，小说在这一文化空间里上演着日常生活的悲悲喜喜，个体生命的自然生长也得以在这一文化空间里形塑完成。②

总之，现当代市民文学的最大特色就是作家们站在市民的立场上来表现市井间巷细民的日常生活。市井日常生活虽然平庸烦琐，却是实实在在的，谁也无法逃离生活而存在。作家们的笔锁定在中国最广大的市井民众身上，通过对市民生活的精细描绘，展示出了一幅幅生动鲜活的现当代社会生活的市井风情画卷，从而品味出了人生的意义。

（二）"务实圆通、适者生存"：市井文化视角下小市民的生存哲学

耐人寻味的是作家们写出了掩藏在生活表面之下的深层次的市井生存智慧以及市井民间生存原则，务实圆通是市民文学在市井文化视角下观照到的人面对环境的最佳策略。这种人生哲学与中国的文化传统是非常接近的，正如朱光潜先生所说的，中国"是一个最讲实际，最从世俗考虑问题的民族，他们不大进行抽象的思辨，也不想费力去解决那些和现实生活好像没有什么明显的直接关系的终极问题"③。林语堂先生也曾提道：中国人的人生智慧就在于摒除那些不必要的东西，而把哲学上的问题化解到很简单的地步——家庭的享受、生活的享受，同时停止其他不相干的科学训练

---

① 金宇澄，朱小如. 我想做一个位置很低的说书人［N］. 文学报，2012—11—08.
② 刘进才. 俗话雅说、沪语改良与声音呈现—金宇澄《繁花》的文本阅读与语言考察［J］. 中国文学研究，2019（3）：137—146.
③ 朱光潜. 悲剧心理学［M］. 北京：人民文学出版社，1983：215.

和知识的追求。其结果是，生活的目的仅是生活本身，而不是什么形而上。①

市井细民因处在社会中下层，为着人的生存的基本需要，在实际的生活中形成了世故实用、趋时善变、精打细算、泼辣勇敢、顺从忍耐等性格，体现出市井闾巷间的生存智慧。

我们发现，汪曾祺数量并不多的小说中有着许许多多的充满生存智慧的市井民间人物，这些人物活动于各行各业，范围极广。其中有开药店的、开饭店的、开米店的、摆小摊的、制鞭炮的、剃头的、接生的、烤鸡鸭的、车匠、锡匠、挑夫、果贩、更夫、地保、屠户……这些都是市井小人物。

在汪氏的小说中，随处可见许多身怀一技之长的传奇人物，他们多是下里巴人，"引车卖浆者流"，或为艺人，或为平民，不一而足，但身上总有引人注目、与众不同之处。《卖眼镜的宝应人》中的王宝应，"是个跑江湖做生意的"，经历多，见识广，能吹善侃，说"白话"很抓人；《兽医》中的姚有多针法高妙，给牲口治病有奇招，善用针扎，"六针见效"，妙手回春；《鸡鸭名家》中的余老五炕小鸡出神入化，入魔入境，颇有得道成仙之韵味；《八千岁》中的宋侉子相马，堪称一绝；《受戒》里的和尚娶妻生子、赌钱喝酒，甚至在佛殿上杀猪。这些普普通通的平民百姓，凭着自己的特长谋生立足活命。《皮凤三楦房子》中的主人公高大头是一个当代个体手工业者，他为人机智、豁达而又正直、诙谐，颇有扬州评话中皮凤三"皮五癞子"的仗义疏财、打抱不平的侠气。而且对于欺负到自己头上的人，也常用皮凤三式的促狭整得人狼狈不堪。

江苏的范小青等作家对于市井细民的生存状态和情境的描写，也集中于他们物质和精神的双重平淡化、世俗化，他们基本上安守本分、知足常乐，虽然有欲望却胸无大志、容易满足。这些市井细民甚至表现这种市井细民的小说都具有传统文化因素，在极为关注个体生存的情状下，商业化色彩和社会变化的背景都相对冲淡滞后，文化背景和生存表现都显得很不时髦，被描写的市井细民的生活相对沉稳和平静。经济因素和改革进程并未改变多少他们不以物喜、不以己悲的习性，他们保持着古典庄园城市的情调。范小青的《城市民谣》、苏童的《菩萨蛮》、鲁彦周的《双凤楼》都抒写被现代城市文明和商业习气浸染的小城故事。这样一些具有古典市民

---

① 林语堂. 中国人 [M]（My Country and My people）. 上海：学林出版社，1994：65.

第二章　市井：从传统到现代

039

经验、文化韵味和城市品格的城市长篇小说，让人有一种与中华民族血缘相亲的感受。如范小青的《城市民谣》将大都市背景转换成具有江南情韵的江南小城，其城市文化品质自然具有乡镇情调的痕迹，但已充满了现代文明带来的激烈冲突。主人公钱梅子，是个随处可见的小市民式的女人。她在 20 世纪 90 年代的中国小城市里下岗待业，却没有大悲，只有惘然若失。在初恋情人的帮助下办起钱氏饭店，也并无大喜，仿佛这是生命的必然经历，命运本来如此，挣扎和奋斗、痛苦和欢乐的感受都已消失，她没有什么欲望。这种人物和故事谈不上对过去古典式城市生活的怀恋，却延续了中国乡镇式市民与世无争的性格。钱梅子和王琦瑶这样平静生存的人物，灵魂同样是平静麻木的。没有文化品位对于人生的提升和对于生命的诗意充实，甚至连文化刺激都没有，只剩下具体细微的利益时，人们可能就会像梅子一样，无论对外面的生活和世界，还是对自己，都失去了兴趣。下岗、炒股、经商等 20 世纪 90 年代热点社会现象在《城市民谣》的娓娓叙说中一一浮现，具体的生命表现都被拆卸成历史的现象和场景，历史是小说人物和故事生存的一个背景和框架，小说借此营造一种文化氛围和人文情调，但历史生存和个人生存无关，生命的一切都在历史中失去了可感受、可体验的性质而变得无所谓。在小说中，历史只是一个象征化的淡淡的影子笼罩着人物。负载着"历史"含义的古老长街、向家府宅、默默流淌的小河，给小说增加的只是小城形象的古老韵致和风味，作为一种与人共同存在的诗意灵性而存在，其中并没有具体的历史含义，体现的也是市井小民的一种生存智慧。

陆文夫也是一位具有强烈的市井意识和生存意识的现实主义作家，他明言："历史是人民创造的，但是历史的记载对人民是不公平的。不平凡的人可以进入史册，名不出闾巷的人在史册里是找不到的。……这个问题历史学家解决不了，文学家倒可以略助一臂之力，即让更多的平凡的人活在文学作品里。"① 故陆文夫走进苏州小巷，才有了《小巷人物志》。他始终关注着人的生存，尤其关注着苏州小巷中人们的生存状态、凡人的人生遭际和命运沉浮。发现和着力表现市井细民的生存状态，探寻人性的内涵，开掘人性的深度，正是作家的审美视点。例如，《小巷深处》写"性"，《美食家》写"吃"，《人之窝》写"住"，这都是人性题中的应有之义，也是人生存与发展的基本要求。这既应了《孟子·告子上》中的"食色，性

---

① 陆文夫. 却顾所来径 [J]. 江海学刊，1984 (3)：23—27.

也"。也应了流传的一句俗语"先有黄金屋，才有颜如玉"。陆文夫写性、写吃、写住，不是单纯停留于生理意义上，而是赋予深邃、丰富的社会内涵。《小巷深处》写了徐文霞在旧社会失足为妓女那肮脏的一幕，但更写了她在新社会阳光照耀下的觉醒、忏悔、痛苦与新生，以及她对真正的爱情生活的渴望与希冀。《美食家》写吃，显然不同于高晓声的《"漏斗户"主》、刘恒的《狗日的粮食》和宋清海的《馋神小传》，后三篇小说都是写粮食对农民的生存困扰和农民在生存线上的抗争，而《美食家》却通过完全过着寄生虫生活，一生讲究吃最后成为"美食家"的市民朱自冶这样一个复杂而说不尽的艺术典型，淋漓尽致地写出了无比丰富的苏州"吃的文化"，同时又在名菜馆经理高小庭那种可爱又可笑的"左"倾幼稚病的表演中，写出了苏州"吃的文化"所遭受的冲击。"吃的文化"的兴衰与人物命运的起落都同时代的脉动息息相关。《人之窝》写住，与高晓声的《李顺大造屋》也明显有别。李顺大是个老实巴交的地道农民，一生的最大愿望就是想造屋，"左"的农村政策却一而再地干扰着李顺大的造屋计划，使其经受着种种磨难，当然李顺大自身也具有一种奴性的弱点。而《人之窝》中的许家大院是许家祖上留下来的，黑压压一大片，谁也说不清到底有多少间房子，因种种缘由已入住其中的人众多复杂，尚未入住其中而千方百计想入住其中的还大有人在。为争夺对许家大院这个"人之窝"的占有权和支配权，各种势力从40年代到60年代的明争暗斗，可谓惊心动魄、无休无止，其手段也可谓无所不用其极，人性中丑恶的东西和可怕的无穷"意欲"，在许家大院的舞台上暴露无遗，这就触及了人性深层的本质内涵，同时，也生动展示了许家大院各种人物不同的历史命运。"到此，我们已不难看出，陆文夫的这三篇有代表性的作品可称之为人性探索'三部曲'，从《小巷深处》到《美食家》再到《人之窝》，作家的审美视线一直没有离开对人性内涵的探寻和开掘，而且又总是把人性要求置于社会变迁之中，这就构成了陆文夫小巷文学的重要特色。"①

而《小贩世家》更是塑造了朱源达这样一个精明圆滑的市井小贩形象。

朱源达的精明圆滑，首先表现在他深通"和气生财"的生意经。冬夜深巷里，他对着"高先生"的窗户喊道："高先生，下来暖和暖和。"他并不急于催人买他的馄饨，而是先请人下楼来"暖和暖和"，让人感受到他

① 吴海. 审美视点：对人性深度的探寻与开掘——陆文夫长篇小说《人之窝》散论［J］. 江西社会科学，1997（12）：48—52.

热诚温厚的为人，这就是一种买卖人的精明。交易中他不停地宣传自家的货色好、生意快，因为"做买卖的只能说货色不够卖，人家就买得快；你说肉馅没有了，他连馄饨皮子都要的!"这表明他善于掌握买主心理。而他故意说破这个诀窍，又使人觉得"好像看见变戏法的人很幽默地把自己的骗术故意说破"。这里又不乏一点笃诚，而老实厚道的为人更有利于他招揽生意。

朱源达的精明圆滑，又表现在他有一套应付极"左"路线的策略。当极"左"路线袭击他的时候，他且战且走。他懂得硬拼只能带来毁灭，所以来个"趋时避世"。让他写检讨，他就写检讨，而且去找人"代写"检讨；让他下乡，他就下乡，"好汉不吃眼前亏"。当"高先生"训斥他搞资本主义时，他先是据理相辩，见高先生态度严厉，又忙佯装服输，颇有见机行事能力。熬过了乱世凶时，保住了身家性命，再图新的转机。

随着新时代的到来，他当机立断地改变自己"世家"小贩的生活方式，这是他精明处世的又一表现。粉碎江青反革命集团后，他突然决定不经营馄饨担，而让儿子去考大学，让儿子捧上"一只金饭碗"，"铁棍子也砸不碎"。朱源达从世家小贩的漫长生涯中体会到个体谋生的艰难，他要从他这一代起，改变世家生活方式，选择一条新的生活道路，一条真正有保障的道路。这自然不失为一种精明，但也反映了朱源达饱尝极"左"路线的苦头后余悸未消的心理状态。

精明圆滑是朱源达的生存方式，这一点与投机取巧的商人又有所不同，他的生意经流露着个体劳动者的智慧。朱源达是一个有深度的中年个体小商贩形象，在他身上集中概括了个体劳动者在现实生活中的辛酸与追求，特别是透过他的遭际，让人们看到他的精明圆滑也是在生计逼迫中形成的，并非天生狡黠，他的生意经让人感到一阵阵酸楚。这个形象散射着对历史谬误的深沉的反思力量。

天津作家林希的《相士无非子》则揭开了江湖术士的面纱。无非子凭借练达的处世阅历和市面上混混们的帮衬，在天津地界站稳了脚跟。他消息灵通，长于察言观色，却故作高深莫测、未卜先知的姿态，圆熟地周旋于军阀政要之间。每遇惊险，他擅于权变，巧于调度，总能力挽败局，将政治时局、军阀混战玩弄于股掌之上。无非子的生存本领可谓高超。相术文化的内幕及机诈的市井生存智慧由无非子的生存之道可见一斑。肖克凡《赌者》与《相士无非子》相映成趣，于姿态各异的赌徒生存管窥民间赌文化。曹四公子、孙二少爷等世家子弟以赌为乐，一掷千金毫不吝惜；呼老太爷嗜赌为命，因赌败家，家道中兴后再度复出；寒士汤公雨无中生有，空手套白狼，名声躁动赌界，但终为赌而送命。小说以如泼的笔墨把赌徒们的个案生存相状描绘得淋漓尽致。林希、肖克凡在对市井边缘化生存的关注与书写中触探到中国本土民间文化复杂性的根底。

三、讲述新市民社会的"市井传奇"故事

应该说，从文体上来看，最适合市民审美趣味的还是市井传奇。值得注意的是，市井传奇传统在现当代得到了继承和发展，小说家们讲述了新市民社会的一个个"市井传奇"故事。

首先是张恨水，这位现代文学史上通俗小说的大家充分地注意到"五四"新文学的弊端，尤其是当时中国小说接受层多重性的认识错误，对通俗小说进行了相当深入的理论思考。首先，他强调了通俗小说有其"服务对象"。他认为，旧的市井传奇、章回小说固然有其缺点所在，但当时中国的下层社会更多对市井传奇、章回小说感兴趣，"而新派小说，虽一切前进，而文法上的组织，非习惯读中国书、说中国话的普通民众所能接受"①。在这点上，张恨水是承接了唐宋明清以来的文人对小说性质的看法。于是，张恨水有意照顾习惯了中国传统文学审美习惯的市民阶层，自然地，他的言情小说继承和发扬了我国传统市井传奇文学的特点——使用章回体，表现完整而又曲折的故事。为了争取更多的读者，使自己的作品尽可能满足不同趣味的读者的需要，当上海《新闻报》的编者向他约稿，并提出上海读者喜欢阅读豪侠技击之类的小说时，他便在《啼笑因缘》中穿插了关寿峰父女行侠仗义、锄奸除霸的传奇故事。当《啼笑因缘》在《新闻报》上连载时，读者每日排队等候，争相传阅，报纸销路大增。如此，张恨水成功地实现了对传统市井传奇章回体小说的改造：他一方面迎合着市民阶层读者的欣赏口味，另一方面又提高自己的小说创作水平，借鉴了新文学和西洋文学的优长；他将言情内容与传奇成分融为一体，在传统章回体式中融入西洋小说技法，吸引了各个层次的广大读者。张恨水懂得如何使小说更具备自己的特色，表现出传统市井传奇在新时代的叙事智慧。

二十世纪三四十年代又出现了老舍、徐訏、无名氏、张爱玲等小说

---

① 张恨水. 总答谢 [M] // 张占国，魏守忠. 张恨水研究资料. 天津：天津人民出版社，1986：219.

家。他们大体偏于雅文学叙事，但即便是这样，这些作家也同样受到了市井传奇的强烈影响。对老舍小说"传奇性"的发现，始于30年代的文学史家郑振铎先生，在当时也曾得到老舍的自我认同，他说：郑西谛说我的短篇每每有传奇的气味，无论题材如何，总设法把它写成个"故事"——无论他是警告我，还是夸奖我——我以为是正确的。[①] 后来，在谈及短篇《黑白李》的创作时，老舍又声称用了"传奇的笔法"去描写黑李的死。[②] 将这两份自述材料联系起来参照，无疑有力证实了郑振铎直觉判断的准确性，说明在老舍小说创作中，"传奇性"是一美学实在，无论作家是自觉还是不自觉的，贯穿其作品的是部分还是全部。首先，这表现在他小说题材内容的"搜奇志异"上。老舍的许多小说描写的不是大家习闻常见的事情，而多为民间野史、江湖奇闻。1951年出版的自选集《老舍选集》，五篇中就有四篇是讲江湖上的事情。《骆驼祥子》是讲洋车夫的，《月牙儿》是讲暗娼的，《上任》是讲强盗的，《断魂枪》是讲拳师的。唯一一篇似乎是讲三角恋的《黑白李》也因为触及秘密革命的事情和采用了"传奇的笔法"，而具有了某种民间奇闻的味道了。尤其让人玩味的是，老舍单单选择这五篇作品合集出版，这也是多少可以让人看出他的某种艺术情趣了。此外，《兔》写男优伶，《杀狗》写拳师，《浴奴》写烈妇，《柳屯的》写悍妇，如此等等，许多小说的题材都属于奇闻逸事类。其次，表现在叙事的超现实性或理想化上。老舍小说的叙事总体看是现实主义的，遵循现实自然法则，如实叙写生活，但也往往有部分叙事超越了现实自然法则，表现出很强烈的主观虚构性或理想化，这部分叙事就是其有关理想人物的叙述，具体而言又分两个方面：一是理想人物的超凡性，如赵四的慷慨疏财，一生行善（《老张的哲学》）；二是有关这些理想人物的传奇般行为经历的叙述。如钱默吟在九死一生后竟突然转变为一个神出鬼没的锄奸抗日的大侠；武术教师竟能以"胆气"折服敌人，获得尊重与自由。所有这些叙事都带来某种理想化性质，不大合乎一般生活逻辑。我认为弥漫在老舍小说每个角落的这种传奇气味，实际上正是老舍承传的传统文学思维与审美倾向潜移默化的结果。同样，海派小说的叙事受"市井传奇"的影响也较大，徐訏、无名氏、张爱玲等是典型代表，而徐訏可说是上海较早将中

---

① 老舍. 一个近代最伟大的境界与人格的创造者——我最爱的作家——康拉得［M］// 老舍文集：第15卷，北京：人民文学出版社，1990：137.

② 老舍. 老舍选集·自序［M］// 老舍文集：第16卷，北京：人民文学出版社，1990：165.

国通俗文学的"传奇模式"与西方现代小说表现手法进行结合的作家。1937 年他在《宇宙》上连载《鬼恋》，融志怪、侦探、言情于一炉，作品写得幽明错综、扑朔迷离，人"鬼"对话：僻静的地方"鬼打墙"迷人，热闹的地方"人打墙"迷鬼，颇有《聊斋》遗风。1943 年更被称为"徐訏年"，这前后，他连续发表了《吉布赛的诱惑》《荒谬的英法海峡》《精神病患者的悲歌》《风萧萧》等中长篇小说，作品散发出浓郁的异国情调，实质抒写的是中国人的普遍人性，深受市民大众读者的欢迎，满足了市民喜欢奇幻虚渺的传奇故事的阅读心理。而且，徐訏的小说还将读者的欣赏趣味提升了，因为他的传奇故事里又大多渗透着哲理的情思，直达追寻人生奥秘的境界，这也是他超越传统的"市井传奇"的最难能可贵的地方。另一个与徐訏相似的浪漫传奇派作家是无名氏，其《北极风情画》《塔里的女人》在当时一版再版，可谓"洛阳纸贵"。无名氏擅长于编织香艳风流的爱情传奇故事，叙述时先以冷峻的旁观者身份对主人公的揣测切入，并用尽心思营造出奇险怪异的空气，以醒目和深重的方式设置悬念，同时在催人肺腑的哀情故事里寄寓着作家对生命意义的探询，如《塔里的女人》借用了挪威作家汉姆生《牧羊神》中的一段话："女人永远在塔里，这塔或许由别人造成，或塔由她自己造成，或塔由人所不知的力量造成！"这段话浸透着哲理的反思，传递出作家对人生、人性的思考，虽然有些悲观，然而这一切无疑提高了"市井传奇"的品位，迎合了当时出现的新市民社会的阅读需求。再有张爱玲也是如此，她为自己的短篇小说集取名"传奇"，并说其目的是从传奇中发现普通人，从普通人中发现传奇，显出了她对传统的"传奇"这个著名的文学系谱的追慕和倾心。《传奇》共 15 篇作品，在内在倾向上无不具有鲜明的传统小说特征。《传奇》的题材与宋话本小说中那些人鬼离合的爱情故事和狎俗的市井风情很类似。她爱用中国古典小说的结构方式和全知全能的权威叙述方式构思小说。在情节安排上，也基本上没有脱出旧小说的经验范围，讲求情节的离奇性、曲折性、戏剧性和完整性。可见"市井传奇"的精神底蕴已化为她自我表达的一种极好的方式，俗人俗事、市井传奇是支撑张爱玲小说的骨架。以《金锁记》为例，假如没有少爷小姐、丫鬟奶奶之间的琐碎情节，少了妯娌之间的钩心斗角、飞短流长，删掉叔嫂调情、闺房内幕，也就失去了七巧生存的独特环境，七巧的性格发展更无从谈起。

新时期以来，早在 20 世纪 80 年代初，津门作家冯骥才便推出了《高女人和她的矮丈夫》，给人耳目一新的感觉，被誉为 20 世纪 80 年代短篇小说的"绝活"之一，在当时产生了极大的轰动效应，很多评论文章肯定了作品中所揭示出的社会问题。今天，当我们从传奇的角度去重新观照这部作品时，视野一下又开阔了许多，作者采撷生活中的民俗纠葛，并提炼成艺术情节，使作品有着独特的魅力和深层的底蕴。作者选取了两个带有象征意味的人物形象为聚焦点，一个"鹤立鸡群"的高女人和一个有"武大郎"之称的矮男人结婚了，他们极不谐调的外表马上引起了周围群众的关注和议论。"这早就是团结大楼几十户住家所关注的问题了。自从他俩结婚时搬进这大楼，楼里的老住户无不抛以好奇莫解的目光。"大人们经常在一旁对他们指指画画，拿他俩开心取乐，小孩们一见到他俩就哄笑，叫喊着"扁担长，板凳宽……"团结大楼的所有居民对这对夫妻似乎显得并不是那么团结和友善，他们的反感并不是因为这对夫妻在人品上有缺陷或在行为上有不当之处，究其实质，不过是高女人嫁了个矮丈夫总让他们觉得别扭，因为这实在是有悖于生活中的"习惯法规""别看它不是必须恪守的法定法规，惹上它照旧叫你麻烦和倒霉。"这对夫妻只因身高的差异，便成为众矢之的。作者在这里所触及的已不仅仅是现实生活中人与人之间的矛盾纠葛，而是挖掘出了中国婚姻的民俗心态，也难怪人们要惊奇疑问不已。不久，冯骥才的"怪世奇谈"系列小说《神鞭》《三寸金莲》《阴阳八卦》又接连出笼，批评界一片哗然，众说纷纭。作者以传奇的手法，荒诞的夸张，写了中国传统文化中富有代表性的辫子、小脚和八卦，写的真是津味十足。阴阳八卦、神鞭、鹰拳、市井人物等，这些都是读者最爱看的，尤其是冯骥才写的男人的辫子、女人的小脚更是一绝。1993 年冯骥才又写了小说集《市井人物》（又名《俗世奇人》），在序中他写道："天津卫本是水陆码头，居民五方杂处，性格迥然相异。然燕赵故地，血气刚烈；水咸土碱，风习强悍。近百余年来，举凡中华大灾大难，无不首当其冲，因生出各种怪异人物，既在显耀上层，更在市井民间。余闻者甚夥，久记于心；近日忽生一念，何不笔录下来，供后世赏玩之中，得知往昔此地之众生相耶？故而随想随记，始作于今，每人一篇，各不相关，冠之总名《市井人物》耳。癸酉暑消记于津门俯仰堂。"从序中可看出作者的良苦用心。不负作者期望，《市井人物》（《俗世奇人》）很受读者欢迎，当初被改编成电视剧，但是话剧导演王向明觉得话剧更适合表现这部由 19 个传奇人物构成的奇书。于是王向明和王志安、胡玥共同改编，将 19 个相对松散的人物，整合成三个故事，并用梅花大鼓将其构成一出完整的戏剧。三个故事分别选用了孔七爷卖画打擂台、孟道台驯八哥、蓝眼辨画真假三个故事，并以这三个故事为主体融入其他人物构成全剧。全剧共分三段。第一个故事说的是韩老爷悬赏一幅丈二匹长卷，画家孔七爷未获青睐，酒婆旁敲侧击，韩老爷请出津门高手，无奈皆败，孔七爷鹤立鸡群，韩老爷当场赏金，真假功夫立见分晓。第二个故事说的是钦差大臣荣禄不识茶汤中的芝麻，杨八巧舌如簧，荣禄恍然大悟又有了台阶，遂赏银百两，而贺道台养的八哥却因为说出"荣禄那王八蛋"而被摔死。说假话的人名利双收，说真话的畜生却没了命。八哥由服装奇异的演员来扮演，鸟相人言，妙语连珠，可谓本戏的一大亮点。第三个故事说的是古玩店鉴别大师蓝眼买了幅《湖天春色图》，市井却风传此乃赝品，蓝眼也对自己产生了怀疑，于是高价将"真迹"买入，两相对比，却发现刚刚花高价买来的才是"如假包换的赝品"，自觉毁了一世英明，轰然倒地气绝身亡。2003 年 3 月此剧正式公演，当时一些新闻媒体发了"小说话剧忙联姻《长恨歌》《俗世奇人》相继登台"的消息，据说观众不少，反映也不错。这正好说明文学作品特别是市民文学作品应具有民族风格和民族形式，民族化是作品大众化的前提。因此凡是能适应和满足本民族审美情趣和审美理想的作品，就容易为本民族的读者所接受和喜爱，带有浓郁市井意识的市民文学正是如此，符合中国普通市民的审美心理需要。

同是津门作家的林希也出手不凡，有意搜取并创造一些奇人奇事。如在《相士无非子》中，林希选择了相士这一特殊群体就已经很奇特了，更为奇特的是他创造了一个游戏于各种势力群体中，专门为军阀政客占卜打卦预测福祸且具有化险为夷之本事的奇异人物大相士无非子。又如在《高买》中，林希选取了很少为人们所熟知的偷盗一行，并讲述了一些与此相关的奇闻逸事。这就使小说本身具有了传奇性，同时也强调了故事的虚构性。如《一杠一花》中，林希在讲述陈老六的故事时笔锋一转，谈起杨柳青的石家大院来，"有钱有势，归属于天津八大家之列，出过状元，出过名士，后来的电影艺术家石挥，就是石家大院的后人；当然这与本文无关，这里就按下不表了"。这种类似于过去以及将来完成时的插语由于时空的交错，为本来已经是叙述奇人奇事的小说文本增添了奇幻感，并为故事的展开定下了传奇性的笔调。又如讲到陈老六在火车站被人摘了"眼罩儿"——摔了底儿朝天，又在小酒馆遭大家讥讽后失意地回家睡觉时，林希又对此评论起来："一篇小说写到这个火候，如果换了一位新潮才子，那正是出活的地方。"这种假设本身就否定了故事的真实基础，而强调其虚构性。再次，从叙述效果上来看，林希为天津的混混们在文学中找到了一席之地。瓦尔特·本雅明认为，"在波德莱尔之前，Apache（小流氓，巴黎的无赖）的全部生活局限于社会和大城市的狭小区域内，在文学里更是全无一席之地。"① 在中国林希同样如此，真正以文学的方式通过他的市井传奇来表现天津的混混们，达到了"文采"与"意想"并重的效果。

林希"津味"小说的传奇性还表现在一个"杂"字上，例如人物塑造，其中有相士、赌徒、闲人、继室、婢女、混吃、骗子……甚至是逃学、淘气的狗少。然而，林希从不把他们写得过于委顿和鄙琐。他常以奇行描绘人物的怪异，总是让读者在意料不到中体味人物性格的内质。即使骗子骗人也骗得惊心动魄，蹭吃蹭喝也蹭得有板有眼。当然这些性格也就蕴涵着对人生的某种观照。拿写懒人来说，不少作者一定会把懒与馋连在一起，但不会写出这种人也是一种"精"。而林希要么描绘了朱七的"扛刀"，即挨饿还要体面地忍着；要么刻画了侯明志能懒得整天被窝里躺着，却"精明得出奇"（见《丑末寅初》和《三一部队》）。这个"精明"不是精英，也不是精不够，更不是表面精，事事精，而是精在自己这一门这一行里有他的"活法"，并超过同类，令人细琢磨。活着要吃饭，杂色的人们却能找到自己的饭辙。像余九成能在雨后站在马路边替小姐、太太往水洼子里摆砖头，在挣小钱里找到让阔人脚不沾泥的活儿。当然他的精明会被别人看中。突然一日一个"阔佬"要雇他穿着号衣、跑步去美孚油库喊什么"拿啦"，其实是替东家做活广告，帮人买空卖空。作品明着写跑街混饭吃的余九成，实际刻画的是满脑子诡计又不露面的杨芝甫。最后，日本人被耍，余九成也白忙活一个月。这篇《找饭辙》写了一位买卖行"打托"的"虫子"，导演了一场丑剧，揭示的却是扭曲社会下的醒世之事。所以，林希的"津味"，于杂中出其不意，并奇中寓理，把一座旧社会的大商埠的"怪"与"斑驳"条分缕析清楚，令人玩味，受到读者的欢迎和喜爱。而20世纪80年代中期出现的池莉等"新写实"小说家也不甘人后。池莉的走红很大程度上归功于她定位的"市井传奇——市民化书写"，以市民立场表现都市各色市民的日常生活。银行抢劫、高楼爆破、商品传销、电脑犯罪、窃取他人的存单、开各种各样的公司、突然地继承遗产……五花八门，无奇不有。"她最近几年的都市传奇故事，迎合了大部分想致富而没有致富的读者对于金钱的那份渴望，对于花花世界生活的那份

---

① ［德］瓦尔特·本雅明. 发达资本主义时代的抒情诗人 [M]. 张旭东，魏文生，译. 北京：三联书店 1989：98.

好奇心。"① 池莉的"市井传奇"风靡全国。南国广州张欣的小说写得也极具传奇性，比如 2019 年 6 月花城出版社推出的《千万与春住》写了当代版的"狸猫换太子"都市传奇故事，滕纳蜜调换了闺蜜夏语冰的孩子，小说悬念重重、跌宕起伏，隐藏了许多年的秘密渐渐浮出水面……由此牵发了都市生活、欲望、人际关系的诸多命题，引人深思。

综上所述，由于市井在中国社会的独特地位，已成为中国文学重要的叙事和审美对象。历经风风雨雨、艰难曲折的发展，市井叙事业已形成了相对独立性和系统性的话语特征、创作原则和文化精神。相对于中国古代文学与西方现代文学，新时期以来中国文学的市井叙事具有自身的独立性价值。它是在中国传统市民文学与西方现代文学的双重文化背景之下生成的，是中西文化交流和文学融汇的产物，为中国现当代文学带来了新的理论视野、文学课题和"革命性"的变革，在新时期以来中国文学的成熟与深化过程中产生过重要的推动作用，有力地影响和促进了中国文学现代化的进程。当然，它也有着缺陷及不足，但不管怎样，作为一种宝贵的文学资源，至今仍在参与着我们活生生的"当下的"文化现实。

第四节　新都市小说热因探源

20 世纪 90 年代以来，随着我国城市化、现代化进程的加快，出现了新的市民阶层，中国新都市小说迅即崛起，带来了新都市小说的繁荣。这些作品表现出对新市民生活理想、价值观念、行为方式的认同，充满市民文化精神。然而，当前许多的研究忽略了它们生成的本土性——中国语境，多硬套西方时髦理论来解读新都市小说。其实中西文化、文学、历史等迥异，研究者应该回到新都市小说生成的本土性语境，充分注意到我国传统市民文化精神和市民文学对新都市小说的重要影响、作用，当然，这其中也有西方现代城市文化的冲击融合。中西合璧，土洋结合，构成了当代新都市小说具有新质的当代市民文化精神。

---

① 刘川鄂."池莉热"反思 [J]. 文艺争鸣，2002（1）：39—43.

一、城市化浪潮：新都市小说崛起之背景

20 世纪 80 年代以来中国的改革开放，特别是 90 年代以来加速推进的市场经济进程，带来了我国城市化、现代化的较快发展。国家统计局发布的新中国成立 70 周年系列报告指出，70 年来我国城市化进程快速推进，城市经济在国民经济中的重要作用日益显著，城市建设日新月异，城市居民生活质量和生活环境得到极大改善。也正因此，我国新都市小说遽然崛起。城市正在成为 90 年代以来中国最为重要的人文景观……在世俗化的致富奔小康的利益角逐之中，个人的生命力空前勃动，然而它又是极其粗俗化的。城市的发展将成为中国当代文化的生长点之一，新都市小说实际上已一跃成为当下的文学主流，一扫传统的"都市文学"萎靡不兴的局面。由于我国城市化、现代化起步较晚，受乡土中国文化的制约，我国都市文学较之乡土文学逊色不少。尽管 20 世纪 30 年代的海派文学曾掀起过一阵浪头，然而由于救亡与内战，加之缺乏都市文学发展的必要土壤，都市文学遂昙花一现。20 世纪 90 年代以来新都市小说的崛起，正应了丹纳在《艺术哲学》中阐释过的观点：任何文学艺术流派、艺术品的产生与流变都是当时当地之"时代精神"与"风俗习惯"进行"选择"与"自然淘汰"的结果。这里的"时代精神"与"风俗习惯"既是全社会政治、经济、文化氛围的总体体现，又是以上众多因素融合共生的产物。社会时代的变迁必然引起"时代精神"与"风俗习惯"的相应变化，进而引发文学艺术的变化。从根本上说，当代新都市小说的崛起乃是改革开放以来中国社会的整体变化与变化了的"时代精神"的产物，是社会转型期的客观产物，具有其深刻的社会历史原因。

值得关注的是，对当代新都市小说的研究、评论角度很多，其中多以西方后现代主义、大众文化、消费文化等时髦、热点理论来解读我国新都市小说。笔者以为见仁见智很正常，而当多次阅读这些新都市小说时，又觉得恐不尽然。西方社会与中国并不一样，现代化实现也有不同的路径。我国新都市小说的崛起、解读也应有自己的情况（语境）。为此，笔者尝试提出"市民文化精神"命题，以此观照、解析当下中国的新都市小说。

二、解读新都市小说：在市民文化精神的视野中

文学的生命本源在于它的社会性和群众性。当代中国新都市小说正是

在中国当代都市土壤上适应我国当代都市市民的需要而产生的。从历史上看，我国有悠久的市民文学传统。从宋代开始，市民文学颇见兴盛。"宋代是一个市镇机能转变的过渡时代，在宋代，由于城市中坊市制度的破坏，以及邻近乡村地区懋迁的方便，原有的定期市逐渐演变形成商业性的聚落……这种商业化的趋势，直到明清时代，传统的市镇均脱离了它的原始含义，而一以商业机能为标准。"① 可以这样认为，市民文学的发展几乎与市镇商业的演进同步前进，也即："市民与城市工商业经济的发展，乃是市民文学滋生的土壤。"② 明末清初，经济、社会政治的巨大变革，包含伦理与功利观念在内的整个意识形态更加冲突动荡，掀起了一股具有近代崭新的市民资本主义特质和启蒙意义的新思潮。与此相应，"随着印刷业的兴盛，市民自我表现和娱乐的文学样式得到了较为迅速的发展和传播，说话、表演等时间艺术借助书面文学的存在形式得到了更为广泛的流行和赏析。一大批文人雅士参与其间，或取其谋获利之径直，或因其叙事抒情之简便，从宋元话本到以'三言''二拍'为代表的明清白话短篇小说，从讲史话本、英雄传奇到《金瓶梅》《儒林外史》《红楼梦》等长篇章回小说，从元杂剧到明清传奇，从魏晋六朝文人短篇小说到《聊斋志异》，如此种种，构成了一股汹涌跌宕、兴旺发达的通俗文学洪流，传统的诗文辞赋相对地反而不那么显眼注目了"③。宋元话本所具有的民主精神和社会进步意义，所表现的富有现实人情味的世俗生活，对于平等、自由、民主意识的向往，在明清通俗文学中得到了扩展、弘扬，达到了辉煌的顶点。这中间特别重要的是市民文化精神的凸显，反映市民阶层要求的理论逐步形成，王学左派、李贽掀起了人性解放的启蒙思潮。他们抨击儒家圣人、理学文化，弘扬个体价值，返回人生真相。李贽说："穿衣吃饭即人伦物理。"④ "盖声色之来，发乎情性，由于自然，是可以牵合矫强而致乎？故自然发乎情性，则自然止乎礼仪，非情性之外复有礼仪可止也。"⑤ 他大胆践踏了僵化的儒家礼教，为形而下的民情民欲正名。于是，在明清市民通俗文学中，我们看到一幕幕商人们追财逐利的艰难历程，市井间家庭的悲欢离合，市民对情与欲的大胆拥抱。这些包含着市民的人生体验以及作者

① 刘石吉. 明清时代江南市镇研究 [M]. 北京：中国社会科学出版社，1984：182.
② 钟婴. 明末清初市民文学与江南社会 [J]. 明清小说研究，1990（Z1）：50—63.
③ 许建中. 论明清之际通俗文学中社会价值导向的嬗变 [M]. 明清小说研究，1990（Z1）：50—63.
④ 明李贽. 焚书·答耿司寇 [M]. 焚书·续焚书. 北京：中华书局，2009：29—39.
⑤ 明李贽. 焚书·读律肤说 [M]. 焚书·续焚书. 北京：中华书局，2009：132—134.

的价值观念和审美理想的生动事件在作品中显得生机盎然，从而完成了把人作为个体的人、从礼教的牢笼中、从军国大事中，从惊心动魄的传奇故事中解放出来，并放进日常的平凡生活中的任务，展现了人性的本来面目。它们所表现的正是市民阶层的愿望和审美趣味。

"历史往往有惊人的相似之处"，我国当代新都市小说的兴起与明清之际的市民文学大体有着相似的历史背景：其一，是社会转型和商业性文化环境的形成；其二，是作家对主流意识形态（主流文化）的反拨和纯文学性的消解。20 世纪 80 年代末，所谓的"精英"群体——知识分子和社会大众一样，迫切地需要建立一个大众的神话去逃避自己的精神困境。改革开放促成市场经济体制的逐步确立，各种禁忌被打破，私人生活空间的自由度扩大，城市化、现代化浪潮跌宕起伏，市民社会得以逐步形成。按照西方市民社会理论，市民社会是与商品经济特别是市场经济相联系的，具有的明晰的私人产权及其利益并以契约关系相联结的，具有民主精神、法制意识和个体性、世俗性、多元性等文化品格的人群共同体。而当代中国正处于社会转型期，新与旧、民主法制与专制特权、国家与市民社会的关系错综复杂，矛盾重重，但即便如此，一个已迈上现代化征途的大国前景仍被看好。

综上所述，中国当代新都市小说正是在这样的历史背景上崛起的。由此，我们可以得出两个结论。其一，当代中国的市民文化精神一方面继承和弘扬了中国自宋以来，特别是明末清初的传统市民文化精神，即追求"个性自由、闲适享乐"，反映在文学中的"直面世俗性"，这也是主要的一面。其二，当代市民文化精神也吸收融合了西方市民社会精神，理性和个人化是现代都市最大的文化特征，西方后现代主义、消费文化、大众文化对中国市民也冲击不小。一定意义上，现代化就是世俗化，但与中国传统市民文化相比、其影响要小。荣格的"集体无意识"理论，普列汉诺夫的"社会心理"，马克思的"一切已死的先辈们的传统，像梦魇一样纠缠着活人的头脑"或许很能说明这一点。英国人类学家爱德华·泰勒也认为："文化是一个综合体，其中包括知识、信仰、艺术、法律、道德、习俗，以及作为社会成员的人所掌握的其他能力和形成的习惯。"① 美国学者克莱德·克鲁克洪也认为："文化存在于思想、情感和起反应的各种业已模式化了的方式当中，通过各种符号可以获得并传播它；另外，文化构成

---

① 汪澍白. 20 世纪中国文化史论 [M]. 北京：中国青年出版社，1999：6.

了人类群体各有特色的成就，这些成就包括他们制造物的各种具体形式；文化基本核心由两部分组成，一是传统（即从历史上得到并选择）的思想，一是与他们有关的价值。"① 这里充分说明民族传统文化的稳定性与渗透性，而当代中国新都市小说便渗透了更多的中华民族的传统市民文化精神。正是中国传统市民文化精神与西方当代城市文化的融合，才催生了中国当代新都市小说。并且从当代新都市小说的主题和艺术形态上看，它的确更多地承继了我国市民文化传统。究其深层原因，主要是中西文化有着根本的迥异。先哲们早已认识到这种差异，梁漱溟在《中国文化要义》中指出："几乎没有宗教的人生，为中国文化一大特征。"② 诚然，中国文化以儒道为主脉，但其哲学观与人生观都是世俗的。由于中国农耕文明悠久，民众"重实际而黜玄想"，很少生发那种超出实际生活之外的欲求与愿望，故以儒道为主脉的本体论都是将人的注意引向现实人生而不是引出现实人生，即立足于世俗人生建立宇宙观和本体论，而非总是以彼岸世界为参照，设计宇宙与人生图景。中国传统哲学带着这种内在的"此岸"情结，故对世俗生活一直持认同与肯定态度，即使孔孟儒学从来也没有否定人的正常与合理的生活欲求，"它所要求的只是人应当将自己的欲求置于理性框架之中，在伦理规则的约束下实现内在的和谐"③。所以说中国文化根本上是一种世俗的文化，而西方文化则是一种宗教文化。基督教认为，在现实生活中必须恪守原则，死后才能升入天国，否则就要在地狱中受煎熬。所以在西方，人与上帝的交流、沟通就成了生活中最有意义的事情，人们在生活中常常进行反省与忏悔，力图通过承受肉体与心灵上的痛苦清洗据说人类生来就有的原罪，以便皈依神性，获得精神上的救赎。西方文化所具有的这种内在的超越性，使其不可能将价值取向定位在一种世俗的追求上，尽管西方历史在神性与世俗生活的两极之间也常发生摆动。如著名的文艺复兴运动期间在反抗神性、张扬人性旗帜下的世俗生活，诞生了薄伽丘的《十日谈》、拉伯雷的《巨人传》等作品，但基督教文化毕竟根深蒂固，已作为一种天启的戒律深入人的无意识中。所以我们常常看到，西方文学对神性与精神超越性的认同被大大超过对世俗性的兴趣，他们不断探索、追问人生的价值与意义。一定程度上，这或许正是西方文学区别于中国文学的根本原因所在。中国文学缺乏西方文学这种宗教性精神意义

---

① 邹广义. 文化·历史·人 [M]. 武汉：华中师范大学出版社，1991：16—18.
② 李中华. 中国文化概论 [M]. 北京：华文出版社，1994：160.
③ 张卫中. 新时期小说的流变与中国传统文化 [M]. 上海：学林出版社，2000：84.

的永恒叩寻，而多沉溺于世俗情怀、日常生活意义之中，这根本上也是由中国的世俗性文化特点所决定的。所以，反观中国当代新都市小说，往往也难逃脱此"窠臼"，但我国新都市小说已取得巨大成就，与西方文学各有不同。文学的情况很复杂，中国有自己的语境，但同时更能说明这样的道理：文学作为人的精神活动，是文化的一部分，它的产生、发展都受到文化很深的影响。正如汤学智所言："一种文学，之所以可以区分为这一民族或那一民族的，关键在于其不同的民族风格，而决定这种民族风格的关键，则在于不同的文化精神，中华民族的文学正是以自己独具的文化精神为灵魂，为内在的生命。"① 文学是生活的反映，是作家在生活中积累的体验、感受的提炼与升华，所以作家所处的物质生活环境、历史传统、时代特点、自然、人文景观、风俗人情等自然而然会在其创作中反映出来。在此意义上，作家确实是本土文化的代言人，文学则是对本土文化的艺术表达。因此，文学必然是民族的，它的躯体中流贯着民族文化的血液、精气，在内容和形式上都有着本民族文化的鲜明印记。所以我们会看到：首先，市民文化精神影响了作为创作主体的中国当代新都市小说家，他们的身上更多地流淌着中华民族传统市民文化之血液，尽管许多人本身自己并未感觉到这一点；其次，当代新都市小说家所反映的客体——都市景观、市民生活，也主要是中国市民社会、市民文化传统之积淀，加上外来文化——西方消费文化、大众文化之影响。遂造成当下中国新都市小说喧嚣多彩奇特之"景观"。也许有人要反驳，这样的都市不是现代都市，这样的小说不是新都市小说，都市文学应该如此如此才配叫都市文学，否则只配叫"乡土小说""乡土文学"云云。然而，笔者以为这些先生只是用西方的都市标准来硬套中国的都市而已。不管你承认还是不承认，这实在就是中国国产的"都市"，你脚下生活着的"都市"。当代中国新都市小说就是附在它的上面，呈现目下都市的种种景观，市民生活"物"与"欲"的沉迷，乃至堕落，进而展现出现代都市的生命哲学意识。

三、叙事策略：世俗化欲望化图景

市场经济的发展极大地激活与促进了国民经济增长的速度与效率，同时也把适者生存的原则带进了社会生活，这是一个被物欲所驱使的时代。脱贫致富便是这种世俗精神的实现目标和实践形式，正是基于这样的历史

---

① 汤学智. 新时期文学热门话题 [M]. 西安：陕西人民教育出版社，1997：186.

文化语境，新都市小说在 20 世纪 90 年代就逐步确立起欲望化的叙事法则。我们知道，新都市小说的主力作者被称为"新生代"，像北京的邱华栋，广州的张欣、江苏的韩东、毕飞宇、鲁羊，上海的唐颖、殷慧芬，东北的刁斗、述平，湖南的何顿，广西的凡一平，海南的李少君等。他们大多出生于 20 世纪 60 年代甚至 70 年代初，在"文革"期间处于儿童时期，没有经历过严峻的政治时代，他们形成自己世界观的时候正是中国开始加速城市化的时候，可以说，他们是第一代完全意义上的都市人。这些作家深知新市民的审美趣味，在大多数新市民眼中，文学是消费、是娱乐。在为金钱奋斗的过程中，他们拒绝崇高，也不需要沉重，因而他们的阅读取向标准是传统民间文学的"快乐原则"。为了迎合普通市民阅读中的"快乐原则"，新都市小说将作品反映的重心投向平民生存原相，投向人自身生存的各种庸常现实层面，并建立起一种"欲望化"的叙事法则。这种欲望化的叙事法则，具体表现为叙事对于"物"与"性"的依赖。"性"在小说中成了情节发展的动力和枢纽，整个叙事围绕着"物"与"性"展开。其主要代表性作品有邱华栋的《手上的星光》《环境戏剧人》、韩东的《障碍》、朱文后《我爱美元》《尖锐之秋》、何顿的《生活无罪》《我不想事》《无所谓》，张欣后《爱又如何》《岁月无敌》。唐颖的《糜烂》《红颜》等。这些作品描绘的主要形象是一群走上市场竞争的城市平民，他们是改革成果的享有者，也是经济转轨、市场竞争中的"悲欢离合最直接的体验者"。小说的作者们以近乎平行的视角展现新时期这个庞大人群的生活方式、欲望和追求，展现现代都市的纷繁、绚烂、动荡、充满挑战性的状态。

从新都市小说热潮中，我们可明显看到我国市民文化传统精神的承续和弘扬，当然这是结合了新世纪新时代风尚的具有崭新特质的当下市民文化精神。而相当长的一个历史时期里，国家意识形态使精英知识分子们往往有意无意地压抑、攻击、蔑视市民社会，动不动就斥为"小市民"，市民意识被戴上庸俗、功利、简单的帽子，这种观点时至今日仍有一定的市场。殊不知，现代化转型的过程，就是市场经济大潮中相伴随的城市化、世俗化的过程以及市民社会的崛起过程。随着商业社会的发展，市民开始大步跃上社会舞台，在主流意识形态话语强行操纵松弛后，在知识分子话语中心位置偏移后，市民的意识和精神空前活泼，城市的空气弥漫着他们自信的气息。可以预言，在一个正常的现代化程度较高的社会秩序中，市民意识是可以与主流意识、知识者意识对等发言的。正是中西合璧、土洋结合，使得当下中国的市民文化、市民意识庞杂纷乱。但我们应该看到，

"市民社会"是现代社会的基石，经济发展、社会稳定，乃至政治民主、人性解放、思想自由、学术繁荣，都有赖市民社会的壮大和市民意识的完善。处于转型期的中国市民社会正在传统与现代、中西碰撞的语境中对话、磨合。当代新都市小说以极大的热情反映此种变化着的如万花筒一般的城市生活和城市意识，新都市小说所开启的充满市民精神的文学空间愈来愈活力四射。当然，毋庸讳言，新都市小说存在狭小、平庸乃至恶俗的一面。在市场经济条件下，作家作为人类灵魂工程师的身份也许会成为历史，但对人类精神性因素的追问和对平庸现实的抗拒则永远应该是文学不可推卸的职责，文学作品的精神高度与市民文化精神并不相互抵牾。在此，我们深切期待新都市小说创作有更大的突破。

第三章 审美建构与民俗学内涵

第一节 审美趣味：面向市民大众

新时期以来具有浓郁"市井意识"的中国文学已经形成显著的审美特征。那么，它们为什么会有这些美学特征呢？这里，我们可从恩格斯等人的"合力论"思想观点进行考察，任何一种文学思潮、审美意识的出现，不是由个人意志决定的，而是"从许多单个人的意志的相互冲突中产生出来的"，如同历史事件的出现，是在历史发展的一定阶段中，各种物质的、精神的、现实的和传统的等"无数个力"相互冲突产生的总结果。① 因此，新时期以来具有浓郁"市井意识"的中国文学美学价值观的形成确立有着时代的、文化的、经济的、历史的多方面的原因；同样法国著名理论家阿尔都塞也从弗洛伊德那里借用了"多元决定"（Overdetermination）的概念来重新解释因果律："任何历史现象、革命，任何作品的产生，意识形态的改变等，都有各种原因，因此文化现象或历史现象都是一个多元决定的现象。如果要全面地描写一历史事件，就必须考虑各种各样的原因，类型众多的看起来并不相关的原因；任何事件的出现是与所有的条件有关系的。"② 弗·杰姆逊则在他的著作《政治无意识》中提出了"不断历史化"（Always History）的口号，要求在研究的过程中"使文本向历史开放"，尽可能地复原历史语境。③ 所有这些都给我们探讨市井风情小说美学价值观的形成确立带来了方法论意义上的有益启示。

新时期以来具有浓郁"市井意识"的中国文学的审美特征及美学价值

---

① 恩格斯. 致约·布洛赫 [M] // 马克思恩格斯选集：第 4 卷. 北京：人民出版社，1975：697.

② ［美］弗·杰姆逊. 后现代主义与文化理论 [M]. 西安：陕西师范大学出版社，1986：64.

③ ［美］弗·杰姆逊. 政治无意识：作为一种社会象征性行为的叙事 [M]. 纽约：康奈尔大学出版社，1981.

观的确立主要构筑在中华民族传统文化、传统文学的基础上。市井细民的文学鉴赏心理有其历史渊源，各个民族由于受共同的民族文化传统的熏陶，使用共同的民族语言，生活在共同的政治、经济制度之下，接受共同的地域环境的哺育与滋养，这样审美意识就会有着某种相通性，其中尤以审美情趣、审美理想的相通、相近最为突出。因此凡是能适应和满足本民族审美情趣和审美理想的作品，就容易为本民族的读者所接受和喜爱。带有浓郁市井意识的市民文学在我国有深厚的传统，是适应群众的审美需求产生发展起来的，必然最为敏感地意识到读者审美意识中的这一民族特征，所以市井意识文学历来重视作品的民族风格和民族形式，作为赢得读者最基本的保证。中华民族有着历史悠久的文化传统，在漫长的共同生活中，在特定的经济、政治、文化、伦理、地理等条件的影响下，形成了自己特有的审美情趣和审美理想，如比较重视作品的故事性、完整性和抒情性，恪守传统的伦理观念和追求善有善报、恶有恶报的大团圆结局，形式上出于消闲娱乐的审美情趣，追求情节的承接、起伏、高潮、悬念，结构则偏好故事套故事、故事连故事的连环式结构和串联式结构。我国市民通俗文学经历了一个漫长的岁月，内容、形式虽不断创新，题材、模式、人物、立意、技法等有着鲜明的时代差异性，却始终保持着强烈的民族特性。唐宋传奇、宋元话本、明清章回小说、五四以后新体通俗作品，无不具备这些特点。新文学运动的实践证明，无论是五四时期，三四十年代，新中国成立之后以及今天改革开放的新时代，那些全盘欧化、缺乏民族风格和民族形式的作品，无论作者自己怎样标榜，都往往受到读者的冷遇。审美意识的这一民族特征，有时表现是非常强烈的。一些"纯文学"作品提倡模糊人物形象，淡化小说情节，甚至搞无主题、无人物、无情节，声称这是为未来的读者写作等。这些在艺术表现形式上的超前意识，已经远离当今中国读者大众的艺术欣赏水平。而且更为重要的是，刚刚解决温饱问题不久的中国读者，还很难从形而上的高度去理解那些先锋派作品中所表现的人类社会中的"玄妙"问题，诸如生命冲动、人生哲理、精神归宿、灵高于肉之类的玄虚道理。生活在伦理社会中的中国人，更多的是从社会伦理的角度来认识与理解人与人之间的关系。这就使得在情感方式、价值取向上符合中国读者大众的接受心理的市井风情小说在社会上流行开来。尽管先锋作家们的探索是有其深意的，也自有文学史的意义，但就是不为我国众多读者所接受。其实这正是审美意识民族特征的强烈表现。当然，也应该看到，审美意识的民族特征，不是一成不变的，跟时代特征一样仍是处于流动变化之中。其流动轨迹，一是纵向的继承、发展和丰富；二是横向的影响、交融和渗透。审美意识的民族性要求市民文学作品应具有民族风格和民族形式，作品的民族化是作品大众化的前提。现代市井风情小说就表现了对我国传统市民文学艺术形式的继承，尽管他们的风格不一，流派多样，作家的文化层次和社会地位也参差不同，但大都受到了古代武侠小说、传奇、话本、评书等直接或间接的影响，形成了一套具有民族特色的结构和传达模式。

市井风情小说往往销路较好，受到市井细民的喜爱，重要的一点就是契合了广大市井细民的"趣味性"，这与千百年来中华民族形成的审美文化心态一脉相承。如明清拟话本小说的作者属于中下知识分子阶层，面对的受众是以市民阶层为主体的。作为拟话本这类通俗小说的接受主体，市民的审美趣味和动机，直接决定了拟话本的创作。因而，写市井细民的喜闻乐见之事，是明清两代通俗小说的一大特色。谢肇淛曾在《金瓶梅跋》中指出，小说包括"朝野的政务、官私之晋接，闺闱之媟语，市里之猥谈，与夫势交利合之态，心输背笑之局，桑中濮上之期，尊罍枕席之语，驵之机械意智，粉黛之自媚争妍，狎客之从臾逢迎，奴怡之稽唇淬语，穷极境象，意快心……"这里列举的素材全部来自市井，反映市民普通而又平常的生活，而这些恐怕也是市民最津津乐道的热门话题。现当代市民小说在此基础上衍进发展，紧紧抓住了市井细民的审美心理，在审美价值取向上市民的审美心理表现为求新求奇、赶时髦等特征，他们喜欢"言情"，喜欢"传奇""武侠"……市民文学曲折多变的故事性情节演进使市民获得多方面的精神满足，特别是男女艳事，更是他们寻奇猎艳、追求感官刺激快乐的消遣品，越是扑朔迷离，越能勾起他们的好奇心，给市民带来新的刺激和快乐。可以说，市民的审美趣味决定了市民文学的生产和作品的流传。作者非常注意讲究市民趣味，使作品洋溢着生活的原汁原味。或喜庆甜腻，或幽默潇洒，或畅快睿敏，多为市民们所喜爱的"轻文学"。都市生活本身就充满了变幻，扑朔迷离，都市就是一部厚厚的传奇，而传奇作品往往情节猎奇，节奏明快、人物行为超常，是一种有着明显的消遣性、娱乐性和有着强烈的大众化、通俗化、民族化的文学品类。说白了，市井细民们关注文学，但这种关注是以消费，准确说是以消遣为目的，而不是以严肃的价值批判为目的，追求生活的趣味化。市井意识文学的兴起，正是伴随着市井阶层的兴起和特殊的文学要求而来的。有学者谈到通俗文学的根本的稳定性特征，是"立意的普泛性、语言的通俗性、内容的传奇性、审美功能的娱乐性"①。艾斐更具体地从四个方面比较分析了通俗文学的性质和特征：从文学本体而言，针对"纯文学"而有更多复杂的成分和因素；从艺术特点而言，针对"雅文学"而有朴素、普及的特色；从社会作用而言，针对"严肃文学"而有更多的趣味性和娱乐性；从政治意义而言，针对"贵族文学"而具有平民市井的色彩和更广泛的适应性。②因为通俗文学的接受对象主要是以文化消费为目的，因此对它的阅读就不能是"思想改造"的痛苦、压抑过程，而是满足读者求安慰、愉悦、快感的轻松旅程。它必须以诙谐的语言、离奇的情节、简要的结构、现实的物欲理想来吸引视线，让读者得到身心暂时放松、情绪暂时释放、欲望虚拟满足的消费快感。市井意识浓郁的现当代中国市民文学当然不能完全等同于通俗文学，但它确实汲取了通俗文学的一些元素；这些元素、特点也在现当代中国市民文学中得到了突出表现。二者有个共同点，即极讲究市井趣味。

如此，我们也就发现，追求市井风情审美趣味的作家有意识地以读者为中心，以作品的畅销为契机；市井风情小说一直处于文学发展的边缘位置，以自生自灭、自娱自乐的态势满足着中下层大众对文学的通俗性渴求。和其他文学形态不同，市井风情小说不服务于意识形态的任务，基本上以服务于市井细民为直接的目的。所以"通俗"是文学走向底层市民的一个途径，这种"俗"不是市井意识文学的生产者决定的，而是消费群的整体文化素质决定的。当文化消费群亦即文学受众的大多数都产生了阅读消遣的欲望，而又不满足于旧式的文学产品时，文化制售者必然会创造相应的满足这种品味的文学产品，即通俗，亦即流行。张恨水、老舍、张爱玲、王朔、池莉、余华、莫言的作品发行量都很大，有的超过几十万册，甚至上百万册，创造了我国文学作品的出版奇迹，并且这些作品往往改编成影视剧，创下了很高的收视率，也为作者和出版商带来了巨额利润。为了吸引读者的眼球，作家们创造一个个神奇的"侠义""传奇""言情"的世界。在这个虚构世界里，市井细民们往往随着自己的感觉走，或喜或悲、或笑或哭，可以随心所欲、自由自在，他们沉浸在现实生活中难以实现的情爱梦、财欲梦中，渴望运用超自然的武侠去战胜邪恶，这正满足了在现代社会重压下，人们希冀摆脱物质和精神双重束缚的愿望。现代人这种认知世界的方式正体现了人们的感性想象对理性工业社会的解构，这或

---

① 封秋昌. 通俗文学的审美特征 [N]. 人民日报，1988—10—11.
② 艾斐. 独具魅力的文学品格——论当代通俗文学 [J]. 晋阳文艺，1989（1）.

许是市井风情小说在现代较独特的审美价值。

　　尽管对于市井风情小说美学价值的认识、评价，一直存在着不同的看法，但幸运的是，许多有识之士还是能够给以正确、客观的评价，如茅盾先生就较早注意到并研究了我国的市民文学，他敏锐地发现中国文学史上市民文学的存在。1978 年 9 月 6 日茅盾在给孙中田的回信中谈道："我在延安时曾应周扬同志之约在鲁艺讲过三四次课，题目大概是关于市民文学。"只可惜原讲稿遗失了，后来在《论如何学习文学的民族形式》里，茅盾重又论述了我国市民文学的发展。按他的观点，我国市民阶级约在战国时代就已出现，到西汉中期市民阶级势力相当强大，但奇怪的是没有发现什么文艺作品，原因是被统治阶级消灭了。魏晋南北朝时期民间文学开始发展，如乐府民歌充满了反封建的意识，但是还没能创造新的形式。到唐宋时期，随着城市经济的繁荣，市民阶级的壮大，市民文学得到发展，到明清，市民文学愈趋繁荣兴盛。茅盾还谈及了市民意识等（当然，茅盾比较复杂，在评及"鸳鸯蝴蝶派"时则说该派是"封建小市民的文艺"云云）。冯雪峰先生、郑振铎先生也给予了相当高的评价："宋以后的这个时期，在文学上，特别是南宋和元及其以后，有一个比过去非常显著的不同，即文学已不是只为皇帝官僚和士大夫阶级服务，并且也为平民服务，即为商人、差吏和兵士、城市手工业者和平民服务，市民文学和平民文学开始发展起来。这时期中，中国文学的中心移到词、散曲、说书、鼓词、小说和戏曲等。这时期中国思想界也有近代民主思想的萌芽与显著的表现，而在人民间还有农民社会主义思想的产生。这时期以市民文学为中心的现实主义，就不仅在中国是空前的发展，而且赋有近代的性质和色彩。"[1]"宋朝的小说是市民文学，是在瓦市里讲唱的，是真正出于民间为广大市民所喜欢的东西⋯⋯瓦子好像现代的庙会，是个易聚易散的地方，以讲史、小说为主要演唱的东西，这些都是第二人称的。"[2] 任访秋则言："前些年，我有一个想法，即写一部中国十七八世纪的文学史，从晚明写到清代乾隆中叶，借以说明这个阶段反映市民文学的发展。"[3] 范伯群在主编的《中国近现代通俗文学史》中也说："今天我们排除了这种不正常的因素，将'鸳鸯蝴蝶—《礼拜六》派'作为民国都市通俗文学中的一个重

　　① 冯雪峰. 中国文学中从古典现实主义到无产阶级现实主义的发展的一个轮廓 [N]. 文艺报，1952（14）.

　　② 郑振铎. 中国古典文学中的小说传统 [M] // 郑振铎古典文学论文集. 上海：上海古籍出版社，1984：308.

　　③ 任访秋. 中国新文学渊源 [M]. 郑州：河南人民出版社，1986：3.

要的流派去进行考察，提高到学术领域中去加以研究，总结出历史的经验与教训，给予客观公正的评价，并将他们中间的最富有代表性或最优秀的作家，赋予文学史上应有的地位。我们编著这部《中国近现代通俗文学史》的意图就是进行一次自成体系的总检阅，为他们的佼佼者进入近现代文学史做好前期的准备。"① 可见他们对市民文学的注意并予以了相当的重视。而李泽厚这样评价我国的市民文学："这种世俗文学的审美效果显然与传统的诗词歌赋有了性质上的重大差异，艺术形式的美感逊色于生活内容的欣赏，高雅的趣味让位于世俗的真实。""尽管这里充满了小市民种种庸俗、低级、浅薄、无聊，尽管这远不及上层文人士大夫艺术趣味那么高级、纯粹和优雅，但它们倒是有生命活力的新生意识，是对长期封建王国和儒学正统的侵袭破坏。"② 海派小说研究的著名学者吴福辉更把现代市民小说与我国传统市民文学及现代西方文化打通，高度评价了海派小说的价值及意义："它就是一种有活力的'现代娱乐姿态'！它受海派文化的耳濡目染，也每日每时在参与创造着这种文化。海派于是变得日益的橱窗化，霓虹灯化，变得重务实，乖觉，精致，追求时尚虚荣，讲究现代味，有世界性的开放目光，如张爱玲所概括的，充满'一种奇异的智慧'。仔细地剖析这颗奇异的果实，你会注意到现代的商业文明、物质文明、科技文明等多种因子对它的穿透，发现它远为复杂的文化内涵。"③ 李今则从现代都市文化的角度把握、阐述了海派小说的价值意义："从新感觉派的重写历史英雄和圣人，张爱玲塑造的城市俗人群，予且与苏青强调的'为生存而生存'的'俗人哲学'的分析入手，揭示海派作家的日常生活意识和俗人意识。他们对于现代都市新市民虽自私但独立、虽世俗又有理性、虽物化又不失一种主动选择的把握和认定，既证实了都市新市民自我意识的觉醒，又暴露出其局限和异化的倾向。体现了海派小说作为海派文化的意义载体或说是表征的精神特征，反映了知识化了的新市民群体和世俗化了的文人群体相互间的影响和渗透，现代知识分子在现代社会中分化的一个方面。"④ 此外，张午等人则分析了市民文学的文本特征。其一，是它的消费性，强调研究中国市民阶层的心理与文化存在是不容忽视的课题。其二，卑琐性。市民文学存在的卑琐性所包容的丰厚文化意蕴已逐渐引起众多论

---

① 范伯群. 中国近现代通俗文学史：上卷 [M]. 江苏教育出版社，2000：18.

② 李泽厚. 美的历程 [M]. 合肥：安徽文艺出版社，1994：188—189.

③ 吴福辉. 都市漩流中的海派小说 [M]. 长沙：湖南教育出版社，1995：19.

④ 李今. 日常生活意识和都市市民的哲学—试论海派小说的精神特征 [J]. 文学评论，1999 (6)：82—94.

者的重视。他们发现，无论是现实主义的典型升华、浪漫主义的思想情思，还是现代主义的焦虑心态都已很难对这种特征做出合情合理的解释。比如王朔笔下的"顽主"话语系列，他们对传统伦理观、人生观、道德观等价值系统的颠覆绝不封闭在精神言路的冲撞升华当中，而是把市民的非中心性存在状态——无聊的贫嘴、打诨、装腔作势、亵神渎圣，作为一种本质的真实与整个中心话语同处于一个反讽语境当中。吃喝拉撒睡、下意识的欲望冲动等散漫状态摆脱了中心话语的统摄，作为并非等待他者归约的现象或虚拟而直接成为意义单元本身。这既区别了现实主义"小人物"的卑微命运，又同一切精神焦灼或追求拯救的现代情结理清了关系。这样卑琐性的表现作为市民文学本体的叙事欲望，实质上不但蓄积了打破美丑二元对立的审美判断范式和解构力量，也蓄积了冲击传统认识论哲学根基的可能性。其三，平面性。其四，狂欢性。巴赫金最早用这个范畴分析拉伯雷的作品，以平民的节日欢宴对权威的戏拟消解了等级，突出了肉体、感官欲望的合理性，这种游戏的乌托邦色彩已为现实的市民生存所代替。这点在某些理论家所命名的"新市民小说"的欲望叙事中表现得最为突出。此外，还有《金瓶梅》式描写与现代意识的苟合等。① 确实，市井风情小说的美学意识、意义是毋庸置疑的，它是中国特色的符合中华民族审美习惯的文学形态，具有独特的文化价值和美学意义。

　　综上所述，我们可以看到，通过作家们和文学理论家、文学史家们的共同努力，已经基本上形成了中国特色的市井风情小说的审美谱系。当然，这个审美谱系存在着种种局限性，还处在不断的建设和完善中，但我们有理由相信它无疑有着多方面的积极意义。同时从中我们也可以看到，一些优秀的市民文学已经不仅仅是纯粹意义上的娱乐消遣体式，实际上它们也体现出了作家们的一种生存方式和生命形态，创作家们往往在丰富多彩的文本世界和生命体验中感悟出高度自觉的小说本体意识。从张恨水、老舍、张爱玲、苏青、汪曾祺、王朔、王安忆、金宇澄、池莉、余华、莫言等人的小说文本中，我们即可以感受到这些。的确，我们可明显看到他们与我国传统市民文学——市井意识的传承关系，他们对我国市民文化传统精神的承续和弘扬，新时期以来具有浓郁"市井意识"的中国文学正是在继承传统市民文学的基础上，适应了现当代市井细民鉴赏的文化心理和思维模式。这种文化心理和思维模式与千百年来我国古代武侠、传奇、话

---

① 张午. 意义的追寻与困顿：美学视点下的市民文学 [J]. 社会科学战线，1996 (5)：197—203.

本小说的造就密切相关。新时期以来中国文学浓郁的市井意识也正是由于与我国古近代的市民文学一脉相承，所以容易引起广大市民的共鸣，拥有无数的读者。这种努力的方向是无可指责的，当然这是结合了 20 世纪以来新时代风尚的具有崭新特质的市井叙事及当下市民文化精神，融合中西，连接城乡，属于中国本土经验和城市文化之根的中国话语，体现出另一种现代性——中国现代性，从而使中国文学在民族文化范畴和中国"现代性"范畴里拥有自己独特的价值。

第二节 "向往一种《清明上河图》式的小说作品"

市井风情小说中有着丰富的民俗学内容，是以文学形式间接表现出来的民俗资料。

如何看待民俗文化的性质？采取什么态度？这些问题至今并没有得到很好的解决。许多人轻视民俗文化，认为民俗文化是庶民的底层文化，是一种"粗俗"的创造，不能登大雅之堂。在很长一段时间里，中国的民俗文化处于自生自灭的状态中，有时政府部门还采取社会动员的方法，不加区别地将一部分民俗作为封建迷信加以革除，使许多优秀的民俗文化得不到应有的保护，更谈不上用心地研究。马克思主义的一个基本观点是：劳动创造了人类，创造了历史。劳动者在创造社会历史文化的同时，也创造了丰富多彩的民俗文化。中国文化就其整体而言，包括了"俗文化"和"雅文化"两类，两类文化相比，"俗文化"是养育千百万人的文化，与"雅文化"相比毫不逊色。"俗文化"是"雅文化"的源头和母体。"雅文化"产生于文字发明之后，而在此之前，"俗文化"却早已产生，并在以后的历史发展中，一直绵延不断。今天，我们站在中国文化发展的历史长河中，审视民俗文化的发展，对民间文化财富，再也不能采取漠视的态度。保护民间文化，确实是一个迫在眉睫的现实问题。和世界发达国家对于民间文化的保护相比，我们的这种意识正在觉醒，但存在的差距是很大的。如不认真解决立场、态度和认识问题，任何方法都是一种很有限的努力。①

---

① 陶立璠. 中国民俗学研究面临的新课题［EB/OL］. 中国民俗学会网，2008－09－16.

民俗，即民间风俗，指一个国家或民族中广大民众所创造、享用和传承的生活文化。民俗起源于人类社会群体生活的需要，在特定的民族、时代和地域中不断形成、扩布和演变，为民众的日常生活服务。民俗一旦形成，就成为规范人们的行为、语言和心理的一种基本力量，同时也是民众习得、传承和积累文化创造成果的一种重要方式。

在中国，"民俗"一词很早就已出现。如《礼记·缁衣》："故君者，章好以示民俗"；《史记·孙叔敖传》："楚民俗，好痹车"；《汉书·董仲舒传》："变民风，化民俗"等等。此外，还有不少意义与其相近的词，如"风俗""习俗""民风""谣俗"等。①

"民俗"一词作为专门的学科术语，是对英文"Folklore"的意译。这个词是英国学者汤姆斯（William Thoms）1846 年创用的，他以撒克逊语的"folk"（民众、民间）和"lore"（知识、学问）合为一个新词，既指民间风俗现象，又指研究这门现象的学问。后来，该词逐渐为世界其他国家的学者们接受，成为国际上通用的学科名词。近些年来，鉴于"Folklore"一词既指"民俗"又指"民俗学"，容易混淆，国际学术界又以"Folkloristics"一词专指"民俗学"，而将"Folklore"专指作为研究对象的"民俗"，以便区别。在日本，则将研究民俗的学问称为"民俗学"，而将其研究对象称为"民间传承"。

民俗是一种历史的积淀，是千百年来社会生活的沉积，它既是现实的存在，又是几千年民族历史的产物，因而文学通过对民俗的描写，可以展现一个民族历史发展演变的年轮。民俗作为民族文化心理的积淀，在漫长的历史发展过程中，经过世代相传，民族文化的因子沉淀在人们意识的深处，形成荣格所说的"集体无意识"。民俗的这种物质性和精神性、历史性和现实性、民族性和地域性、时间性和空间性相结合的"两栖"型特点，使以它为表现对象的文学能够在历史文化的高层面上更深刻地、完整地去把握生活，使文学获得深广的历史底蕴。

民间文化，既是一个无限丰富的意义世界，也是一个繁杂多样的具象世界。它包括口头文学、信仰禁忌、饮食服饰、民居建筑、婚丧习俗、岁时节日、方言俚语、民间技艺等。"文化不仅是各种心理表象，它还有物质层面和外部结构，包括后天学习到的行为，包括具体环境。文化是一个

---

① 钟敬文. 民俗学概论［M］. 上海：上海文艺出版社，1998：2.

群体的全部社会遗产。"① 而民间文化中，最体现其文化精神的是民俗文化。凡是一个国家或民族的广大民众所创造、享用和世代传承、相沿成习的生活，皆为民俗。民俗文化具有多方面的功能。民俗文化因为潜隐了民众的处世心理与文化性格，便具有了"元哲学"价值。人类学家格尔兹认为"几乎在任何一个社会、任何一个时代，就任何一个人而言，有些情感则更多的是源自某种自然的或精神上的同源关系"② 。周作人也说过："风土与住民有密切的关系""一国之中也可以因了地域显出一种不同的风格。"③ 这不同的风格可以通过以民俗为代表的民间文化表现出来。民间文化对民众的作用常是一种隐性的"软控制"形式。作为民众一分子的古代和现代文人，当然无法逃遁民间文化的笼罩和辐射，民间文化的因子像空气一样弥漫于他们的周围。文人们在构筑其艺术世界时，其所经历过的民间文化、所体验过的民众情感，往往被挟带进来。这样的作品，往往既是作者气质的灌注，又是地域文化的凝聚。《北史·文苑传》："江左宫商发越，贵于清绮；河朔词义贞刚，重乎气质。"说的正是地域文化差异在文学作品中的显现。几千年来，中国文学的艺术体裁不断丰富，艺术形式愈加完善，艺术技巧日臻精密，艺术品位不断提升，正是民间文化的重要部分——民间文学，给了历代文人以启示和灵感。换句话说，我国文学的波浪式前进，很大程度上是由于历代文人对民间文学的范式转换及相关资源的创造性利用。

以此，我们来看市井风情文学。首先，作为市民文学题材构成和情节发展核心话题的"市井"，其中就包含了丰富的民俗学内容。在市民文学中，"市井"不仅是人物的活动场景，也是市民心态的文化表现。市井风情小说，虽然是作为文学幻想形态的"市井"，其人物形象、时代、社会活动场景多为文学家想象的产物，但同时也有相当的民俗写实成分。

的确，在古代中国的市民文学发轫之时，市民文学家们就将他们的目光投向文化风俗，以他们所熟悉的区域风俗为依托、为支点、为媒介来反映历史，反映现实，反映历史与现实的联系，这成为中国市民文学一个最宝贵的传统。《金瓶梅》"三言""二拍"等小说就为我们树立了典范，到

---

① Roy. D' Andrade. The Development of cognitive Anthropology [M]. Cambridge：Cambridge vuniversity Press，1995.

② Glif ford Geertz. The Interpretation of Cultures [M]. London：Fontana，1993.

③ 周作人. 地方与文艺 [M] //许志英. 周作人早期散文选. 上海：上海文艺出版社，1984：361.

现当代老舍的《四世同堂》、张爱玲的《传奇》以及汪曾祺的《鸡鸭名家》《大淖记事》、邓友梅的《那五》、冯骥才的《俗世奇人》、陆文夫的《小巷人物志》、池莉的《烦恼人生》、余华的《活着》、莫言的《蛙》等，这些作品以中国广大地域——城市集镇的文化风俗来显示社会现实的环境，拓展情节，刻画人物，尤其是深刻剖示人物的文化心理，画出"市井细民的魂灵"，使漫长修远的数千年的民族历史和文化与现实社会、现实的人的心灵相接，表现深广的历史底蕴，具有无比珍贵的民俗学价值。这些市井风情既反映了中华民俗文化的特色，同时又体现了我国各个区域的文化特点。

中华民族有自己独特的市井习俗。如衣食住行、饮酒品茗、看戏听曲、花鸟鱼虫、婚丧嫁娶、手工艺品、青帮、脚行、混混儿、锅伙、庙会等，这些在市民文学中一一得到了呈现。正如著名民俗学家钟敬文先生所指出的："中华民族的传统文化可分为三条干流。第一条是上层文化，从阶级上说，它主要是封建地主阶级所创造和享用的文化。第二条是中层文化的干流，它主要是市民文化。第三条干流是下层文化，即由广大农民及其他劳动人民所创造和传承的文化。中、下层文化就是民俗文化，它虽然属于民族文化的一个部分，却是重要的、不可忽视的部分。"[①]

荀悦曾说"山民朴，市民玩"。在某种意义上，市井习俗可以说是一种"玩"出来的习俗——玩赏、玩味、玩世不恭……通过"玩"，往往表现出市民的自我价值——一种反叛传统的生活方式。

范晔《后汉书·马援传》中有这样的一首歌谣："城中好高髻，四方高一尺。城中好广眉，四方且半额。城中好大袖，四方全匹帛。"说的是西汉时京城长安的人喜欢高髻，四方的人就把发髻梳到一尺高；京城的人喜欢画得很阔的眉毛，四方的人就把眉毛画得几乎占半个额头；京城的人喜欢做大袖子的衣服，四方的人就用整匹的绸料做袖子。四方的人以京城的服饰为时髦，并相互攀比，形成社会生活中的一种潮流。唐代市井服饰比较开放，如蒋防的《霍小玉传》中，描述了妓女霍小玉在怒斥负心郎李益后气绝身亡，将葬之时，容貌像生前一样妍丽，穿着石榴裙、紫褐裆、红绿珀子。与服饰不同，茶与酒是全国城镇生活最典型的必需品。"开门七件事，柴米油盐酱醋茶"，市人们把茶看作与吃饭同等重要。不仅大城市中茶馆成百家的排列，就连一些小市镇也茶馆遍布。清代吴山园就十分

○ 钟敬文. 民俗文化学概况与兴起［M］. 北京：中华书局，1996：15.

第三章　审美建构与民俗学内涵

有名。唐代以来的笔记小说中谈到饮茶的比比皆是。《金瓶梅词话》中提及的茶，计有六安茶、江南凤团雀舌牙茶、胡桃松子泡茶、福仁泡茶、果仁泡茶、蜜饯金橙子茶、盐笋芝麻木樨泡茶、梅桂泼卤瓜仁泡茶、木樨金灯茶、木樨青豆茶、熏豆子茶、咸樱桃茶、桂花木樨茶、八宝青豆木樨泡茶、瓜仁栗丝盐笋芝麻玫瑰香茶、姜茶、土豆泡茶、芫荽芝麻茶等。如此名目繁多的茶，是人们不满足清茶的平淡寡味，讲究养生，追求滋味，而配以药材、添加果品创制出的。《红楼梦》等书，亦记载着详细的城市饮茶之风。酒亦为城市生活中不可或缺之物。如同茶肆星罗棋布一样，酒肆在城镇中亦如雨后春笋。《三国演义》中"曹操煮酒论英雄"，《水浒传》中"三碗不过冈""武松打虎"等成为市民津津乐道的酒段子。此外，婚丧嫁娶、四时八节、娱乐玩耍等市井民俗在市民文学中也多有反映。

现当代市民文学继承和弘扬了我国古代市民文学的市井风俗传统，通过一幅幅市井风俗画的描绘，展示出从 20 世纪初到 21 世纪初社会历史的变迁和不同时代、不同地方市井间的风俗民情，风俗描写异彩纷呈，表现出多姿多态的审美情趣。

出于宋人张择端手笔的《清明上河图》，乃是有 500 多个栩栩如生人物的北宋京都汴梁的市人风俗画，它与宋代的市人小说交相辉映，对后来的市民文艺产生了深远的影响。老舍、邓友梅、汪曾祺等都非常倾心。老舍对北京的市井了如指掌，他说："我生在北平，那里的人、事、风景、味道，和卖酸梅汤、杏儿茶的吆喝的声音，我全熟悉。一闭眼我的北平就是完整的，像一张彩色鲜明的图画浮立在我的心中。我敢放胆地描画它。它是条清溪，我每一探手，就摸上条活泼泼的鱼儿来。"① 邓友梅也曾说："向往一种《清明上河图》式的小说作品。"②"探讨'民俗学风味的小说'。"③ 老舍、邓友梅等"京味小说"写尽了北京胡同的市井习俗，衣食住行、婚丧嫁娶、四时八节、娱乐玩耍，无所不包，京味十足。张爱玲、苏青、予且、王安忆、金宇澄等"海派小说"则广泛描绘了上海里弄的市井风情。他们的小说有不少的风俗民情的描写，像予且的长篇《凤》④ 写大学生在市上测字摊拆字算命，饭席上做抽签的游戏；施蛰存的《上元灯》《周夫人》写到了江南过年与过灯节的风俗；苏青《结婚十年》描写

---

① 老舍. 三年写作自述 [M]. 抗战文艺，1941 (7).
② 邓友梅. 寻访"画儿韩"篇外缀语 [J]. 小说选刊，1982 (2).
③ 邓友梅. 寻访"画儿韩"篇外缀语 [J]. 小说选刊，1982 (2).
④ 予且. 凤 [M]. 上海：良友图书印刷公司，1937.

了新娘子坐着传统的花轿上教堂的"中西合璧"的婚礼，还写到了满月酒、新妇归宁的风俗；金宇澄《繁花》写到的瑞金路石库门等专属上海记忆的民俗旧习，都显示出浓郁的民俗特色。汪曾祺也曾表示："我是很爱看风俗画……中国的风俗画传统很久远了……宋代风俗画似乎特别流行，《清明上河图》是一个很好的例子。我看这幅画，能够一看看半天。"① 他笔下展示的多是苏北的市井风俗画。余华的作品描绘了江南水乡小镇的风俗民情，莫言则在小说中融入了其故乡中具有代表性的齐鲁风土人情，为我们展现出一幅幅平凡但生动的生活图画。

无疑，这些风土人情的记录和描绘，是作家作品中不可分割的有机部分。在人物塑造方面，它们是人物活动环境的重要组成部分，对于展示人物性格，刻画人物形象有其重要作用。同时，这些风俗习惯的描写，对于突出作品的地方色彩，形成作品的民族特色也是至关重要的。

此外，这些作品中的诸多民俗描写，也为后人提供了了解那个时期中国各地的风土民情及其演变的宝贵材料，是研究中国市井民俗的重要途径。作家的思想情趣、爱憎感情也可以透过作品中的民俗描写折射出来。总之，追求《清明上河图》式的小说，实际上道出了他们以及现当代作家的美学理想，表明了他们的创作师承了传统的市人小说的文学风骨。

四川作家李劼人的"大河小说系列"的突出成就就表现在对巴蜀民间世俗生活的描绘上，可以说"大河小说系列"的确是一部"近代《华阳国志》"。它包罗万象，地域性特征相当鲜明，完全可以作为风土志来读。李劼人对生于斯长于斯的成都情有独钟。他的小说真实全面地再现了清末和民国初成都的风土民情习俗，充分显示出文化环境的地域特性。东大街、青羊宫、劝业场、满城、皇城、公馆门道、商家店铺、茶馆公园、寺庙学校、客栈饭店，林林总总，天回镇的集市贸易，东大街的新年街景，青羊宫的节日庙会，茶馆的场景，公馆的宴请，饭馆的聚会，这些民间活动构成一幅幅具有鲜明巴蜀地域特征的画面。顾三娘子按乡间习俗的丧礼，郝家太太照官家排场的葬礼，郝又三的传统婚礼，周宏道的新式婚礼，下莲地伍家的端阳节，西御街黄家的中元节，正月川西人赶东大街，二月赶青羊宫，清明节到郊外扫墓，各色人等的生活情趣和风尚习俗组成的民间市井画面，反映了川西人的世俗生活，风土民情，体现出巴蜀文化的"原汁原味"。李劼人不仅详细描写了他们本身的面貌，而且追溯历史，

① 汪曾祺. 谈谈风俗画［M］//汪曾祺全集. 北京：北京师范大学出版社，1998：348.

包括缘起、兴衰、传说、掌故、轶闻，形成一个又一个"文化景点"。讲究的人物服饰、精致的室内摆设、豪华的节日布置、繁盛的货物陈列、典雅的建筑装饰、考究的花园布局、多样的交通用具、奇特的川菜川戏、有味的方音土语、四时八节、婚丧嫁娶、饮食起居、各色生活情趣和习俗风尚，这些富有浓郁文化意味的风物风情风俗与"文化景点"错综交织，编织出巴蜀文化意象和文化氛围。巴蜀风物意象，风俗习尚、风土人情既是现实的存在，同时包含历史的文化积淀。作为文化环境因素，它们在无形中影响着巴蜀人的心理、行为和思想。李劼人对此进行了深入的剖析。他把每个人物都放到巴山蜀水、巴蜀文化、近代社会、时代氛围种种复合关系中加以描写，因此，李劼人笔下的人物既是现实的人，也是历史的人、文化的人，富有时代感、历史感和文化感。这不仅从深层上显示出文化环境的地域风采，而且使人物形象具有了丰富的文化内涵。难怪杨义这样评价："它给历史小说提供了一种新的艺术思维方式，它应该称为近代风俗史小说。"①

而汪曾祺是新时期以来较早出现的具有"市井意识"的作家。汪曾祺的小说多在故事的叙述中插入风土人情的描绘。对于汪曾祺的小说创作来说，风俗画已变成了一种小说创作精神、创作方法和风格等。他的小说创作可以说是一种风俗画式叙述。

首先，汪曾祺小说的风俗画是美的，汪曾祺小说中的乡镇景物与乡镇风俗是融为一体的。他喜爱风俗画，诸如宋代的《清明上河图》《踏歌图》《货郎图》、清代的《鬼趣图》《老鼠嫁女》，他都很喜爱。因而他在作品中描绘了众多风俗画，以至有些评论者称其为"风俗画作家"。汪曾祺认为风俗是民族情感的重要组成部分，是生活中诗情的外化，是抽象的民族情感的具象。"我是很爱看风俗画。十六七世纪的荷兰画派的画，日本的浮世绘，中国的货郎图、踏歌图……我都爱看。我也爱读竹枝词。我认为风俗是一个民族集体创作的生活的抒情诗。我的小说里有些风俗画成分，是很自然的，但是不是为写风俗而写风俗。作为小说，写风俗是为了写人。"而"写一点风俗画，对增加作品的生活气息乡土气息是有帮助的。风俗画和乡土文学有着血缘关系，虽然二者不是一回事。很难设想一部富于民族色彩的作品而一点不涉及风俗。……风俗画小说的文体几乎都是朴素的。风俗本身是自自然然的。记述风俗的书原来不过是聊助谈资，大都是随笔

---

① 杨义. 中国现代小说史：第2卷 [M]. 北京：人民文学出版社，1986：434.

记之，不事雕饰。……同样，风俗画小说所记述的生活也多是比较平实的，一般不太注重强烈的戏剧化的情节……风俗画小说，在本质上是现实主义的。记风俗多少有点怀旧，但那是故国神游，带抒情性，并不流于伤感。风俗画给予人的是慰藉，不是悲苦。就我所见过的风俗画作品来看，调子一般不是低沉的。"① 显然，他是从美学的角度来理解风俗的内涵的。风俗体现了一个民族对生活的挚爱乐观和从生活中感受到的愉悦，体现了一个民族丰富多彩的生活方式和积极向上的精神状态，其核心是人生的艺术性。对汪曾祺而言，风俗（主要指节日、仪式、生活习惯等）是具有艺术性的情感形式，蕴含着一个民族对生活的认识和审美体悟，它往往使日常生活打破沉闷的格局而焕发出内在的激情与欢乐。纵观汪曾祺的作品，其中的风俗描写异彩纷呈，美不胜收，表现出丰富多彩的审美情趣。汪曾祺笔下的风土描写涉及秀丽的山川，无不妙笔生花而有深厚的情感蕴藉。他的小说背景多为故乡高邮，以及昆明、上海、北京、张家口等地。特别是他青少年时代的高邮，那里的四邻街坊、一花一草，都在他脑海中留下了清晰美好的印象，所以在小说中写得特别细腻、逼真、传神。多年的漂泊使他对故乡充满了怀念和向往，所以又把它写得特别美，充满了诗情画意。如《大淖记事》中的描绘："淖，是一片大水。说是湖泊，似还不够，比一个池塘可要大得多，春夏水盛时，是颇为浩淼的。这是两条水道的河源。淖中央有一条狭长的沙洲。沙洲上长满茅草和芦荻。春初水暖，沙洲上冒出很多紫红色的芦芽和灰绿色的蒌蒿，很快就是一片翠绿了。夏天，茅草、芦荻都吐出雪白的丝穗，在微风中不住地点头。秋天，全都枯黄了，就被人割去，加到自己的屋顶上去了。冬天，下雪，这里总比别处先白。化雪的时候，也比别处化得慢。河水解冻了，发绿了，沙洲上的残雪还亮晶晶地堆积着。这条沙洲是两条河水的分界处……"② 这些看似闲笔的风物画，不仅给作者所写的生活增添了立体感，真实感，使生活充满了活的血脉，而且为人物的性格、活动提供了铺垫。汪曾祺叙写自己从小所体验过的生活，内容广泛，涉及风俗的很多方面，诸如礼仪、岁时、娱乐等，他的作品往往从而成为一幅幅饶有兴味的风俗画。如他的小说《陈四》，全篇 4000 多字抒写了迎神赛会的风俗民情，酝化出一种原始的、古朴的"欢乐"情调，酿造出一股朴野粗犷的文化氛围。小说仅用几百字点出了踩高跷的陈四就在这种蒙昧的氛围中挨打、大病、卖灯……人物被浸

① 汪曾祺. 谈谈风俗画［M］//汪曾祺文集：文论卷. 江苏文艺出版社，1994：61～63.

② 汪曾祺. 大淖记事［M］//汪曾祺小说经典. 北京：人民文学出版社，2005：106.

泡在浓重的古朴风习之中。在《鸡鸭名家》《戴车匠》《受戒》《晚饭花》等许多小说中也都有某地风土人情的描绘,形神兼备、境界灿然。《晚饭花》描绘了南方过"灯节"的情形:元宵节前几天,街上常常看到送灯的队伍。几个女佣人,穿了干净的衣服,头梳得光光的,戴着双喜字大红绒花,一人手里提着一盏灯,前面有几个吹鼓手吹着细乐。远远听到送灯的箫笛,很多人家的门就开了。姑娘、媳妇走出来,倚门而看,且指指点点,悄悄评论。这也是一年的元宵节景。民族感情常常体现在风俗中,正如作家自己所说的"风俗,是具体的""风俗是美的"。

其次,风俗是自发的一种活动,是百姓自娱自乐、表达生活欲望的一种形式,它不是官方的节日和运动,不需要在某种国家意识形态的指引下。它发生在民间,风行在生机勃勃的大地上,处在与主流文化相对的边缘地带,它保留了更多原始初民的生活形态和生命欲求。"灯节"、"求雨"、大淖一带的婚嫁习俗是如此,《岁寒三友》中的"放焰火"亦如此:"这天天气特别好。万里无云,一天皓月。阴城的正中,立起一共四丈多高的架子。有人早早吃了晚饭,就扛了板凳来等着了。各种卖小吃的都来了。卖牛肉高粱酒的,卖回卤豆腐干的,卖五香花生米的、芝麻灌香肠的,卖煮荸荠的,还有卖河鲜——卖紫皮鲜菱角和新剥鸡头米的……人们寻亲访友,说长道短,来来往往,亲亲热热。阴城的草都被踏倒了。人们的鞋底也叫秋草的浓汁磨得滑溜溜的。忽然,上万双眼睛一齐朝着一个方向看。人们的眼睛一会儿睁大,一会儿眯细;人们的嘴一会儿张开,一会儿又合上;一阵阵叫喊,一阵阵掌声——陶虎臣点着了焰火了。"

再次,汪曾祺笔下的一些风俗画与西方的"狂欢节"等十分相似。它们都是广场艺术,是人性的一种尽情展露。在这里,一切等级制度界限、一切官职身份都没有了意义,高低尊卑之分一霎时仿佛都不复存在了,大家都亲近了,每个人都随心所欲地对待一切,相互间的不拘礼节和自由自在都融会在欢快的氛围里。小说《受戒》是汪曾祺的一篇代表作,其中有许多有关佛门仪式场面。无论是受戒、念经还是放焰口,在作者的叙述中,那严肃、正经的行为方式和价值观念等都被消解了。佛门的清规戒律破除了,和尚与俗人没有了界限,欢乐篡改了哀伤,明媒正娶的规矩也失去了威严。如果说这些风俗主要让我们看到了佛事中的"不轨"言行、民间情怀,那么,在小说《故里三陈》里的"迎会"中,我们会看到民间对城隍老爷等权力象征的态度,看到人们洋溢在"迎会"仪式之上的狂欢化情绪和喜剧精神。"迎会"是人的本质力量的一种自觉显现。最后,我们在汪曾祺小说的风俗画中会发现，风俗是质朴的，少有在某种权威意识形态、审美理念等规范下加工改造的痕迹。人们以质朴的形式，展现了自己质朴的人性。无论在"盂兰会""迎会"中，还是在《受戒》中的出家风俗、《晚饭花》的丧葬嫁娶仪式里，都没有"导演"来对形式进行加工、提高、"戏剧化"。其中的人性是现世的，以感性的满足为基础的，没有理性的洗礼，官能的享受、情感的宣泄和欲望的扩张都顺其自然，流行了几千年的封建主义的信条"存天理，灭人欲"随同权威的被颠覆，跑到了九霄云外。风俗质朴的本质指示着人性的质朴、自然，意味着人性的"天人合一"。质朴之人是得"道"之人。汪曾祺在小说中描述如此的风俗是与其深受老庄思想、存在主义等人文思想的影响分不开的。风俗画实际上进一步也成为汪曾祺小说创作的艺术精神、创作方法、审美理想、美学风格的具体表现和规范。它作为一种范导性的价值趋向渗透到了其小说创作的许多方面，表现出中华民族风情独特的审美价值属性。

第三节　描绘市井掌故逸闻

在三教九流的众生相和五光十色的风俗画中，引人注目的还有充溢在其中的掌故民俗、文物、书画、古玩等方面丰富的知识，种种行业技艺的掌故说辞逸闻。它们皆活灵活现，展现纸上。

汪曾祺写了许多独特的行当，介绍了不少民间工艺技能的掌故知识：
《祁茂顺》写行业手艺：

> 他（祁茂顺）有手艺：糊烧活，裱糊顶棚。
>
> 单件的烧活，接三轿马，一个人鼓捣一天，就能完活……他在糊烧活的时候，总有一堆孩子围着看。糊得了，就在门外放着：一匹高头大白马——跟真马一样大，金鞍玉辔紫丝缰；拉着一辆花轱辘轿子车，蓝车帷，紫红软帘，软帘贴着金纸的团寿字。不但是孩子，就是路过的大人也要停步看看，而且连声赞叹："地道！祁茂顺心细手巧！"
>
> 如果是成堂的大活：三进大厅、亭台楼阁、花园假山……一个人忙不过来，就得约两三个同行一块干。订烧活的规矩，事前不付定

钱，由承活的先凑出一份钱垫着……交活的时候再收钱。早先订烧活，都是老式的房屋家具，后来有要糊洋房的，要糊小汽车、摩托车……人家要什么，他们都能糊出来。

……

祁茂顺主要的活就剩下裱糊顶棚了。

……

金四爷看着祁茂顺做活。

只见他用棕刷子在大白纸上噌噌两刷子，轻轻拈起来，用棕笤帚托着，腕子一使劲，大白纸就"吊"上了顶棚。棕笤帚抹两下，大白纸就在顶棚上呆住了。一张一张大白纸压着韭菜叶宽的边，平平展展、方方正正、整整齐齐。拐弯抹角用的纸也都用眼睛量好了的，不宽不窄，正合适，棕笤帚一抹，连一点褶子都没有。而且，用的大白纸正好够数，不多一张，不少一张。连糨子都正好使完，没有一点糟践。金四爷看着祁茂顺的"表演"，看得傻了，说："茂顺，你这两下子真不简单，眼睛、手里怎么能有那么准？"[1]

在这里作家详细地叙写了祁茂顺手工活的干练快捷、精明能干及其手艺的精湛高超。

《异秉》写熟食铺：

王二忙得喜欢。随便抄一抄，一张纸包了（试数一数看，两包相差不作兴在五粒以上）；抓起刀来（新刀，才用趁手），刷刷刷切了一堆（薄可透亮）；铛的一声拍碎了两根骨头：花椒盐，辣椒酱，来点儿葱花。好，葱花！王二的两只手简直像做着一种熟练的游戏，流转轻利，可又笔笔送到，不苟且，不油滑，像一个名角儿。[2]

包瓜子、花生米、葵花籽儿、盐豌豆的手艺，特别是"切肉"的娴熟技巧活灵活现地出现在我们面前，简直是"绝活"。

在《异秉》里，作家还写到了药店：

① 汪曾祺. 祁茂顺 [M] // 汪曾祺小说经典. 北京：人民文学出版社，2005：299—301.
② 《异秉》有两个版本系统，一是汪曾祺在20世纪40年代写就的原版，其二是他80年代对旧作修改后的新版，笔者对两个版本进行文本的比较细读后发现，写熟食铺的文字原版比新版更为详细、生动，故特此选了吴福辉主编的《京派小说选〈异秉〉》来做分析，因他采用的是原版，该书由人民文学出版社1990年出版。

这是一家门面不大的药店。不知为什么，这药店的东家用人，不用本地人，从上到下，从管事的到挑水的，一律是淮城人。他们每年有一个月的假期，轮流回家，去干传宗接代的事。其余十一个月，都住在店里。他们的老婆就守十一个月的寡。药店的"同仁"，一律称为"先生"。先生里分为几等。一等的是"管事"，即经理。当了管事就是终身职务，很少听说过有东家把管事辞了的。除非老管事病故，才会延聘一位新管事。当了管事，就有"身股"，或称"人股"，到了年底可以按股分红。因此，他对生意是兢兢业业，忠心耿耿的。东家从不到店，管事负责一切。他照例一个人单独睡在神农像后面的一间屋子里，名叫"后柜"。总账、银钱，贵重的药材如犀角、羚羊、麝香，都锁在这间屋子里，钥匙在他身上——人参、鹿茸不算什么贵重东西。吃饭的时候，管事总是坐在横头末席，以示代表东家奉陪诸位先生。熬到"管事"能有几人？全城一共才有那么几家药店。保全堂的管事姓卢。二等的叫"刀上"，管切药和"跌"丸药。药店每天都有很多药要切"饮片"切得整齐不整齐，漂亮不漂亮，直接影响生意好坏。内行人一看，就知道这药是什么人切出来的。"刀上"是个技术人员，薪金最高，在店中地位也最尊。吃饭时他照例坐在上首的二席——除了有客，头席总是虚着的。逢年过节，药王生日（药王不是神农氏，却是孙思邈），有酒，管事的举杯，必得"刀上"先喝一口，大家才喝。保全堂的"刀上"是全县头一把刀，他要是闹脾气辞职，马上就有别家抢着请他去。好在此人虽有点高傲，有点倔，却轻易不发脾气。他姓许。其余的都叫"同事"。那读法却有点特别，重音在"同"字上。他们的职务就是抓药，写账。"同事"是没有什么了不起的，每年都有被辞退的可能。辞退时"管事"并不说话，只是在腊月有一桌辞年酒，算是东家向"同仁"道一年的辛苦，只要是把哪位"同事"请到上席去，该"同事"就二话不说，客客气气地卷起铺盖另谋高就。当然，事前就从旁漏出一点风声的，并不当真是打一闷棍。该辞退"同事"在八月节后就有预感。有的早就和别家谈好，很潇洒地走了；有的则请人斡旋，留一年再看。后一种，总要作一点"检讨"，下一点"保证"。"回炉的烧饼不香"，辞而不去，面上无光，身价就低了。保全堂的陶先生，就已经有三次要被请到上席了。他咳嗽痰喘，人也不精明。终于没有坐上席，一则是同行店伙纷纷来说情：辞了他，他上谁家去呢？谁家会要这样一个痰篓子呢？这岂非绝了他的生计？二则，他还有一点好处，即不回家。他四十多岁了，却没有传宗接代的任务，因为他没有娶过亲。这样，陶先生就只有更加勤勉，更加谨慎了。每逢他的喘病发作时，有人问："陶先生，你这两天又不大好吧？"他就一面喘嗽着一面说："啊，不，很好，很（呼噜呼噜）好！"①

药铺行当里的掌故知识、人事关系、等级地位、世故人情一一展现出来。

《陈小手》写"接生"这一行当上的一个怪异神通之小手男人以及其高超的职业本领：

陈小手的得名是因为他的手特别小，比女人的手还小，比一般女人的手还更柔软细嫩。他专能治难产。横生、倒生，都能接下来（他当然也要借助于药物和器械）。据说因为他的手小，动作细腻，可以减少产妇很多痛苦。大户人家，非到万不得已，是不会请他的。中小户人家，忌讳较少，遇到产妇胎位不正，老娘束手，老娘就会建议："去请陈小手吧。"陈小手当然是有个大名的，但是都叫他陈小手。②

《八千岁》则写相马师宋侉子的相马绝技：

他相骡子相马有一绝，看中了一匹，敲敲牙齿，捏捏后胯，然后拉着缰绳领起走三圈，突然用力把嚼子往下一拽。他力气很大，一般的骡马禁不起他这一拽，当时就会打一个趔趄。像这样的，他不要。若是纹丝不动，稳若泰山，当面成交，立刻付钱，二话不说，拉了就走。由于他这种独特的选牲口的办法和豪爽性格，使他在几个骡马市上很有点名气。他选中的牲口也的确有劲，耐使，里下河一带的碾坊磨坊很愿意买他的牲口。虽然价钱贵些，细算下来，还是划得来。③

---

① 这段文字恰好相反，与汪曾祺在20世纪40年代写就的原版相比，80年代作家自己修改后的新版显得更详尽、传神，原版则简陋些，故此特选了新版的《异秉》做分析。汪曾祺小说经典［M］. 北京：人民文学出版社，2005：85—87.

② 汪曾祺. 汪曾祺小说经典［M］. 北京：人民文学出版社，2005：93—94.

③ 汪曾祺. 汪曾祺小说经典［M］. 北京：人民文学出版社，2005：131.

这些都显示出汪曾祺极其丰富的掌故民俗、文化历史知识。的确，汪曾祺出身于典型的封建旧家庭，书香世家的门第以及良好的艺术训练（书法、绘画、戏曲都懂一点），使得他博学多艺。他能书会画，精于饮馔，爱拍昆曲，对京戏有极高的修养。他的绘画是典型的文人画，不论功力，意趣盎然，文化色彩明显。汪氏有着丰富的人生阅历和广博的社会知识，在小说中，他显示了多种才能：绘画、书法、炕小鸡、和尚烧戒疤、开线店、办炮仗店。在他笔下，有锡匠、银匠、皮匠、车匠、卖馄饨的、卖"样糖"的、开米店的、接生的、和尚等各色人等。可见，丰厚的生活功底和广博的社会、历史、文化知识对创作至关重要。一个作家只有潜入生活底层，悉心探求，多方捕捉，才能使作品丰富多彩。汪曾祺的小说娓娓道来，别有风味地流露出淡淡的文化气息，看似寻常，读来却不厌。看汪曾祺老是觉得他是在闹市楼头、花荫柳下，醉眼陶然地眺望这个缤纷的世界。

林希的小说每篇都要引申写出某种生态、某种源流。例如《相士无非子》写相士无非子，要"先说说相士是一桩怎样的行当，在相士这宗行当里，还要说说无非子是位怎样的人物""所谓相士者辈，就是相面的师傅，吃开口饭的，靠嘴皮子混事由，干的是要人的营生。但相士中分上九流下九流，顶不济的，在街头巷尾摆上一张八仙桌，八仙桌上铺一方蓝粗布，蓝粗布向外垂下来的一角，写上相士的名分，譬如什么李铁嘴，杨半仙之类。正铺在桌面上的蓝布中央，画着一幅易经六十四卦图，桌子角上摆着一十六只大圆棋子，一卷翻得飞了边的《易经》，半卷成卷儿，放在棋子旁边，《易经》旁边是一把折扇，一把宜兴小茶壶。这位相士端坐在小方凳儿上，背靠墙壁，面向市街，但不许东瞧西望，只微合双目似在读《易经》，又似在打瞌睡。相士背后，墙壁上一张白布，四尺见方写着一个'诚'字。如是，恭候各位倒霉蛋们光临卦摊"。即使描绘梁上君子，也要娓娓道来："从字义上讲，偷东西的人即称之为贼，但中国人决不肯轻易骂人为贼，轻谩一些的称呼'扒手'，天津人称'小绺'，官称为'剪绺'，江湖黑话称之为'瘪三码子'，指的全是暗中伸小手将别人的钱财'绺'走据为己有。称之为'绺'形象而又生动，还表现出了那种淘气的神态。高雅一些，称梁上君子，进入 20 世纪以来，偷东西的不上梁了，于是便有了更高雅的称谓：高买。"而写天津码头的江湖习俗源流："天津卫这地方，很有几位避邪的人物，只要这几位爷坐在那里，那里便平安无事，久而久之，人们都称这类人物为平安太岁。其中有团头、粪头，还有贼头，婚丧嫁娶，红白喜事，必得将这三位头面人物买通，团头在主家门外立一根花花棒，粪头在花花棒旁边立一根新扫帚，贼头不设标志，暗中都下了嘱咐。否则，你这里花轿抬到门口，新嫁娘才要下轿，呼啦啦一帮乞丐围上门来，这个敲牛胯骨，那个往自己头顶上拍砖头，还有的一根铁链锁从胳膊肌肉中间穿过来，这堂喜事看你如何办？粪头更厉害，你这里才摆上酒席，主宾座次才刚排好，举杯祝酒，恰这时大粪车来了，停在大门外找上风头掀粪车木盖，这酒这肉还有什么味道？贼头呢？那就更无情了，办喜事不偷新娘，办丧事不偷棺材，别的，留心着吧，让你人人身上减轻些重量。"（《高买》）这些既是对小说的氛围制造，又把知识告诉给读者；这是作品的风格体现，又是把津味和幽默糅在其中。林希的文体在叙述开始时就确立了他的艺术思考，要把人物和环境放置在一方水土的独具的坐标系上，从中看出历史、看出人文、看出世事。

而邓友梅的《寻访"画儿韩"》和林希的《松雪图传奇》，对书画艺术的鉴赏、对伪画制作的揭示，以及纸张、印泥、用墨等知识的介绍，也令人拍案叫绝。比如画儿韩寿宴烧画的一场戏，全景与细目、民俗与掌故，迤逦写来，极为精妙。画儿韩借摆寿宴的机会当众烧假画，不过是他苦心经营的"撒帖打网"的计策，以便引出下面的戏文，揭露"当"假画的那五（也包括甘子千）的面目。杯觥交错的酒宴上，突然挑出了假画《寒食图》，真是奇峰突起，令人叫绝，但更让人叫绝的是，画儿韩对那幅画假在何处的鞭辟入里的剖析。他所焚的《寒食图》，可以说仿制假画的假画。它骗得了画主本人甘子千，但一经画儿韩的指点，假画之假也就暴露无遗了。那一字一句，无不蕴含着他的书画学、气象学、音韵学、历史学的丰富知识。画儿韩谈笑间说得一板一眼，听来令人神飞遐思。文学作品是艺术，不是百科大全，借艺术卖弄知识是不足取的。然而，为了刻画人物，渲染环境气氛，画面上有一点恰到好处的知识性和趣味性，这就为艺术作品添增了色彩，给人以回味。邓友梅在《烟壶》开篇时说："烟壶虽小，却渗透着一个民族的文化传统、心理特征、审美习尚、技艺水平和时代风貌。"不仅是烟壶，书画、文物、工艺，甚至连小吃和饮茶无不联系着民族的文化传统。陈建功的《找乐》[①] 中街道文化站里那些老票友的京剧清唱，对戏班、流派、剧目、生旦净末丑行当的介绍；《鬈毛》[②] 中的老剃头匠"朝阳取耳""剃头放睡"的绝活，都具有丰富的艺术知识和民

---

① 陈建功. 找乐 [J]. 钟山，1984（4）.
② 陈建功. 鬈毛 [J]. 十月，1986（3）.

俗知识。林希的《神仙扇》① 中，对扇子的起源、发展一一做了考证。从舜做五明扇开始，到皇帝仪仗用的羽扇、诸葛亮的鹅毛扇、唐朝的绢扇、宋人的团扇，一直到明代从日本传来的折扇，简直就是一部扇子的发展史。制扇用的材料、制扇匠人在手艺人中的特殊地位，以及扇铺的性质：半个书房、半个学馆、半个画坊、半个古玩店，都透出一个"雅"字，这可以说是一篇博物志。林希的《寒士》② 中对宋版书的介绍，《茶贤》③ 对栽茶、采茶、制茶、品茶的讲究，陆文夫的《美食家》④ 中对苏州名菜美食的描绘，都浸透着丰厚的民族文化意蕴，在风俗民情的描写中又透露出清雅的书卷气。

中国被称为礼仪之邦，繁缛礼节不胜其详，尤其表现在婚俗礼仪上，婚俗最见出一个民族或一个区域的文化特色，也最见出积习的力量。市井间保留的旧礼节最多，婚俗尤为突出。池莉的《太阳出世》就描写了一场颇有趣的婚礼。新郎赵胜天出生在一个极其贫困的武汉小市民家庭，在一个经济效益不好的工厂当工人。新娘李小兰曾是一个浅薄的"新潮"姑娘。赵胜天结婚得到大哥赵胜才的全力资助，原因是他大哥原是屠宰工，地位低下，找对象碰过许多钉子，而现在当个体户发了大财，于是他精心地为弟弟策划了迎亲的过程和方式。武汉是商业都市，"喜欢显"是这里市民的文化心理特点，既是阿Q式的"我们先前——比你阔得多了"心理的另一翻版："我们现在——比你阔得多了"，又有着武汉市小市民心理特有的表现形式。武汉小市民喜欢"显"是显财、显气派。这种"显"是赤裸裸的，又是琐屑的、卑微的、荒唐可笑的。为了"显"，赵胜才耗巨资把弟弟的婚礼办成"武汉市第一流的水平"；为了"显"，迎亲才雇用"麻木的士"；为了"显"，才出现"一支竹竿高高地挑着煤气户口卡"这种令人啼笑皆非的细节；为了"显"，才撇下十分钟就能走完的直道不走，而要绕上许多路去大张旗鼓地"游行"。池莉把武汉市民的文化心理写透了，那些改头换面的习俗也写得很传神。⑤ 这既表现了市井的一种习俗，更表现了市民的一种"文化性格"。

总之，市井风情小说具有珍贵的民俗学价值。作家们以小说的形式，

① 林希. 神仙扇 [J]. 时代文学，1992 (3).
② 林希. 寒士 [J]. 钟山，1986 (5).
③ 林希. 茶贤 [J]. 中国作家，1986 (5).
④ 陆文夫. 美食家 [J]. 收获，1983 (1).
⑤ 田中阳. 市井人生，闾巷风俗——20世纪中国市民文学文本读解一得 [J]. 湖南师范大学社会科学学报，2004 (1).

对我国各个区域的市井风情、世俗心理、民族情感、宗教观念和日常生活秩序等做了细致、准确、全面和深入的叙述，形成以民俗事象为背景、以人物活动为载体的民俗文本，为民俗资料的收集、整理、保存、流传和理解提供了新的手段、方法和途径，更开阔了文学表达的题材视野。不少作家发挥自己的主体意识，用心灵的感悟去体认世俗风土人情，开启市井风情的情感与艺术空间，从而指向社会、人生的不同层面，传递出作家自身的人生感悟与审美情趣。

第四章 "京津"韵味与"海派传人"

第一节 市民心像:"乡土中国"的京津市井风情

这里将北京、天津放在一起,主要是这两个城市在许多方面较类似,习惯上也称"京津地区"。当然,它们之间其实也有些细微的区别。

北京是一座"城",并且是一座王城。连续 800 年的"京城首都史",使得北京与中国的其他大城市截然不同。一座城所应有的政治、文化地位,北京都有。长久作为一个帝国的中心地域,北京不期然地就成了中国整个国家社会文化的缩影,北京的市民也成了中国市民的缩影。

北京是一个由里外三层的"城"共同构成的"城中之城"。里层是通称"紫禁城"的宫城,中间一圈是"皇城",外围则是"京城"。而"京城"又分为内外两城。"宫城""皇城"都是帝王禁苑,只有为外围的"京城"才是老百姓、平民市井的生活场所,也才是真正的北京老百姓居住的地方。"京味"作家笔下写的,也多是这个"京城"。

无疑,北京作为我国的首都,800 余年的首都史使得它在我国的政治、经济、文化等领域都占据了中心地位。因此,对北京市民社会的挖掘和研究工作,对中国市民社会的总体研究来说有着无可比拟的重要性;而在文学史价值来说,对北京市民社会的研究对中国市井文化研究有着重要的意义,因为北京是中国传统式城市的代表,北京市民社会就是整个大的中国市井的缩影。而众多"京味"作品完美地展现了北京的市民社会,故此,研究"京味"作家笔下的北京市民社会无论对市井文化史还是文学史都有着与众不同的意义。

色彩浓郁的"京味""津味"是邓友梅、刘恒、李龙云、冯骥才等作家们取材的着眼点,尤其是凝聚了这些作家多年生活经验的京津大杂院、四合院和小胡同里发生的一切给了他们创作的灵感,作家们用手中的笔生动展现出了市民阶层凡俗生活中的场景风致，犹如展开了一幅幅斑斓多姿的京津市井景观画卷，使读者如见其人，如闻其声。

邓友梅、刘恒、李龙云、冯骥才等作家们所赖以立足的是一个古老而又充满礼仪文化的乡村式城市，那些发生在四合院、大杂院、小胡同里的故事，无论从哪个角度看都很难与真正的现代都市生活挂上钩，也与发生在相同时间里上海洋场社会的故事有颇多不同。四合院是北京、天津最早的老式住宅，又有大四合、普通四合、小四合、假四合等区分。这种建筑格局，原本是为了冬日阳光充足，夏日高爽通气，适宜住人。然而随着时代更迭，人口的不断增多，都市规模的日渐扩大，房屋主人的变换，在邓友梅、刘恒、李龙云、冯骥才等作家笔下，原来的四合院大多已变成了大杂院。如北京的街道从明代永乐年间开始营建，一直到清代末年，在布局与规模方面基本上没有什么大的变化。大街之外，还有不少被称为"胡同"的小街小巷，而且随着时代的推移，出现号称"大胡同三千六，小胡同赛牛毛"的情形，可以想见其稠密的程度。通过作家们所熟悉的小胡同、大杂院，由小及大地表现京津，这是作家们观察和反映生活的一个独特视角。邓友梅等作家的作品中详尽地记载了当年天桥的说书场，白塔寺的市声，走街串巷的小贩叫卖，以及北京的食肆、茶馆、冷摊、铺户等。他们的描写不光是表面的介绍，还写出了店铺内部的各种规矩。中国饮食文化丰富多彩，素有"民以食为天"的传统观念，所以，中国人对"食"非常看重。但是，在很多时候，"食"并不仅仅是人的生理需要，"食之美"也并不以肴馔的丰足与高档为唯一标准，而成为一种由艺术创造活动所激发的美感享受和精神的愉悦满足。如刘恒《贫嘴张大民的幸福生活》就描写了张大民一家怎么样吃"炸酱面"，绘声绘色。

在这些作家的笔下，体现了以人为主体所显现出的坚韧的生命意志，市井细民们在生活的抗击中所体现的真诚、善良、宽容与忍辱负重的生命特色。作家们真诚地描绘市井细民的七情六欲、喜怒哀乐、人生理想，一定程度上也就是自我的描绘。他们实在没法阻止自己的这种情感投入，深切体会到市民生活的艰辛与世态的炎凉。当作家们从社会底层打量整个世界，看到的是一些普遍存在的黑暗与不公，而这其中又包含着种种辛酸、滑稽与矛盾。这些生活阅历与社会经验确实深深地影响了作家的创作取向，形成了京津作家特有的幽默，如刘恒在《贫嘴张大民的幸福生活》中，将语体色彩鲜明的词汇进行跨语体的运用，打破了人们的思维定式和语用习惯，借助不同语体之间的拉近杂糅造成观众的心理碰撞，出人意料而又风趣幽默，既体现了老北京新鲜活泼、妙趣横生的话语风格，又显示了鲜明的地域文化特征，从而达到了良好的修辞效果。许多人都注意到了刘恒作品的滑稽、油滑、插科打诨，他后期的小说更是如此，这正是刘恒区别于许多中国当代作家的地方，是市井意识的真情流露。《贫嘴张大民的幸福生活》等作品夹杂着刘恒独有的宽容和温情。在这个意义上，可以说刘恒是一个市民知识分子，他自始至终都在自觉追求一种市民通俗文化。在形式上，刘恒最擅长写的题材就是市民小说，如《天知地知》《贫嘴张大民的幸福生活》等。刘恒的小说通过幽默的手法来达到一种雅俗共赏的效果，这些都可看作是对通俗性的自觉追求；在语言上，刘恒追求一种俗白的效果，这种俗白的语言效果几乎是通俗文学最主要的特征。刘恒小说中所表现出来的文化品位，往往是使人感兴趣的东西，而其小说中的文化品位，实际很大程度上是表现通俗文化、市井意识。其作品广受好评，如《贫嘴张大民的幸福生活》于 2000 年获得第一届老舍文学奖，根据其同名小说改编的影视剧获得中国电视金鹰奖最佳编剧奖、第 8 届"五个一工程奖"、第 35 届瓦亚多里德国际电影节"金穗奖"、第 63 届奥斯卡金像奖最佳影片奖（提名），1998 年其小说《天知地知》获得第一届鲁迅文学奖。

毋庸讳言，邓友梅等作家的确继承了老舍的京味市井小说风韵。邓友梅从那些王公贵族、八旗子弟、梨园弟子、江湖郎中、古董商人、小报记者、无聊文人、地痞流氓、市井细民等众生相的描写中，展现出一幅幅旧北京的市井景观图画。《烟壶》[①] 从北京上等人家五样必备的招牌——"天棚、鱼缸、石榴树、肥狗、胖丫头"和旗奴制度，到德胜门外的鬼市交易、押花会的习俗、盂兰盆会斋僧拜佛、中秋节天桥南北十里长街茶食店制作月饼的争奇斗妍，生动地展现了清末北京的世情风俗。《那五》[②] 在展示那五的生活经历中，把古董商店博古堂、《紫罗兰画报》报馆、清音茶社、电台的清唱和广告等生活场景贯穿起来。在这些风俗画和生活场景中，蕴含着北京这座古都的历史文化情致。如《那五》对昔日的三教九流汇集的天桥是这样描画的：

> 这清音茶社在天桥的三角市场的西南方，距离天桥中心有一箭之路。穿过那些摞地的卖艺场，矮板凳大布棚的饮食摊，绕过宝三带耍

① 邓友梅. 烟壶 [J]. 收获，1984（1）.
② 邓友梅. 那五 [J]. 北京文学，1982（4）.

中幡的摔跤场，这里显得稍冷清了一点。两旁也挤满了摊子。修脚的，点痦子的，拿猴子的，代写书信、细批八字。圆梦看相。拔牙补眼。戏装照相。膏药铺门口摆着锅，一个学徒耍着两根棒槌似的东西在搅锅里的膏药……

当你读到这里如同身临其境，仿佛是自己也走进那光怪陆离的环境。那无声的文字也变成多声道的立体声，让你聆听各种各样的市声，领略了老北京的杂沓相陈的社会相。下面再引一段那五来到贾凤楼住处的一段描写：

> 凤楼把那五让进北边客厅。墙上悬挂着凤魁放大的便装照片和演出照片。镜框里镶着从报纸上剪下的，为凤魁捧场的文章。博古架上放着带大红穗子的八角鼓。一旁挂着三弦，红漆书桌蒙着花格漆布，放了几本《立言画刊》《三六九画报》和宝文堂出的鼓词戏考，戏码折子，茶几上摆着架支着大喇叭的哥伦比亚牌话匣子……

作者写到这里无需点明年代、背景和主人的身份，那戏折子和鼓词戏考、那《三六九画报》、那哥伦比亚牌的话匣子，这陈设、环境氛围已经清楚地告诉读者，贾家兄妹是什么人了。这是旧艺人家庭生活的典型写照。紧接着，门帘一动，贾凤魁走进客厅，双手平扶着大腿，微微朝那五一蹲身，见面礼不卑不亢，仪态从容。她是个年轻的艺人，但不涂脂粉，只在鬓角插了一朵白兰花。陪客时她不接碴儿说话，双目时而走神想心思。仅仅几笔描写，它就把一个胸有隐忧、身世凄凉的女艺人活活画出来了。[①]

陈建功在"谈天说地"系列小说中，也刻画了各种不同的人物，挖煤、扛包、看门、蹬三轮、剃头的，戴着蛤蟆镜、提着录音机的小青年……再现了当代京都的市井文化景观。

而王朔则是个喜剧精神强烈的作家，人称其创作为"市井的狂欢"，其小说塑造了不少的喜剧人物形象，突出表现在其小说语言的运用策略上。他曾称自己的作品为"大量使用民间口语的对话体小说。""我有意识地运用城市流行语的规律，根据这些规律和故事的发展气氛编一些貌似口

---

① 张韧. 邓友梅小说的民俗美与时代色彩 [J]. 文学评论，1984 (3)：12—15.

语化的东西"。书面语词的口语化，如果生活中没人这么用，那么王朔也不会凭空捏造。"王朔小说的语言是一种极其逼近生活的活语言。它来自生活起居，来自市井、来自酒馆、来自牌桌……"从这个角度说他的做法是对语言事实的被动反映；换一角度看，王朔对口语现实的感受能力和捕捉加工再造能力，又是功不可没的。他似乎捕捉到了这种风格杂糅手段的某些规律性的东西，有意识地用其创造出种种活泼有趣的词例，使他的小说语言充满了诙谐和活力：京味十足！应该说，王朔小说的"京味"语言自有其文化渊源，是市井文化的产物。它以极其轻松自如的调侃、嘲弄、迂阔的格调赋予了小说语言戏谑、油滑、富于挑逗性的特质。王朔的小说语言和内容有机地融为一体，成为小说的肌理，不再仅仅作为形式而存在。在他的语言中，我们似乎又经历了过去的时代，品味着人生的悲欢与哀愁。诸如方言的运用、调侃的语调、对话色彩及特有的幽默等。如他的小说语言对内容的渗透，譬喻、不谐调语词的搭配等手法所造成的表达意向。譬喻在王朔小说中占有重要地位。需要说明的是，王朔的譬喻和传统语言学的概念略有出入，它往往是非逻辑化而又极端夸张的，有一种"陌生化"的效果。夸大无意义的东西，同时又缩小重要的东西，使他小说中庄重严肃的声调和语义内容之间极端不协调，以刺激读者的想象力，收到幽默、滑稽、捉弄现实的效果，让读者感受到审美愉悦，王朔的这种在语言上的智慧是时时迸出火花的：父亲代女儿写病假条是"晚节毁了"；丈夫决定离婚是"揭竿而起"；未婚大龄男女青年均属"原装"的；凡退休离岗的，都成了"坐（作）家"……

诚然，随着社会的不断发展，丰富而鲜活的生活内容与日俱增，人们呼唤着文学语言能轻松、快捷、准确、幽默地反映现实。王朔的文学语言正是摒弃了"庙堂"文学语言的累赘，以其鲜活的时代气息和接近俗民口语、不再玩深沉、不再正襟危坐和不再虚伪的风格而使人耳目一新。它别开生面地敲击着人们的心灵，痛快淋漓地抒写着人们对生活的真情实感。时逢改革开放的社会转型期，那些曾经被正统文人不屑一顾的阶层，那些"痞子""顽主"神气十足地出入各种场合，俨然一副"当代英雄"的架势。既然他们已登上历史舞台，就必然会在文化上反映出来，必然会有文化上的代言人，这是一个历史的、文化的、文学的规律。这种文学现象不是从天上掉下来的，而是从现实生活的土壤上生长出来的。因为文学就是时代的产物和反映。可以说，王朔就是这个社会阶层的代言人，他笔下的这些"痞子""顽主"应该都是些"不知正统意义上的文学为何物"的人。

他们大都是社会的边缘人，主要就是无业游民和被排斥在正常社会之外的游手好闲者。他们的出现，早将文学的"高雅"与"神圣"解构得一干二净。所以，很会写小说的王朔才让他笔下的这些"痞子""顽主"说着俗语、粗话，带着北京地区特有的土语方言，悠然自得地生活。他把口语大量引入文学，甚至融化在叙事语言中，大大增加了作品的表现力，增强了语言的鲜活性和生活气息。因为一个时代的口语，实际上是民间文化的最显在表现，反映着一种时代的生活信息、风尚和心理。因此可以这样说，王朔小说中语言的活力并不仅仅是一个语言风格问题，而是一个关乎中国当代民间社会及其文化状况的深层命题。语言的离间化、变形化的复杂形态正是中国当代社会主流文化与民间文化两种文化之间亲和又离间、共用又互拒、融合又独立等复杂关系的集中映现。在这些近乎无聊的文字游戏背后包蕴了作者对历史现实的批判态度。这从根本上证实了王朔小说的本质：在笑语喧哗场和逍遥的生活外观背后自由地玩弄现实——好一个"市井的狂欢"！

值得一提的是，新时期以来北京还出现了李龙云的《小井胡同》《有这样一个小院》、苏叔阳的《左邻右舍》《家庭大事》、何冀云的《天下第一楼》等"京味剧"，堪称京味特色的"清明上河图"：三教九流，五行八作，各阶层人物栩栩如生。市井细民的悲欢离合、命运沉浮历历在目，犹如翻开了城市记忆的浮世绘。

而冯骥才的"怪世奇谈"和林希等的津门小说，则生动地描绘出清末民初天津卫光怪陆离的世俗景观。大到热闹红火的皇会，小到家庭的赛脚会，还有文昌宫大街上的书铺、宫北大街的古玩店、老龙头火车站、万国老铁桥码头、各国租界、南市三不管大街，三教九流的人物，千奇百怪的故事，以及种种嘎杂子人事的来龙去脉，种种行业技艺的掌故说辞，皆展现纸上。如冯骥才的《三寸金莲》，不在于感官的刺激，而是通过病态性心理的揭示，使人们看到传统文化习俗、伦理道德观念所形成的可怕的病态人格，让人们看到了变态的性关系中理智与情感、公开与隐秘、情与欲、灵与肉的矛盾。"小脚民俗"一旦成为文化系统中的一部分，它对人性的压抑就是潜在而沉重的。"缠小脚这种落后习俗一旦体现为封建文化和制度，就如此深刻地促进统治阶级和被统治阶级人们的价值观念和审美观念的变化，反过来又促进一代又一代人的行为方式（包括处理自己的肉体以及安于别人摆布自己肉体的行为方式）的刻板化。"① 在一次次让人眼花缭乱、错综复杂的缠脚、比脚、赛脚、斗脚的背后，我们强烈地感受到的是一种残酷的、规约性的民俗关系。它不仅导致了女性生理的畸形，更导致了女性心态的畸形，表现为在男性变态的审美心理和性心理的笼罩之下，女性心理和行为的变态。成千上万的女性疯狂地自戕，一代又一代女性别出心裁地创造，使缠足由一种丑恶文化形态变为一种美感文化形态，并以诱人的魅力和顽强的生命力千年长存。作者用客观甚至美化的口吻，用翔实的材料，为我们提供了具有象征性、荒诞性的"民俗场"及典型人物，其目的就在于让我们认识到，民俗是我们民族精神的潜历史，作家借历史之形写现实之魂，既让我们看到了带着历史灰尘的民俗生活相，又让我们认识到民俗的巨大力量。虽然我们远离了陈旧的历史，虽然我们不再裹脚，但民俗的无形制约力量，可能还使我们裹手、裹头、裹眼、裹耳；缠足与放足的矛盾，表明了民俗观念的更新、历史文化的更新及全民族自新的必然性、艰巨性。

林希的作品，一方面赞颂了传统民间文化滋育的原始正义精神，如侠义精神在古老的民间生长和流传，路见不平、拔刀相助，除暴安良，劫富济贫是民间侠义的典型体现。民间推崇侠义，侠义乃是市民文学中反复出现的主题。在新时期，作家们回眸历史烟尘中的民间文化，久已失落的侠义精神引发了他们的追思与缅怀。林希的《高买》写的是以偷为生存方式的"高买"陈三的故事，于历史暮霭中追觅侠义风骨，赞颂一个贼的侠肝义胆。陈三走投无路，被迫做贼，一直做到天津高买行当的当家老爷子。他葆有民间朴素的正义与良知，做事留有分寸，不逾规矩，具有侠义风范。当袁世凯严令杜绝津门高买时，他挺身而出，以为其当差为条件为手下弟兄留下一条活路。在拍卖行，编修杨甲之的爱国真情打动了他。他施展绝技，偷梁换柱，暗中保护下国宝天鸡绿壶，使之免落外强之手。陈三将被拍卖的稀世国宝绿天鸡壶偷走，完成了他一生中最精彩的最重要的也是最后一次行窃。但重要的不是作者对这次行窃本身的"展现"，而是借这次行窃表现陈三这样的"高买"也讲义气讲道德，能在乱世中保持自己的人格的同时，表现真正的"贼"不是陈三这个世俗偷儿，而是窃国大盗，正如老编修痛不欲生时所说的："窃国者谁？""当今民国的大总统袁世凯。"这自问自答中正是小说所提出的问题，也正是作者所追求的艺术

① 顾晓鸣.《神鞭》和《三寸金莲》：小说体的"文化分析"[J]. 上海文学，1987（4）：112-116.

效果。从此陈三金盆洗手，断指隐居。在此，民间的自发侠义上升为令人感奋的爱国气质。

另一方面，林希也注意到了市井社会的复杂性，如《天津闲人》层层剥露各色市井人物的生存手段，呈现了光怪陆离、无奇不有的津门世相。侯伯泰、苏鸿达等是天津特定的社会环境和生存环境中所产生的"闲人"。"闲人"的特点本来是"闲"，但是这些"闲人"不闲，每天都在忙碌，他们或四处挑起事端，或招揽事由，总是在天津最热闹又最能出事的地方出现自己的身影，并能够以其"闲"而吃来吃去。于是，围绕一具无名河上的漂尸，上至豪门士绅，下至街间闲人，各等人物粉墨登场；小报记者严而信捕风捉影，为假苦主出谋划策，以图从中渔利；妓女俞秋娘冒充死者妻室，到官府告状，欲敲诈钱财并趁机扬名；市井游民苏鸿达信口栽赃，左右逢源，企图捞得双份酬金；社会名流侯伯泰更是技高一筹，资助俞秋娘打官司，以此掩护律师袁渊圆北上满洲国为自己日后的显达铺路。小说活画出了动荡浮世芸芸众生的生存相，并借助离奇的故事渗透了"人吃人、人玩人、人涮人"的市井生存文化，托举出泥沙俱下、鱼龙混杂的市井文化本相。

还有肖克凡《天津闲人》则讲述了民间潜在的侠义意识在外力刺激下觉醒的故事。李菊五身怀多种技艺，富于市井智慧。他以闲人的身份混迹市井，周旋于市面上各色人物之间。日本民间间谍奚村正树隐姓瞒名与李菊五生活多日，而李始终蒙在鼓里。当他得知真相后，愧疚万分。正树的作为激发了了菊五行侠仗义的念头。他韬光养晦，设计杀掉了为非作歹的帮会大头目，为百姓除了一害。作家感念、追怀着传统民间的侠义风范，这种原始、朴素的民间正义在现代人的叩询下发出辽远的回声，对于当下在物欲实利中迷失了良知与道义的心灵或许能够起到一种清洁和净化作用。

第二节　《钟鼓楼》：当代北京市井众生"浮世绘"

刘心武创作了《钟鼓楼》等偏重于反映处于时代洪流变迁中市民生活的"新京味小说"。《钟鼓楼》是刘心武的第一部长篇小说，从表面上看，小说讲述了公元 1982 年 12 月 12 日（农历十月二十八日）这一天中发生在北京钟鼓楼一带的故事，而实际上，作品的时间跨度却长达上百年（从清朝末年到 20 世纪 80 年代初），向读者展示了北京平民形形色色的生活场景。在作者笔下，三教九流、士农工商，各阶层代表人物无不栩栩如生、跃然纸上。通读全书，无时无刻不感受书中厚重的历史感和浓浓的时光的味道。在作者冷静的叙述中，市井小民的悲欢离合、几代人的命运沉浮历历在目。犹如翻开了城市记忆的浮世绘，堪称一部洋溢着浓郁京味的当代版《清明上河图》。

自作品问世以来，不断有学者对其进行解读，提出自己的见解。"《钟鼓楼》却于此之外别具一格地将社会学与文学熔于一炉，因而堪称一部具有社会学价值的学者小说"①。该小说的研究价值是不言而喻的，解析这部小说，对于深入了解 20 世纪 80 年代初北京市民的生活、清末以来北京社会各阶层民众的真实面貌、京味文化的发展概况等有重大的历史意义。从另一个角度而言，北京市民的精神面貌和生活习性是改革开放后中国大陆城乡居民生活的一个缩影。我们更可以以小见大，透过此了解当时的社会生存环境，挖掘其中深刻的社会意义和现实指导意义。

通过对《钟鼓楼》的深入解读，了解京味文化的传承和发展及其在日常生活的展现，探究改革开放对 20 世纪 80 年代初市民精神和生活的影响，剖析当时北京各阶层民众的性格及话语结构形成的社会历史原因，体会作者的创作初衷。

搜阅资料发现，不少学者从不同角度对《钟鼓楼》进行了解读，涉及文学、社会学、历史学、政治学等诸多领域。有的针对某些人物形象进行分析，如余乃文的《技术情报工作者的可喜形象——读刘心武〈钟鼓楼〉随想》②；有的对作品中呈现的社会历史意义进行分析，如张志忠的《宏阔博大的历史感——读刘心武长篇小说新作〈钟鼓楼〉》③、孟昭水的《刘心武小说创作与北京胡同文化》④；有的从作品所运用的文艺理论入手，如何君辰的《历史嬗变中的人物命运——〈钟鼓楼〉的存在主义解读》⑤。但从

① 邹平. 一部具有社会学价值的当代小说——读刘心武的小说《钟鼓楼》[J]. 当代作家评论，1986（2）：110—116.

② 余乃文. 技术情报工作者的可喜形象——读刘心武《钟鼓楼》随想 [J]. 情报杂志，1986（2）：59—61.

③ 张志忠. 宏阔博大的历史感——读刘心武长篇小说新作《钟鼓楼》[J]. 当代，1985（2）：251—254.

④ 孟昭水. 刘心武小说创作与北京胡同文化 [J]. 学术交流，2006（2）：71—173.

⑤ 何君辰. 历史嬗变中的人物命运——《钟鼓楼》的存在主义解读 [J]. 语文学刊，2012（4）：47—49.

宏观上整体把握作品内容的分析研究为数不多，因此尚有拓展和创新的意义。

一、多元文化下的矛盾冲突

1. 时代背景

1976年，"文革"结束。1978年，中共十一届三中全会召开，做出把党和国家的工作重心转移到经济建设上来，并实行改革开放的决策，批判了"两个凡是"，审查了中共历史上的一批重大冤假错案。1979年，全国农村逐步开始实行以家庭联产承包为主的责任制，即"分田包产到户，自负盈亏"。1982年1月1日中共中央批转《全国农村工作会议纪要》。农村改革开始，承包生产责任制在农村得到普遍推广，农业生产大幅提高，农民收入大幅增加，困扰中国多年的粮食问题得到基本解决。"文革"结束后，中国大陆可谓"百废待兴"，经济开始复苏，对外开放的力度加大，新行业出现并快速发展，对原有的计划经济体制造成了巨大的冲击。特别是进入80年代后，物质资料极大地丰富了人民的生活，民众的追求目标逐渐从"温饱"过渡到"小康"，追求更高品质的精神消费。中国社会的意识形态也开始出现变化，社会思潮多元化，民众思想受到启蒙而愈发活跃。但由于还未完全过渡到市场经济体制，民众收入水平依然有限。"20世纪80年代的北京商业并不发达，作为首家涉外商店，友谊商店成为当时外宾的必到场所……友谊商店的大门对普通市民是关闭的……20世纪80年代的北京物资还很匮乏。"①

经济基础决定上层建筑，上层建筑反作用于经济基础。改革开放后经济高速发展，但政治制度建设并没有跟上时代发展的步伐，精神文明建设更是大大落后于经济增速。"文革"的余毒尚未完全肃清，在经济发展的同时，政治、经济、文化各个领域都出现了一些问题，国企经营不善、政府官员贪污腐化等。根据马克思主义政治经济学原理，一定的文化由一定的政治经济所决定，20世纪80年代复杂的社会环境就是《钟鼓楼》的创作背景。

在小说《钟鼓楼》中，作者展现给读者的是一个微观社会。家庭是社会的细胞，人在社会中扮演着不同的角色。由于每个自然人的社会角色、

① 师兴，程铭劼. 北京印象：从神秘古都到世界城市 [N]. 北京商报，2011—6—20.

职业分工、价值观等的差异，在生活中一旦相遇就极有可能发生冲突和矛盾。作品中所展现的人物关系错综复杂，因而矛盾冲突也较多。

以四合院为代表的文化景观被作者作为小说的"一号"主角，而这种文化，不仅是建筑，还包括由此而形成的家庭结构、人际关系、生产生活方式等复杂的历史演化，小说因此具有了与众不同的独特风貌。当四合院从一个普通的平民住宅演变为上迄国家干部，下至工人的大杂院，它的文化特征就不会是纯粹的单色调。受教育程度的差异、职业的不同、20 世纪 80 年代初期新思潮的影响、收入的高低，必然使此时的四合院文化更加复杂多样化，就如同一个文化"大熔炉"。人们生活在这个大杂院中，不可避免地会发生文化冲撞。作者截取 1982 年 12 月 12 日这一天作为一个横截面，把这种文化冲突与碰撞展现在读者面前。

此时的四合院文化虽然遭受现代文明的冲击，呈现出城市与农村、新与旧在文化上的差异，但从总体而言，却依旧是旧文化意识较为浓厚的市民文化。

文化上的差异是一种不以主观意志为转移的客观力量，只有那些文化水准大体相等的民众，才可能成为一个在信仰、情趣、语言上有着共同归属感的群体。只有同属一个精神社区的民众，才有保持更多社交往来的可能。

2. 夫妻矛盾

夫妻在一起生活，必然要有共同语言，否则这种结合只是暂时的，婚姻生活也是乏味的。当命运让两个本不是同一精神社区的人结合时，由于缺乏共同的文化归属感，必然会引发一系列的矛盾和冲突。《钟鼓楼》中，澹台智珠和李铠的矛盾也就不可避免了。对于澹台智珠而言，与丈夫的感情危机和自己本身的事业危机是其两大心病，而二人之间的感情危机也是冰冻三尺，非一日之寒。

根本原因在于，李铠作为一名技术工人，对于作为京剧演员的妻子在事业上的成功产生了一种强烈的自卑感，"渐渐转化为一种既自卑又自傲的复杂心理"[①]，即心里不平衡，认为自己作为家中顶梁柱和一家之主的地位受到严重威胁，同时也害怕妻子嫌弃而与他人另结新欢，这不仅是不自信的心理表现，更是受到传统家庭伦理观念的影响，即男主外、女主内。进入新时代，"男主外、女主内"的传统早已打破，愈来愈多已婚女性和

① 刘心武. 钟鼓楼 [M]. 北京：人民文学出版社，1985：29.

丈夫一样在职场打拼。另一方面，由于自卑，李铠对于妻子也就产生了不信任，"问题是李铠渐渐受不了澹台智珠在台上同风流小生眉目传情、插科打诨乃至于当场拜堂"①。等到濮阳苏来给澹台智珠报信时，平时积攒的不满就爆发出来了。

澹台智珠与李铠的结合是在特定的历史时期。当澹台智珠被"文革"所伤害而退出京剧舞台，在那个时候她与李铠的结合是美满的。但双方都没有意识到，这种表面上的幸福实际上是建立在澹台智珠无奈地从一个较高层次的精神社区跌落下来，从而和丈夫处于同一精神社区的基础上的。她一旦回到舞台，夫妇二人在文化上的差异就逐渐明显。尽管澹台智珠顾念夫妻旧情，尽力弥补精神文化上的"鸿沟"，丈夫却不能摆脱心理上的自卑感，既害怕失去她又不甘心失去她，不自觉地拓宽"裂痕"，甚至当妻子的事业受到"师姐"的打击时，不但不能帮她，反而添堵。只有当李铠从"一品香"和他同属一个精神社区的街坊相处时获得心理补偿以后，他才暂时性清醒过来，使这场时起时伏的"战争"有了言归于好的可能。

在小说末尾，澹台智珠在评论家的点化下，也明白了自己成功的事业光环的背后，是丈夫默默地支持。而李铠在"一品香"喝完酒，也意识到自己对妻子的误解。不过，存在于这个家庭中的文化冲突并未就此而结束。要么澹台智珠放弃追求事业，而去迁就丈夫的低精神文化状态，抑或丈夫最终可以摆脱自卑心理，努力提高自身的精神文化层次，从而进入她的精神社区。否则，精神上的"代沟"会演变为感情和婚姻上的裂痕，酿成家庭悲剧。

3. 父子代沟

在小说中，代沟最为明显的体现是在荀兴旺父子之间以及荀兴旺与准儿媳冯婉姝之间。荀家父子在文化上的差异意味着两个精神社区在同一个家庭中的较量。但与澹台智珠和李铠之间频繁发生冲突不同的是，作者似乎有意识地在荀磊和荀师傅之间寻找一条两种文化融合的中间道路。对于荀家父子的代沟，书中着墨不多，但仅有的几处也足以以小见大。

荀师傅大致生于20世纪20年代，农民出身，14岁参加八路军，新中国成立后复员当工人，可谓根正苗红的"工农兵"。因此，他所接受的价值观，除了农村旧家庭伦理，更多的就是为社会主义建设奋斗终生的革命理想。20世纪80年代初期，我国刚刚从"文革"中复苏，"普遍信仰"时

---

① 刘心武. 钟鼓楼 [M]. 北京：人民文学出版社，1985：29.

代结束。从思想禁锢时代走过来的人，对于 80 年代初的新思潮一时无法接受。当自由、民主、平等、个人奋斗的新思想冲击到旧有的意识形态时，荀师傅本能地抵触和反抗，这也是他与荀、冯二人价值观分歧的根本所在。在生活上，"荀磊的屋子里传来了一种洪亮的音乐声，那是荀大爷所不喜欢……的西洋管弦乐。"① 在对待事业上，"可磊子和小冯他们，分明是不满足了。他们一天到晚瞎摸着什么'事业'，总想拔尖儿，出人头地……但他们跟自己，分明已经是两套心思了！"②

不可否认的是，荀磊能在"文革"时从许多普通劳动人民子弟中脱颖而出，成为一名精通英语的人才，主要得力于两个人：一是父亲以自己的言行为他树立了为人的榜样，塑造了他为人的优良品质，这是"内"；二是中学英语教师，满足了他那旺盛的求知欲，给予他知识的启蒙，这是"外"。只有内外兼修，荀磊才成长为一名新时代的优秀青年。毫无疑问，荀兴旺正直、淳朴、重情重义的品质源自农村文化，在荀磊身上打下深刻的烙印，所以即使在他接受了和荀师傅截然不同的文化熏陶之后依旧可以理解和尊重自己的父亲。但是处于低精神文化状态的父亲毕竟无法理解儿子，特别是在对待荀磊的事业上，甚至在儿子的译稿被退回时，荀师傅为维护作为父亲的尊严，近乎粗暴地打断了儿子和编辑的交谈。谈到荀家父子的矛盾，自然也无法回避荀磊对配偶的选择问题，毕竟一个女孩为人妻子，会影响夫家三代人。作为荀磊的父亲，荀兴旺对于儿子的婚姻不可能完全放任不管，必然会表达自己的看法和评判。

冯婉姝毕业于北京外语学院西语系，父亲曾任大学党委副书记。本身接受外国文化熏陶比较多，又出身于北京高干家庭，因此穿着打扮、言语行为、兴趣爱好自然就偏向西式文明，在出身工农兵的荀师傅眼中就是"洋味儿"太浓。书中也多次提到他对于未来儿媳的标准，这体现在他将冯婉姝与郭杏儿进行的对比上。

对于冯婉姝，"然而荀师傅对她始终仅止是容纳而已——她显然并不符合荀师傅心目中所渴望的儿媳妇形象"③。而对于郭杏儿，"他潜意识的深处，他是觉得应当把这个农村姑娘按誓言娶给荀磊的，并且，他想象中的这位媳妇的模样、做派，处处都比冯婉姝更合他的心意……"④ "竟使他

① 刘心武. 钟鼓楼 [M]. 北京：人民文学出版社，1985：181.
② 刘心武. 钟鼓楼 [M]. 北京：人民文学出版社，1985：372.
③ 刘心武. 钟鼓楼 [M]. 北京：人民文学出版社，1985：93.
④ 刘心武. 钟鼓楼 [M]. 北京：人民文学出版社，1985：96.

格外地感到遗憾——他的儿媳妇，本应当就是这样的相貌，这样的脾性，这般地厚道啊！"①。

对冯婉姝的许多行为，荀师傅看在眼里，有所不满。作者的细节描写细致到位，从中可看出一二。"冯婉姝的声音在他们听来，显然都觉着刺耳。""冯婉姝这时并没觉察到，她的这些言谈举动都让荀大爷不满。"② 为何荀师傅偏爱郭杏儿呢？主要原因有两个：一是荀兴旺与郭墩子战友关系血浓于水，何况郭墩子曾救他一命，多年战友情不是兄弟胜似兄弟。荀郭两家又曾指腹为婚，因而荀师傅对郭墩子的感情自然而然地延续到郭杏儿身上。二是书中也多次提到，由于郭杏儿与荀兴旺出身相同，在生活习惯、价值观等方面有共同语言，所以郭杏儿比冯婉姝更合他的心意，偏爱郭杏儿也就在情理之中了。

即便在今天，对荀氏父子代沟的研究依然具有现实意义。从社会大趋势看，父子二人的矛盾不可避免，刘心武把荀磊塑造为一个完美的形象，既具有中国传统优秀品德，又接受西方文明的熏陶，但这只是作者的一个理想设计。首先，金无足赤，人无完人，人物形象过于完美，过于"高大全"，反而削弱了其艺术感染力，失去了真实感，只褒不贬就会让人物形象不够丰满；其次，不同的文化因子在荀磊的身上必然会引发冲撞，文化的包容与融合是一个非常有挑战性的命题，把荀磊作为沟通东西方文明的桥梁和纽带是不可行的。随着时间的推移，荀氏父子的矛盾也会加深，荀兴旺身为传统派、保守派，所持的观点必然会阻碍荀磊事业的发展。

4. 城乡青年价值观分歧

刘心武文学创作的最突出特点是社会性强，具有强烈的使命感和社会责任感。改革开放后，城乡居民收入差距逐渐拉大，尽管农村经济改革比城市早，在农林牧副渔各行业的高速发展中，农民生活水平相较于过去显著提高，但与城市相比差距依然在逐渐拉大。在 20 世纪 80 年代初，经济上的差距尚不明显，但由于社会历史原因，农民的受教育水平和精神消费远远低于城市居民，这一点在 20 世纪 80 年代年轻人的对比中显现无遗。作者有意把郭杏儿与荀磊、冯婉姝二人进行直接对比，从而揭露这个深刻的社会命题，引发读者的思考。

郭杏儿从河北农村来北京看望荀兴旺一家，"一来看望看望荀大爷荀

① 刘心武. 钟鼓楼 [M]. 北京：人民文学出版社，1985：180.
② 刘心武. 钟鼓楼 [M]. 北京：人民文学出版社，1985：181.

大妈，二来为枣儿置办点鲜亮的家当，三来呢……也撞撞俺的大运"①。在郭杏儿的潜意识中，阻碍她与荀磊的结合是因为家里经济条件差，等郭杏儿家成功发家致富以后，似乎就能与荀磊谈婚论嫁了，但她忽略了最重要的一点，那就是城乡文化之间的巨大差距。其实，进入新时代以来，我们所说的门当户对，并不是指绝对意义上的经济能力和社会地位的相当，更多的是文化上的认同感，结婚并不仅仅是当事人双方的事，而是两个家庭的文化背景和生活习惯的碰撞与融合。来到北京后，郭杏儿就强烈地感受到这座国际化大都市带给她的文化冲击。从沙发床、酒心巧克力、咖啡，到荀磊所喜爱的树根、抽象派艺术挂盘和磁夜猫子，这一切让她感到陌生又新鲜，甚至是不理解。她更没有想到这种文化差异，在她与荀磊之间表现得更加明显，郭杏儿也明白她与荀磊之间有一条不可逾越的文化鸿沟，和荀磊的结合已是不可能的事。但郭杏儿毕竟是一位纯朴、厚道的农村姑娘，也就坦然地接受了眼前的事实。

但是从郭杏儿入城探亲也可看出，她毕竟是一个在农村长大的女孩，深受农村文化的影响，这就不可避免地带着封建文化的气息，"指腹为婚"就是封建时代家长包办子女婚姻的常规做法。郭杏儿顺从父辈的安排，对于自己的婚姻缺乏一个最基本的理性认识：没有爱情的婚姻就如同无源之水、无本之木。从精神层面讲，潘秀娅和郭杏儿在对待婚姻大事上有一个相同点：只知婚姻不懂爱情。但是二者又有本质区别，潘的"四喇叭"精神足以体现其庸俗的一面，而这种精神深深扎根于小市民文化；郭的淳朴善良更能彰显出中华民族的传统美德。

郭杏儿与荀、冯二人的思维碰撞有两次：第一次是郭杏儿初进荀磊的房间，作者通过郭杏儿的眼睛所见和心理描写，反映出郭杏儿的价值追求与审美观。对于荀磊房中的摆设，郭杏儿不以为意，甚至无法理解，这只能说是由他们之间的受教育程度的差异、接受文化熏陶的不同、价值取向的不同所造成的。"她由惊奇而不快，由陌生而鄙薄……任凭什么箱也不该那么怪里怪气地悬着呀……多丧气！墙上挂个盘子，已经让人觉着半疯……十足的胡闹……一箍节树根，在俺们村只配捅到灶里烧火，磊子哥却……神码子似地供着；一些个石头子儿……磊子哥却也宝贝似地摆在那儿……那瓷夜猫子怎么能也搁书橱里呢？多不吉利、多不喜幸呀……"②。

第二次碰撞是午饭后荀、冯、郭三人的交谈。作者通过荀磊眼中的

① 刘心武. 钟鼓楼 [M]. 北京：人民文学出版社，1985：116.
② 刘心武. 钟鼓楼 [M]. 北京：人民文学出版社，1985：175—176.

第四章 『京津』韵味与『海派传人』

冯、郭二人的形象，从外貌、神情、衣着等方面，进一步显现她们之间的差别，作者也借荀磊的心理描写表达对城乡青年文化差异的隐忧。"但杏儿的皮肤是黄中带黑，毛孔粗大，让人一见便意识到那是同农村的光照、沃土、劳作分不开的；冯婉姝的皮肤则是红中泛黑，细腻光润，让人一见便意识到那是得之于水上运动、野足登山……她们的衣着当然更展宽了她们气质上的差异……荀磊开始明确地意识到她们心理上的差异……荀磊又观察出了她们在更深刻意义上的差别……那也许是两种文化之间的矛盾和冲突。"① 终于，因为受教育程度不同，郭杏儿面对冯婉姝的言论，"她心底里却泛起了一种古老的、难以抑制地对占有知识优势的城里人的一种厌恶……乃至于仇恨。"② 最终以一种乡野式的蛮横予以反击。

我们对作者这样的情节安排只能暗自叹服。作者通过荀磊的思考以及冯、郭二人的交谈，反映了以荀、冯二人为代表的城市青年与以郭杏儿为代表的农村青年的文化、价值观差异。但我们更应看到，正是由于城乡发展的不平衡，长久以来的"剪刀差"使得城乡在各领域都存在着差距，尤以文化领域为甚，方才导致了双方之间这道似乎无法跨越的文化鸿沟。从小说看现实，对于社会发展的模式更加需要引起我们的思考。

5. 城市青年文化差异

如果说郭杏儿与荀、冯二人的"交锋"是城乡青年不同价值观之间的碰撞，那么在薛纪跃、潘秀娅与荀磊、冯婉姝、张秀藻身上所体现的，则是同属于一个城市的青年的文化价值观差异。书中重点描写的城市青年大致可分为两大类：一是以荀磊、冯婉姝、张秀藻为代表的受过中高等教育的知识分子；一是以薛纪跃、海西宾、路喜纯、卢宝桑、潘秀娅为代表的文化层次、学历较低的群体。本文选取荀磊、冯婉姝、张秀藻与薛纪跃、潘秀娅做比较，透过此看他们之间的思维差异。

在探讨北京商店售货员怠慢顾客那一章中，作者也对此做出分析，从潘秀娅的家庭出身、生活环境、社会环境进行分析。"因为她没有深入思考一件事的习惯……不太具备进行哲理性思维的能力，对于所面临的这个世界和流逝着的人生，她只有一种高于本能而低于哲理的'浅思维'。"③ "文化水平既不高，经济上又长期不宽裕，家里人的言谈话语中，自然不会有什么哲理的意味……他们又居于城市居民中物质、精神两方面都较匮

---

① 刘心武. 钟鼓楼 [M]. 北京：人民文学出版社，1985：189.
② 刘心武. 钟鼓楼 [M]. 北京：人民文学出版社，1985：190.
③ 刘心武. 钟鼓楼 [M]. 北京：人民文学出版社，1985：140.

乏的层次，所以他们一般也绝无昂奋、敏锐的政治情绪……由此可见，'浅思维'是他们这一群体的基本素质，并成之有因……或沉淀在北京城庞大的服务性行业之中，或成为工交系统中体力劳动成分较重的那部分工作的承担者……而成为干部和知识分子的，但那实在只是少数。"①

从作者的这段分析不难发现：以薛、潘为代表的普通青年，出身于城市中下层，父母多从事工业或低级服务业，家庭不宽裕，本身受教育程度也不高。高度决定角度，对于人生、事业、爱情并没有深入思考的习惯与能力，对生活缺乏哲学性的思考。他们所拥有的，只是一份糊口的职业；他们所追求的，更多的是温饱和低级的精神消费。

刘心武除了对薛、潘二人在婚礼中的行为、心理、情绪做了正面描写外，还用大量的篇幅去分析、概括城市下层青年的思考方式、行为习惯和人生追求，因而让二人的形象更具立体感。

毋庸置疑，对薛纪跃性苦闷的描写是有着极其鲜明的时代特征的，对于薛的性格塑造也有着重要意义。刘心武通过群体描述，对长期以来青少年性教育的缺乏以致产生心理、生理问题进行无声的批判。城市青年对性的无知是"清教徒"模式教育导致的，作者对此做了纵向和横向的全景描绘，并从社会学角度进行分析，从而使得薛纪跃在广阔的社会背景下更加丰满真实。

潘的"四喇叭"精神之所以令人觉得可笑，是因为刘心武深入剖析这个群体的"浅思维"，从而展开对潘秀娅"职业病"的种种表现和致因的分析，刘心武的创作也从文学跨到社会心理学。"四喇叭"精神可简单归类于实用主义，一方面是家庭收入低导致的经济原因，另一方面也是这个群体的市民所特有的一种虚荣心理。总而言之，是在低收入、低文化环境下所形成的一种生活价值观。而荀磊、张秀藻、冯婉姝等人所关心与思考的就不仅仅是温饱了，荀、冯二人都是外事部门的翻译，张秀藻是当代大学生，都在一定程度上接受了西方文明，也乐于接受一切新鲜事物，因而眼界开阔，思考的层次自然更高。对于他们的思考方式，书中在两个地方着墨较多：一是荀、冯二人讨论对慕樱的文章的看法，即对其文章中所提到的恋爱观的讨论；二是荀磊买到雷达表后，与张秀藻相遇并对表时二人对于历史和时间的讨论。他们不仅仅着眼于自己的温饱问题，更多的是以一种主人翁的姿态去思考人生。他们所关注的，是个人理想、社会的发

第四章 「京津」韵味与「海派传人」

---

① 刘心武. 钟鼓楼［M］. 北京：人民文学出版社，1985：142.

展、国家与民族的命运和前途；他们所追求的是事业而不仅仅是职业。在书中虽然没有直言，但透过对这个群体的描述，表现了刘心武对知识青年的认可。

二、钟鼓楼的象征意义

钟鼓楼是东亚传统的一种系列建筑，由钟楼和鼓楼构成，其作用为报时，早晨鸣钟，晚上击鼓，因此有"晨钟暮鼓"之称。在作品中，作者多次提到钟鼓楼。作者为何要以"钟鼓楼"作为小说的名字？又为何会在小说中多次提及呢？它又有何象征含义呢？

钟鼓楼作为报时工具，其象征意义自然就与时间的观念有关。在小说的最后一章中，作者详述了钟鼓楼的历史及工作原理，但他是想引发对于时间与空间概念的讨论。时间是一种尺度，借此事件发生之先后可以按过去—现在—未来之序列得以确定（时间点），进而事件之间的间隔长短亦得以衡量（时间段）。在哲学上，时间是抽象的概念。在文学上，时间的流逝和不可逆性是古今中外不断被提及的内容。时间对于不同的人意义也有所不同，这才是作者所要阐述的关于"钟鼓楼"的内涵。"钟鼓楼"既是北京市民生活的象征，"胡同、四合院、钟鼓楼、居民、传统生活方式，使钟鼓楼街区成为北京老城文化的代表"①，也是京味文化的象征，更是时间的象征。钟鼓楼为市民报时，提供关于时间的度量，本质目的也在于引发每一个人对时间、对人生的一种思考。

三、结构特色

《钟鼓楼》在结构上独具特色，除了以大量篇幅描写了薛家的婚礼和四合院中九户人家的生活琐事外，还对许多人和事做了纵向历史回溯，从而构筑起一幅纵横交错的北京市民社会生活生态景观图。"作者机智地选择了80年代初这个新旧交替的历史时期，以12月12日这一天某个普通市民的婚嫁场面作为聚焦点，深入地透视了生活在皇城根下的居民们在文化撞击和经济浪潮冲击下的纷呈的文化心态，并以平铺和纪实的笔调开拓了新写实主义的先河。"②

---

① 苏枫. 倒计时下的北京钟鼓楼 [J]. 小康，2010（6）：78.
② 毛克强. 华夏性灵的承传与艰难的起飞——第二届茅盾文学奖获奖作品评析 [J]. 西南民族大学学报，2004（12）：92—97.

曾有学者撰文批评这部小说的结构，"从整个作品的基本构架来看，《钟鼓楼》确实像作者反复强调的那样，写的是一个生活的'横剖面'。由传统的观点来看，'横剖面'只宜于短篇或中篇小说，不宜于长篇小说中"①。但通过阅读整部小说，我们认为这种结构完全适用于长篇小说，《钟鼓楼》就是一个最好的佐证。笔者认为，作为一部历史感如此强烈的当代小说，刘心武的创作手法接近于著名历史学家黄仁宇所著的《万历十五年》。后者虽然写的是明朝的历史，却仅仅截取了万历十五年（1587 年）这一年所发生的历史事件，以小见大。

小说所描写的许多小故事，相互之间并无必然关联，但共同体现着这一景观特色，蕴含着作者对中国的历史文化思考。书中所涉及的老、中、青三代形象，更是北京市民的现代缩影。他们的生活和文化心态的差异，反映了时代的发展变化，又打下了京味文化的烙印。作品的结构艺术，体现了作者强烈的现实主义和人文关怀特征。"他对于人的关心，并不完全限于实用的和认识的价值取向"② "仔细读来字里行间渗透着浓厚的历史感，体现着一个知识分子特定的社会责任感和历史意识"③。

对于刘心武而言，"理解和宽爱，从来就是他的小说创作的贯穿的主题和稳定的基调"④。作者对于北京市民生活如此熟悉，文学创作源于他的生活经历。我们认为：它不是正面书写改革，但通过北京市民日常生活的变化来暗示改革开放给人们生活和思想上带来的巨大变化。⑤

① 熊俊钧. 从《钟鼓楼》看刘心武小说创作 [J]. 中国文学研究，1987（2）：134.

② 孙绍振. 审美价值取向和理性因果律的搏斗——刘心武论 [J]. 当代作家评论，1988（4）：6.

③ 万海洋. 历史流变中的人物嬗变——《钟鼓楼》的历史感分析 [J]. 名作欣赏，2009（15）：62.

④ 谢海泉. 刘心武两篇纪实小说的"宽爱"主题与"心析"艺术 [J]. 当代作家评论，1986（4）：44.

⑤ 李伟. 历史的见证与价值的回顾——以《钟鼓楼》为例看第二届茅盾文学奖 [J]. 新文学评论，2012（3）：20.

第三节　"海派传人"：王安忆

一、王安忆的"双重身份"

王安忆可称为"海派传人"的代表作家，1954年3月生于南京，祖籍福建同安，是当代著名作家茹志鹃的次女。1955年刚满一岁便随父母进入上海，从此，具有"双重身份"：既是地地道道的"上海人"，也永远只是上海的"外来妹"。

关于自己的创作与上海的关系，王安忆曾这样表述："上海给我的动力，我想也许是对市民精神的认识，那是行动很强的生存方式，没什么静思默想，但充满了实践。他们埋头于一日一日的生计，从容不迫地三餐一宿，享受着生活的乐趣。就是凭这，上海这城市度过了许多危难时刻，还能形神不散。比方说，在文化大革命的日子里，上海的街头其实并不像人们原来想象的那样荒凉呢！人们在蓝灰白的服饰里翻着花头，那种尖角领、贴袋、阿尔巴尼亚毛线针法，都洋溢着摩登的风气。你可以说一般市民的生活似乎有些盲目，可他们就好好地活过来了。"①

二、"自我于她们是第一重要的"

王安忆曾说："抑或是由于社会性的原因，抑或更是由于生理性的原因，女人比男人更善体验自己的心情感受，也更重视自己的心情感受，所以她们个人的意识要比男人们更强……她们天生地从自我出发，去观望人生与世界。自我于她们是第一重要的，是创作的第一人物。这人物总是改头换面地登场，万变不离其宗。她们淋漓尽致地表达个人的一切，使作品呈现出鲜明而各不相同的世界观、哲学观、情感与风范……于是，中国的女人的自我意识越加强烈。"② 这段话或许颇能说明她的性别意识。虽然王安忆自己多次否认自己是"女权主义者"，但其作品表现出来的大多是

---

① 王安忆. 作家的压力和创作冲动［N］. 文汇报，2002－07－20.
② 王安忆. 女作家的自我（我的女性观）［M］// 王安忆自选集：（4）. 北京作家出版社，1996：416.

"阴盛阳衰"。

　　她还在多篇创作谈中述及自己的新文学观："当一个人孤独地与他自己作战的时候，几乎所有的人都在孤独地与自己作战，因此，他又不尽是孤独的。这一场战争是人类共同的，在无数个不同的战场上进行，互相可以提供经验与安慰。我想，我的文学，就是将这些个孤独的战场进行艰难而努力的串联与联络，互相提供消息，告诉人们，他们并不是孤独的——整个人类就在他们身后。"[①]她笔下的人物尽管个性、命运各不相同，却都通过爱化解了苦闷、超越了平庸，完成了灵魂的升华，尽管激情过后又会面对苦闷和平庸。有趣的是，王安忆对笔下的女性总是倾注了更多的同情与敬意，这不仅体现在她性爱故事中的男性或多或少都有点软弱的毛病。《小城之恋》中的男人在女人怀孕后怕承担责任，逃掉了；《荒山之恋》中的男人懦弱，不敢迈出离婚的一步；《神圣祭坛》中的项五一灵感枯竭，虽经战卡佳拯救也未完全超脱。而且因为她笔下的女性多具有博大的襟怀，如《小城之恋》中的女人最后从母爱中获得了自救的力量，《神圣祭坛》中的战卡佳走向项五一也是为了想解救项于孤独之中。正是对女性博大襟怀的描写，使王安忆有别于西方的女权主义文学。王安忆作为重要的女性写作者，其作品歌颂女性的魅力，崇尚"母性"的力量，"母性"使人宁静，注重女性的精神之恋，可以有"柏拉图式的恋爱"，现代女性完全有选择自己生活方式的权利。另外，她也认可纯物质性的性爱关系，在现代社会中纯粹的肉体关系也可以合理地存在。

三、《长恨歌》等解读

　　《长恨歌》是王安忆的巅峰之作，曾获得了茅盾文学奖。作者关注重点在"城市"和"人"上，讲述了作为城市里"最基本元素"的人物王琦瑶的一生。在《长恨歌》中，作者力图对上海文化的成因、根源，上海人总体的性格特点、上海文化的氛围进行概括性的描述。王安忆说："我觉得《长恨歌》是我自己做得比较满意的一个东西，用我自己的话来讲是我把一种叙述方式坚持到底了。这听起来很容易但做起来是非常难的，因为你写小说的第一句话就已经决定了你整个的叙述方式，有的叙述方式在进行到一半的时候就不行了，要换另一种叙述方式，这样就有破绽了。这种叙述方式的特征就是一种华丽的、缜密的、在写实的基础上的一种夸张。

　　① 王安忆."读书日"不要成为"昨日"[N].青年报，2012－04－24.

我觉得有时要找故事，写小说就是写故事，那么，我觉得《长恨歌》里的故事非常好。我是很偶然地听到这么一个故事，当然这个素材和后来的小说又有了很大的距离。当时留在我脑中的最简单的一个印象就是一个40年代的上海选美小姐在80年代被一个社会流氓给杀了。这非常非常吸引我，这个脉络吸引我的地方就是从此岸到彼岸的距离非常遥远。两个人是怎么走到一起的，一个上海小姐她怎么会和一个流氓混迹在一起，这就需要我做很多推理。其实小说要做的事情就是要把不可能的事情变成可能的。"①王安忆承续了张爱玲、苏青、予且等市民小说家的风格，放弃了主流话语的上海形象，自觉地走进上海的民间形态中。她试图寻找上海的灵魂和精神，这精神和灵魂是上海的芯子，她找到了弄堂。我们知道，所谓"弄堂"，是上海人对于里弄的俗称，它是由连排的石库门建筑所构成的，并与石库门建筑有着密切的关系。上海的石库门建筑是一种多元单元组成的联立式结构，早期的石库门一般由二三十个单元组成，后来的石库门则更是扩大到100至数百个单元。这些石库门一排排地联体而立，组成了一个庞大的房屋群体。石库门建筑的间隙之间，形成了一条条的通道，这种通道便是上海人所谓的"弄堂"。由于地面紧张，房屋排列行距很紧，因此上海的弄堂大都显得十分狭窄。较宽的为4米左右，较狭的连3米都不到。这些弄堂虽然行距狭窄，阴暗潮湿，然而却是19世纪中叶至21世纪初这100多年来上海都市人生存栖息的一块重要的天地。多少年来，成千上万的上海人就是在这些狭窄的弄堂里度过了日久天长的生活，并且创造了形形色色、独具风情的弄堂文化。弄堂一直是大多数上海市民生活起居、繁衍生息的主要场所，同时也是孕育上海市民文化和市民风情的主要策源地。上海都市中最为典型、最有代表性的居住民俗形式，实际上主要也是在石库门中产生的，正是石库门房子中所具有的种种社会风情、人情世故，构筑了最富地方情调的上海居住文化景观，融成了极有生活韵味的上海居住民俗形态。

长期以来，上海人的吃饭、洗衣、拣菜、倒马桶等日常生活之事都是在弄堂中进行的。

上海的弄堂也是许多上海人休闲娱乐的场所，每逢夏季，弄堂中便随处可见一支支乘凉的大军。

一篇反映20世纪30年代上海都市弄堂乘凉风习的文章中这样写道：

---

① 王安忆. 王安忆说 [M]. 长沙：湖南文艺出版社，2003：229—230.

"（上海）弄堂是四四方方一座城，里边是一排一排的房子。一层楼的，二层楼的，三层楼的，还有四层楼的单间或双间房子，构成了好多好多的小胡同房子……至了夏天，到处摆着椅凳，人们团团地聚坐着，尤其是晚上，到处可以看出人浪来。女人们的黑裤（黑香云纱裤子），排列起来，如果您不小心，她们的突出的臀部的双曲线就会碰到您的身上……在习习的晚风里，产生了浪漫史和悲喜剧的连环图画。"① 这种情景，在旧时上海都市中随处可见。现今，虽然许多上海居民的家庭住房条件已经大为改善，夏日里到弄堂中乘凉的人数已远不如过去那样多，但是仍有不少现代上海人喜欢到弄堂中去乘凉消夏，因为那里有着一种自己家庭中无法得到的群体气氛，那里可以寻找到一种自己家庭中无法寻找到的人生乐趣。

从某种意义上说，上海都市人身上所表现出来的那种开拓进取、思维活跃、善于交际等性格，也是在开放的上海弄堂生活的熏陶下所形成的。正是开放式的上海弄堂生活，塑造了一代又一代富有开拓、创新精神的上海人。有人说："上海的里弄是开放的，上海的石库门房子也是开放的……上海人不怕开放，而是希望开放，渴望与市场连成一片。"② 这种将上海里弄的开放性与上海人性格的开放性联系起来考察、认识的见解，是颇有见地的。

"弄堂是上海的特产，是属于上海人的，它记载了上海的故事，反映了上海人的文化、生活方式与心态。"③ 随着社会的发展和住房条件的改善，上海的弄堂面貌已经发生巨大的变化，上海人的弄堂生活和弄堂习俗，也日益向着文明、进步、科学的方向发展。

王安忆在小说中写道："王琦瑶是典型的上海弄堂的女儿，每天早上，后弄的门一响，提着花书包出来的，就是王琦瑶；下午，跟着隔壁留声机唱'四季调'的，就是王琦瑶，结伴到电影院看费雯丽主演的《乱世佳人》的，是一群'王琦瑶'；到照相馆去拍小照的，则是两个特别要好的'王琦瑶'。每间偏房或者亭子间里，几乎都坐着一个'王琦瑶'。""上海的弄堂是性感的，有一股肌肤之亲似的。它有着触手的凉和暖，是可感可知，有一些私心的。"④《长恨歌》中王琦瑶的角色具有丰富的内涵。首先，她是上海这个都市的"最基本元素"，她是千千万万上海弄堂女儿的一个

① 穆木天. 弄堂——上海地方生活素描之二 [J]. 良友画报，1935（10）：27.
② 忻平. 从上海发现历史——现代化进程中的上海人及其社会生活 [M]. 上海：上海人民出版社，1996：428.
③ 罗小未. 上海弄堂·上海人·上海文化 [N]. 文汇报，1997-11-05.
④ 王安忆. 长恨歌 [M]. 北京：作家出版社，2000：5.

典型人物，在她身上展现出来的每一个特点都是弄堂儿女的缩影。其次，她一生所经历的事情都是基于弄堂儿女的性格特征以及都市文化背景下发生的。在她身上既能看到传统弄堂儿女的内敛，又能看到新时代都市女性的浮华。彼时上海也处于新旧交替之际，既有灯红酒绿的场所，也有传统古典的弄堂。在这些元素的交织之下，王琦瑶的一生才那么跌宕起伏，她的死也具有了不一样的色彩。上海是摩登的、时尚的都市，连带着生活在上海的王琦瑶们也是追随潮流的。在这样一个大都市里生活，就算是再底层的人也难免会有一点虚荣心。王琦瑶出身一般，长得漂亮但也不是特别出众，可是她乖巧、善解人意、能够赢得人心，让人喜欢和同情。这份乖巧、善解人意是出自她对荣誉、时尚繁华的追求，也是一个弄堂的女儿的那份虚荣心的表现。①

自王琦瑶得到"沪上淑媛"这个名字之后便渐渐地显露出她的虚荣心。作者是这样形容"沪上淑媛"这个名字的："它是平常心里的一点虚荣，安分守己中的一点风头主义，它像一桩善举似的，给每个人都送去一点幻想"。②正是"沪上淑媛"这个名字给了王琦瑶一点信心和幻想，让她去追求更多的虚荣，如去竞选上海小姐。如果说成为"沪上淑媛"是偶然的，那么参加上海小姐的竞选则是王琦瑶自己去努力争取的。得到"上海三小姐"的荣誉之后，王琦瑶便迎来了她人生的一个巅峰期，此时她在上海有了名誉，有了一定的地位。她的精神上的欲望得到满足了，但是像她这种讲求实惠的人，名誉对她来说还不是最终的目的，她的最终目的是物质利益。所以当政要人物李主任出现的时候，她几乎是毫不犹豫地答应做他的外室，住进了爱丽丝公寓。李主任这个人物不但是权势的象征，更是金钱的象征。爱丽丝公寓所代表的含义是物质的，"这是个绫罗和流苏织成的世界，天鹅绒也是材料一种，即便是木器，也流淌着绸缎柔亮的光芒"③。这时就已经凸显了王琦瑶在物质方面的欲望，她知道只要跟着李主任，就能满足她在物质方面的要求。事实也确实如此，王琦瑶最后得到一个李主任给她的装满黄金的桃花心木盒，这也成为王琦瑶下半生的底气。

在王琦瑶身上显示出新时代的特征之一就是追随时尚、跟随潮流。"王琦瑶是追随潮流的，不落伍也不超前，是成群结队的摩登。"④ 她们是

---

① 陈小花.一颗弄堂里的"心"一个都市里的"魂"——《长恨歌》女主人公王琦瑶析[J].广东技术师范学院学报，2007，(4)：38—42.

② 王安忆.长恨歌[M].北京：人民文学出版社，1995：37.

③ 王安忆.长恨歌[M].北京：人民文学出版社，1995：91.

④ 王安忆.长恨歌[M].北京：人民文学出版社，1995：20.

明星的崇拜追逐者，是言情小说的忠实读者，还是潮流化的感伤主义者。这时尚，不是高高在上，难以接近，而是暖人心意，赏心悦目；不是夸张高傲，特立独行，而是适度从容，争相模仿。① 王琦瑶登上《上海生活》的照片是温和、厚道的好看，是实惠的情调，是适合收藏在家庭相簿的美。"沪上淑媛"这个名字就充分体现了王琦瑶的美是贴近人心的，这种美代表了上海大多数女孩的美，所以王琦瑶旗袍上的花样会成为流行的花样，她的发型成为流行的发型。她对时尚又是有一些自己独立的见解的。在商量竞选上海小姐的服装问题的时候，王琦瑶决定穿一身红和一身翠去领出最后那身纯洁高贵的白婚纱礼服；在平安里的时候，王琦瑶从箱底翻出旧日的衣服，稍加修改便是新的，惹得严师母暗中加了把劲追赶，依旧是比不上王琦瑶从容不迫的美；王琦瑶的女儿薇薇看着母亲将箱底的旧衣服稍作整理便能一领潮流等的迹象都能看出王琦瑶对时尚是有着非常灵敏的触觉的，而且还有着自己独立的见解。

除此之外，王琦瑶还表现出热爱生活的特征。她住进平安里之后，虽然生活在某种程度来说是没落了，但是她对生活的热爱没有消减。别的护士穿着白布帽和口罩上门帮人打针，王琦瑶却是穿着陈旧和摩登集一身的旗袍；平日里会修改旧衣服使之焕然一新，也会细致地化妆描眉；招待客人会细致地准备饭菜，将客人带来的水果削了皮切成片装在碟子里；为了喝下午茶特意去买一套镶金边带盖带托的茶具……她对生活细节的完美追求，衍生了一种属于生活的情调。这种情调并非刻意为之，而是和王琦瑶身上与生俱来的那种淑媛的气质相匹配的。这种生活的情调是属于新时代都市女性的产物，这是都市女性一种世俗化的生存态度，正是这种态度让王琦瑶穿越了生活的种种痛苦和不幸，变得坚韧和顽强。②

自力更生也是王琦瑶身上表现出来的新时代女性的特征之一。王琦瑶搬到平安里之后，取得了护士注射执照，在平安里往后的几十年里，王琦瑶都是以此职业为生，收入足够她养活自己，所以在还没生薇薇之前她都未曾动过李主任留给她的金条。另外一方面则是不在乎世俗的观念，以单身女性的身份生下薇薇，并且独自将薇薇抚养成人，在她身上完全体现了现代都市女性在生存和生活方面的自力更生和独立自主。

这些新时代女性的特征可以说是女性意识初步觉醒的表现，因为这些

　　① 何婷. 别样的上海书写——解读王安忆《长恨歌》[D]. 河北：河北师范大学，2011. 20—21.
　　② 刘彦华. 都市日常生活中女性主体身份的张扬——评王安忆的《长恨歌》[J]. 集宁师专学报，2008，30（2）：40—44.

第四章 「京津」韵味与「海派传人」

特征都代表了女性开始把目光从男人身上转移到自己身上，表现了开始关注自身的趋势。此外，从王琦瑶身上还表现出新时代女性独立生存的能力。同住在弄堂里的旧时代传统女性严师母没有工作，收入全来自丈夫，平日里找上三五知己喝下午茶，打麻将打发时间，还要担心丈夫是否会出轨。这是旧时代女性的典型特征，像王琦瑶这样的新时代的女性却不一样，她们有自己的工作，具备基本的生存能力，这是女性意识觉醒的一个重要表现。

在王琦瑶的生命中，共出现了四个男人，分别是政要人物李主任、老派绅士程先生、遗少贵族康明逊和怀旧风流老克蜡。作者以这四个身份、地位、性格各不相同的男人为代表构建了一个男权社会。尽管王琦瑶和他们都各自有过一段感情，但种种原因使他们都不能成为王琦瑶的良人。

李主任和王琦瑶本就是各取所需，后因飞机失事死去，只留下一盒金条赠予王琦瑶；程先生无法满足王琦瑶的繁华梦，最后两人只剩下恩义和愧疚；康明逊的家庭背景和他自身的懦弱性格使得他注定无法和王琦瑶一起漫步人生路；老克蜡看上的只不过是王琦瑶身上属于过去上海的气息，怀旧的潮流一过，老克蜡便转身去追逐新的潮流。"作者笔下涉及的形象并不丰富多样，但在两性关系的描述上，达到了十分犀利的程度……她洞察了男女之间的性别本质，这种本质的关系可以理解为一种包含着诸多规则和条件的游戏，它是男权社会的生产关系的一种体现。"① 王琦瑶在经历了几段感情之后，意识到女人无法依靠男人，男性角色多为自私、软弱的，这种男权社会下男性支撑的自私、疲倦、衰弱，迫使王琦瑶直面在感情中遭遇到的创伤，成长为能独当一面的新时代都市女性。

2011年第一期、第二期的《收获》杂志全文刊登了王安忆的《天香》三卷，不久《天香》由人民文学出版社出版。这部长篇小说是作者写作生涯中第一次反映明清题材内容，语言清雅细腻而富情趣，作品中人物的命运随着时代的变迁而变幻莫测。看得出来，王安忆的眼光放得更为长远了，她试图从历史源头来梳理、寻觅上海这座城市的文化来源。

最后把王安忆与张爱玲进行比较。毋庸置疑，张爱玲对王安忆是有影响的，而王安忆在此基础上又有不同于张爱玲的新的发展。比如，我们可以看到王安忆小说描写城市变迁与都市女性命运时叙事空间具有很大的开放性：作家对现代都市的态度，与其家族力量、生活的时代等在作家身上

---

① 吕幼筠. 试论王安忆小说中的性别关系 [M]. 北京：北京大学出版社，1999：105.

的不同作用密切相关。张爱玲《倾城之恋》里的白流苏对社会的恐惧，更多地代表着传统女性对现代都市的恐惧，实际上也正是张爱玲对社会的恐惧；而王安忆《长恨歌》中王琦瑶对社会化大都市的运行规则的坦然接受，则更多地代表着现代女性对现代都市的向往。而两个作家对社会的态度不同，又主要在于她们的出生背景不同。张爱玲是清末名臣张佩纶的后代，祖母是李鸿章的长女，出身于贵族大家庭，而王安忆的父母都是"南下干部"。王安忆在这样的家庭里出生长大，生活的时代也与张爱玲不同，自然其创作既受到前辈"海派"作家张爱玲的影响同时又有不一样的地方。王德威曾将张爱玲与王安忆做比较，"张爱玲小说的贵族气此悉由（王安忆）市井风格所取代"①。

① 王德威. 海派专家 又见传人 [M] // 郑振伟. 女性与文学——女性主义文学国际研讨会论文集. 香港岭南学院现代中文文学研究中心，1996：14.

第四章 「京津」韵味与「海派传人」

第五章　汉味与粤港台风情

第一节　"南北兼有、刚柔并济"的江汉市井风情

　　"汉味小说"里展现出来的是一幅幅江汉平原的市井生态景观。"河南棚子"的拥挤破败、花楼街的风骚热辣、六渡桥的喧哗嘈杂……拼接在一起，构成武汉市民的生态景观，营造出特定的"汉味文化"氛围。如池莉的《热也好冷也好活着就好》以充满民俗意味的夏夜武汉普通市民的生活写真，揭示人们的生存状态。那种闹哄哄的夜晚女人们边烧饭边说长道短，那种晚上都在门口吃饭纳凉的夏夜景象，都在作家平易通俗的语言中絮絮写出。小说中写纳凉时王老太数武汉的小吃通俗而生动，别有情趣。这种描写使江汉路上的纳凉之夜溢出浓浓的民俗意味，使作品中人们并不丰裕的生存状态多了几分温馨，也使作品的生活气息更加浓郁地弥漫于字里行间。"武汉市是一个非常有意思的城市，我常常乐于在这个背景下建立我的想象空间。武汉的有意思在于它有大江大河；在于它身处中原，兼容东西南北的文化；在于它历史悠久，积淀深厚。从春秋时期伯牙子期的古琴台到清朝顺治年间归元寺的五百罗汉到半殖民地时期的洋房和钟楼，一派沧桑古貌，一派高天厚土。"① 20 世纪 90 年代《新周刊》曾做过一次专题报道，认为武汉是中国最市民化的城市。有意思的是一位网民曾这样讲述池莉小说对他的影响："当时，我已在武汉客居几年，却还是想了很久，不知道'市民化'是个什么概念。后来读到武汉作家池莉的小说《生活秀》，便彻底读懂了'市民化'的含义。印象最深刻的情景是在汉口江汉路旁边的一个小巷里，小巷蜿蜒几千米，有个响亮的名字——吉庆街。尤在夏夜，吃饭，烟雾腾腾，汗流浃背，分不清短裤、汗衫的人挤在一

---

　　① 池莉.说与读者［M］//池莉文集.南京：江苏文艺出版社，1995：217.

起，吃着非常辣的烧烤，声音像吵架一样地在夜色中回荡。其实吉庆街之所以有名，除了克隆了 30 年代旧上海江湖艺人的发艺、服饰、腔调的歌女、擦鞋工、耍把戏艺人的酸味表演，让人畅快淋漓的还属吉庆街的吃。先烤几串臭豆腐'混淆胃觉'，臭豆腐就是那种源于湖南，扬于武汉，嗅着掩鼻、吃着垂涎的黑乎乎的东西。再叫上几根鸭脖子辣辣馋虫，鸭脖子也是武汉的名吃，老长的一根，没啥肉，啃起来也不雅观，嚼起来却满嘴幸福，但会辣得你眼泪、鼻涕稀里哗啦地全往外涌，但几乎所有武汉人都好这一口。从某种意义上来讲，臭豆腐、鸭脖子和黄鹤楼是同等重要的。如果有一天，像选市花那样选种市食，估计臭豆腐和鸭脖子得大动干戈一番。"① "武汉，在夏天，最为精彩的风景不在白天，而在日落之后。日落之后的文化，我们便权当它为俗文化。乘凉自然也是重头戏。江汉路未建成步行街之前，太阳西下，黄昏降临，年迈的老人或稚幼的小孩便用砖头或小板凳占领一小片一小片的地盘。夕阳落尽，各式各样的床或躺椅便轮番上场。路有多长，床便能摆多长。路拐弯，床亦顺势而拐。床上或坐或半躺着的男人大多打着赤膊，女人则汗衫、短裤，文明一词的内涵在武汉的夏天多少得放宽些尺度。凌晨，年轻的女司机驾驶着电车，在鼾声四起的大街上穿行，小心翼翼，唯恐惊扰了坦然睡于天地间大汉口人的美梦。除了武汉，似乎还没有一个城市有如此壮观得令人唏嘘的景致。"②

　　这位网民的感觉相当敏锐，武汉的市井文化的确很有特色，它的巷子没有北京的错综复杂，不像北京那样窄而檐高，戒备森严，令人生畏；也没有上海的浮靡，不像上海那样僻而曲折，脂水横流。武汉的巷子大多是笔直的，也很开阔。巷子两边家家户户大门洞开，孩子们挤在一团自己乐，老人家也坐在一起扯开嗓子闲扯胡谈。特别是早晨，大人小孩趿着拖鞋，睡眼惺忪地去巷子里的早餐馆"过早"，而武汉特有的热干面的芝麻酱香便浓浓地飘散开去。这时候，你也许能隐隐感觉到武汉的一种状态，即景、物、人都有着千丝万缕的联系，融到一处，搅也搅不开。而这种融合也就注定了武汉的包容性。据传，武汉原本是一个小小的港口，五湖四海的商贾过客认识到武汉的交通便利，也就渐渐定居于此。因此，真正根在武汉的人其实少之又少，但这也是武汉成为九省通衢的缘由。作为买卖的场所，难免就会有世俗之气。商人之间的利益争夺也就铸造了刚性直烈的武汉人，随之附赠的则是没有拐角的武汉话。

----

① 吴凤群. 武汉，游走在曼妙与直白之间 [EB/OL]. 新浪博客，2006—04—10.
② 吴凤群. 武汉，游走在曼妙与直白之间 [EB/OL]. 新浪博客，2006—04—10.

池莉等人的市井小说就如武汉市井细民的生活平凡而又踏实，一步一个脚印，好比我们站在黄鹤楼上看到的遍布武汉三镇的那一条条笔直的老巷，沿着它们就会走得很远很远。

第二节　池莉："我自己就是一个小市民"

颇有意思的是，有人看不上池莉，说她是小市民，而池莉一点也不在意，多次表达"我自己就是一个小市民"。

池莉的情感趋向的确是站在市民一边的，对市井细民的七情六欲、琐碎人生不仅寄寓了深切的理解、同情，而且更多的是融入与认同。我们从池莉的文学世界中了解到的是求真、求实、求生存发展的市井细民化认知，在她的作品中，张扬着的不仅是那单纯的"行路难"与"百事哀"的市井平民生存及人身保障问题——"生存权"，而且是由此引发的以人为主体所显现出的坚韧的生命意志，在生活的抗击中所体现的真诚、善良、宽容与忍辱负重的生命特色。池莉真诚地"为市井细民写心"，描绘这些市井细民的七情六欲、喜怒哀乐、人生理想，一定程度上也就是自我的描绘。

无疑，池莉作品的最大特色就是她站在市民的立场上去表现市井百姓的日常生活，这构成了她独有的叙述姿态、价值取向。市井日常生活虽然平庸烦琐，却是实实在在的，谁也无法逃离其而存在。他们成天为工资、奖金、房子、孩子等一大堆琐事忙碌，市井阶层所处的社会地位和生活环境决定了他们可能无法按自己的理想来设计生活，与其为一些不可实现的事而烦恼，不如听从命运的安排。美国心理学家马斯洛说过："人的最高潜能只有在'良好条件'下才有可能实现。"可见，池莉是深谙于此的。池莉一开始写作，就以她的"过日子三部曲"——《烦恼人生》《不谈爱情》和《太阳出世》而名扬文坛。她将自己的笔锁定在中国最广大的市井民众身上，通过对市民生活的精细描绘，展示出一幅幅生动鲜活的当代社会生活的世俗风情画卷。

我们注意到，忍耐、顺应是池莉在市井文化视角下观照到的人面对环境的最佳策略。《冷也好热也好活着就好》就是对这种把握实惠、消遣人生的民族性的表现，是对世俗民众苟活心理的揭示，只是作者在一种近乎浪漫的市井文化想象中赋予了它温馨感和合理性。在《冷也好热也好活着就好》中池莉给我们描绘的是一幅武汉市民自足自乐的生活街景图：猫子把一支体温表当场爆炸的奇事当作新闻，不断地向他的女朋友燕华、燕华的父亲以及邻里们发布。酷暑中他们依旧忙忙碌碌，插科打诨；夕阳西下，他们依旧在露天的街道里晚餐和夜宿；热归热，人们依旧喝"黄鹤楼"酒，看电视，摸麻将……"冷也好热也好活着就好"，这就是活着的滋味，以"活着就好"的生存态度为迷失的自我寻找一条逃避的途径。在《你是一条河》中，池莉对辣辣在恶劣环境中挣扎求生的本领寄予了深情的礼赞。辣辣在极端的环境下选择的生存方式是为了取得最基本的生存权利：活着。作为一名普通的劳动妇女，她的意志和力量令人动容。而几个孩子中得屋的发疯、社员的犯罪、福子的惨死、贵子的受污和四清的出走正是生存环境的罪过。辣辣不幸是这个生存环境的主宰。在辣辣的生活逻辑中，活下去是唯一的重要的因素，让几个孩子不要饿死，是她真实而具体的母爱，也是异常艰难的现实，这使她不可能如同任何一种话语虚构中的"母亲"，不可能温柔、细腻。池莉对这个人物所赋予的庄重和深情，尤其是原本作为这个环境的叛逆者——出走的冬儿，最终以"梦中感应"的形式幡然悔悟，原谅并理解了母亲辣辣，重新投归母亲的怀抱。最终，又使生存困境、人与人的隔膜和生存竞争的残酷等现代意味的题旨消解在"活着"中。池莉通过辣辣发掘出对环境"顺应"的内涵。《烦恼人生》中印家厚面临的是具体的物质上的困境，辣辣需要争取基本的生存权利，而荒诞的生活秩序和不合理的社会运行机制往往成为污浊环境中限制人的主动性、创造性的根本因素。池莉虽然看到了环境对人的制约，但她为人物设计的结局都一样——忍耐、顺应。从发表于 20 世纪 80 年代末 90 年代初的小说，如《烦恼人生》《太阳出世》《不谈爱情》《冷也好热也好活着就好》《你是一条河》，到 20 世纪 90 年代中后期的《紫陌红尘》《午夜起舞》《来来往往》等无不在强调生存环境对人的制约和现实环境的强大。为了在如"网"般的生活中寻找心理平衡的支点，池莉笔下的人物主要是通过解构理想来逃避现实矛盾，进行自我排解，最终抑制个性，随遇而安。

更必须注意的是池莉非常明显地表现出对市井人物的偏爱和对知识分子的嘲讽、揶揄。知识分子一向被认为是社会的精英，是先进思想的创造者和传播者，是社会生活的审视者与批判者，是改革的先驱者和引路者。但在池莉笔下，知识分子的冷漠、软弱、酸腐、不切实际，与市民阶层的热情、开朗、乐观、实在形成了鲜明对比，在对比中作家赞美了市民的生存智慧。这方面池莉和王朔非常相似，这两位新时期最早礼赞市民精神的作家在对待知识分子形象上如出一辙。两人对于知识分子的虚伪矫饰、故作清高等劣根性，进行了辛辣的挖苦、嘲讽。两人笔下的知识分子形象在蓬勃饱满的市民社会面前映照出了自己的黯然和可怜，正应了早些年的话："高贵者最愚蠢，卑贱者最聪明！""语言的巨人，行动的矮子！"两人都明显地偏爱市井人物，这种倾向很大程度上受到我国古代市民文学《水浒传》等小说的影响。

在《水浒传》中，作家写的"文人或文官如王伦、刘知寨、黄文炳、贺太守等都被视为道德上的对立面而加以批判或嘲讽。而在梁山英雄中，几乎是绝无仅有的一个文人智多星，则是一个没有功名的村学究，行事与其说是个文人，不如说像个算命先生，可以说和传统的文人士大夫阶层没有什么关系"①。这与明代市民阶层的崛起、市井文化的兴盛密切相关。池莉、王朔等人继承发扬了这一传统，赞颂了新时代的市民生存智慧，知识分子则成了他们奚落、揶揄的对象。池莉有那么一种生存体验：死是容易的，而活是很不容易的。"生命就像一只鸡蛋，不小心嗑哪儿就破了。"②这是大多数挣扎在社会底层的小市民都会有的喟叹。正因为感到活得艰难，池莉才决心要"写当代的一种不屈不挠的活"③。活的能力就往往成了她价值判断的标准。印家厚、吉玲、陆武桥、辣辣都具有一种不屈不挠活下去的精神。《不谈恋爱》中作者通过庄建非的眼光将高知家庭出身的知识分子王珞与市民家庭的吉玲，将庄家与吉家对比，写出了知识分子的可怜、可悲和市民阶层的可爱、可喜、可亲。王珞与庄建非在同一医院，谈恋爱时，天天给庄建非写信，幽叹他没有理解她在电梯里的暗示，埋怨他让她在花园里空等，却不屑于谈家庭琐事、柴米油盐，她把爱情看得太浪漫、太不切实际。吉玲操持家务是一把好手，在吉玲出走的几天里，庄建非的生活全乱套了。尽管庄建非嫌妻子吉玲粗俗，可离开妻子，自己连饭都吃不上，他的高雅不得不让位于填饱肚子的需求，因此不得不对吉玲屈服；王珞脸上有雀斑，庄建非无意说了句"百雀灵"，她扭头就跑。吉玲住在花楼街，庄建非贬低了吉玲的家庭，吉玲却没耍小姐脾气。王珞的浪漫、小心眼与吉玲的单纯、质朴形成对照。吉玲要比王珞实际得多，她的

---

① 高小康. 市民、士人与故事：中国近古社会文化中的叙事 [M]. 北京：人民出版社，2001：30.

② 池莉. 我坦率说 [M] // 池莉文集：第4卷. 南京：江苏文艺出版社，1995：215.

③ 池莉. 我坦率说 [M] // 池莉文集：第4卷. 南京：江苏文艺出版社，1995：215.

目的就是得到庄建非，为此，她忍辱负重，但一旦达到结婚目的就大不相同，对庄建非大打出手，然后回到自己的娘家，追求另外一个目的：要庄家承认自己。王珞的失恋、吉玲的成功正体现了市民阶层的生存智慧。吉家是富有人情味的。庄建非认为："他自己的母亲太冷静、太严峻了。他从小吃穿不缺，缺乏的是母亲的笑声，是吉玲母亲生怕他没吃好、没吃够的眼神。母爱应该是溺爱不讲理智的爱，但他母亲从来不可能不讲理智。"与此相对，庄家对吉玲的到来似乎波澜不惊，庄母、庄建亚同她搭讪了几句，父亲支吾了一声。午休时间一到，他们就送客。吉家的热情、随和与庄家的冷漠、刻板形成了对照。但最终庄家父母为了庄建非夫妇的和好，实为儿子能出国来到了花楼街。至此，以庄家为代表的"珞珈山文化"和以吉家为代表的"花楼街文化"的碰撞以"花楼街文化"即市民文化的全胜而告终。庄家父母的失败不仅仅是无可奈何，而是他们自觉的价值选择，为儿子出国选择了实际、实在。也许池莉对知识分子家庭的枯燥有挥之不去的情结，四年之后，她又描绘了一个"庄家"——温泉家（《一去永不回》）。温功达、张怀雅夫妇思想僵化，等级观念很强，没人情味，瞧不起工人。温泉的出走，表明作者对知识分子枯燥、理智的唾弃。

《小姐你早》等小说继续歌颂市民的生存智慧。《小姐你早》中的戚润物，虽然是高级知识分子，但古板、迂腐的她早已与现实生活脱节，面对突如其来的家庭变故，她手足无措，最终在文化层次比她低一大截的李开玲的诱导下，才渐渐恢复女性的自觉意识，并重新找到自信。"不知不觉地对社会有了一些新的了解，对生活产生了一些新的认识，接受了一些新的观念"，并能像个地道的"小市民"那样聪明起来，对丈夫实行盯梢并寻机给以致命的报复。在这个故事中，不是知识分子启蒙了市民，而是市民改造了知识分子。《你以为你是谁》中的湖北大学中文系李老师简直就成了一个可笑的小丑，装得很高雅，可一肚子低级趣味。他从骨子里喜欢汉口小市民的生活方式，打麻将、跳舞、唱卡拉 OK，样样都来。他的可笑在于明明摆脱不了市井趣味的吸引，却又总要为自己找一个冠冕堂皇的借口，以使自己高于周围的人。别人邀他去打麻将，他心里想去，嘴里却说自己很忙，正在写一篇论文，并夸耀说将以英、法两国文字发表。陆武桥骂一句粗话，他赶紧记下来并写上解释，以便以后写论文时用。《白云苍狗谣》中的黄头为表示对领导的尊重，竟在大冬天里穿西服。《霍乱之乱》里的防疫站主任闻达脚上总是穿着一双不同的皮鞋。这些人物似乎远远地落在时代后面，而且生活知识太浅薄。

而《生活秀》中的来双扬则更是池莉着力塑造的一个"市井英雄"。她从小在吉庆街小小的商海中漫游，在艰难的闯荡中，打出了一片江山，也练就了机智练达的处事本领，形成了倔强而又泼辣的独特个性。她是来家唯一挑大梁的人，熟谙平民社会的生存法则，具有高度的生存智慧和很强的生活能力。"她做起事来，只要能达到目的，脸皮上的风云，是可以随时变幻的，手段是不要考虑的。"还有《你以为你是谁》中的陆武桥也被作者塑造成一个完美的市井英雄。他敢爱敢恨，有情有义，样样拿得起放得下，因此不但引得他的妹妹陆武丽对他有一份说不清道不明的情愫，连女博士宜欣也和他发生了火山爆发般的爱情。总之，池莉一写到市井就充满感情，就流露出赞赏，尽管有时也不回避市井的粗俗、低鄙和丑陋的一面，但这一面常被淡化，她写得最成功的是市井人物。

此外，从文体上来说，池莉小说具有浓郁的"市井传奇"特征。银行抢劫、高楼爆破、商品传销、电脑犯罪，窃取他人的存单、开各种各样的公司、突然的继承遗产……五花八门，无奇不有。池莉的"市井传奇"风靡全国，满足了大部分想致富而没有致富的读者对于金钱的那份渴望和对于花花世界的那份好奇心。

在语言上，池莉也惯用市井俗言俚语，池莉曾说："我的小说还远不够形而下，远不够贴近生活本身。"[1] 在这样一种写作态度的支配下，池莉常常自觉运用世俗化的语言，大量使用城市口语和日常用语，最纯粹的语言状态和最纯粹的生活状态达成共识。我们可以在她的文本中随意挑出一段——

> 儿子挥动着小手，老婆也扬起了手。印家厚头也不回，大步流星汇入了滚滚人流之中，他背后不长眼睛，却知道，那排破旧老朽的平房窗户前，有个烫着鸡窝般发式的女人，她披着一件衣服，没穿袜子，趿着鞋，憔悴的脸上雾一般灰暗，她在目送他们父子，这就是他的老婆。你遗憾老婆为什么不鲜亮一点吗？然而这世界上就只她一个人送你和等你回来。（《烦恼人生》）

在这段话中，"儿子""老婆""鸡窝般发式""灰暗""鲜亮"等，一律是日常用语，不具有任何喻义，在纯粹的语言状态中，生活真实呈现

---

① 池莉. 怎么爱你也不够［M］. 南京：江苏文艺出版社，2000：181.

出来。

再看《太阳出世》中的一段：赵胜天刚把妻子和女儿接出产院，忙得不可开交。他父母来看望孙女，一进门做儿子的就说："劳驾你们，你们请回。"给父亲倒茶时又说："喝了走路吧，我要干活。"当父母嫌儿媳欠礼貌，要教训时，赵胜天给父母双手作揖："你们就别给我添麻烦了好不好？劳驾！"这段话以实录的方式复现了市民家庭里的日常对话，不带任何伦理道德或文明礼仪的面具，给人以"真人真事"的感觉。

相对于"新写实"意义上的再现客观真实的语言策略，池莉作品中以通俗甚至粗俗的语言展示世俗人生，俗人俗语、世俗之见也成为作品一大特点。

《冷也好热也好活着就好》中池莉对纳凉情景的描述："长长一条街，一条街的胳膊大腿，男女区别不大，明晃晃全是肉。"不惜使语言"粗俗化"。为了更逼真地摹写本色生活，池莉往往将许多俗人俗语引进作品。同样在《冷也好热也好活着就好》中，猫子在厨房里和邻居大嫂的玩笑，以及公共汽车售票员小骂不肯掏钱罚款的乘客的粗话，都将人物的粗俗、泼辣勾勒得十分真切；《生活秀》中写到来双扬与嫂子金在琴断口广场的一场"厮杀"，将两人对骂的情形细致地描写出来，各种脏话、狠话铺天盖地，来双扬的精明和小金的泼皮，都在各自的语言中暴露无遗。市井社会粗鄙、放浪的一面真实地展示在读者面前。

有意思的是，20世纪90年代《新周刊》曾做过一个专题，将武汉评为中国最市民化的城市——"俗"，武汉人看了并不气恼。俗又怎么了，俗就是生活。武汉的生活才是实实在在的生活，既不故作深沉高尚，又不骄横矫情。或许正是武汉这样的人文氛围才孕育出了池莉这样的深受小市民喜爱的作家，正如池莉所说："文学本来就是俗物，所谓小说就是'大街小巷的说法'，是大雅与大俗的集合。古代有多少好诗是从青楼出来的，流传下来的文学关注更多的就是普通老百姓的寻常生活。"[①] 当有些人不无贬义地把她称为"小市民作家"时，池莉曾这样回击："'俗'这个字在中国文字当中本意不俗，意思是人有谷子，有了人有了粮食岂不是一个美好世界？……是谁在支撑中华民族？是最广大的人民，是最真实的市民，是我们九死不悔、不屈不挠的父母、兄弟。正是他们在恶劣的环境里顽强地坚持了对于生活的热情才有了今天的我们！"[②]

① 庄园. 池莉：文学就是俗物 [N]. 新民晚报，2001—04—01.
② 程永新. 池莉访谈录 [M] // 怀念声名狼藉的日子. 昆明：云南人民出版社，2001：267.

的确如此，池莉的市井小说就如武汉市井细民的生活平凡而又踏实，一步一个脚印，好比我们站在黄鹤楼上看到的遍布武汉三镇的那一条条笔直的老巷，沿着它们就会走得很远很远，一定意义上，它们就是中国当代社会市井风情的缩影。无疑，池莉把市井风情小说的精髓特质发扬开来，取得了令人瞩目的创作成绩。

第三节　岭南情结

这里我们主要以洪三泰为例。洪三泰生于广东省湛江市遂溪县乌塘镇芳流墩村，是广东省人民政府文史研究馆馆员、文学院院长、中国作家协会会员、国家一级作家。他是诗人，是小说家，也是岭南文化研究的学者，一生都在岭南的热土上耕耘。他热爱岭南，歌颂岭南，与岭南有着密不可分的关系。洪三泰的作品中，与岭南有关的事物，岭南地区的方言词汇，岭南人充满干劲与执着的精神，都被刻画得深刻而形象……他的作品牵挂着岭南的点点滴滴，他用质朴的情感来叙写岭南，用一生来研究岭南，用一腔的热情来歌颂岭南。作品的字里行间都体现了洪三泰本身有着很深的岭南情结。除此之外，能体现洪三泰深厚岭南情结的，莫过于他的人生经历了。洪三泰生于地处热带的雷州半岛，自小就在岭南的文化熏陶里生长，他深爱着岭南这片热土。因此，洪三泰那些带有岭南情结的作品，无论是描绘岭南的乡村，还是描绘岭南的都市，都传达着岭南这个随时代的崛起的信息和岭南人对未来的展望。洪三泰的岭南情结，既体现了他作为岭南人对本土文化的热爱，也体现了岭南文化本身所具有的一种魅力。这种魅力值得研究、传播，而洪三泰作为具有岭南情结的作家的典型代表，更值得我们去探索。洪三泰对岭南一个时代的记录，将能让我们汲取经验，让岭南文化更加丰富，使我们在未来的道路上越走越好。本节主要从洪三泰作品的内容、语言，以及其自身经历等几方面对岭南情结进行探讨。

一、岭南情结的含义

关于岭南，《辞海》是这样诠释的：指南岭以南地区。[1] 现在对于岭南，我们常特指广东、广西和海南。而"情结"一语是于1898年所创，由荣格在与弗洛伊德合作的时期发扬光大，荣格将情结形容为"无意识之中的一个结"。我们可以将情结理解为一群无意识感觉与信念形成的结。那么，我们也可以如此理解：情结是一种心理学术语，指的是一群重要的无意识组合，是一种藏在一个人神秘的心理状态中强烈而无意识的冲动，岭南情结可以理解为：与岭南这个地域有关的某种无意识的冲动。作为土生土长的岭南作家，洪三泰作品里无不透着浓浓的岭南气息。洪三泰对岭南的情感是深厚的，由于这份深厚的情感，他在写这些以岭南为背景的作品时是怀着对岭南浓浓的爱意的，这份爱意在作品里展露无遗。因此，在有意识或无意识冲动下，洪三泰的岭南情结就能浮现出来。本节主要从洪三泰的诗歌、小说、散文和纪实性传记四方面着手，全面阐释洪三泰作品中的岭南情结。

二、诗歌中的岭南情结

1. 岭南的意象

洪三泰20世纪70年代初因写诗一举成名，其代表诗作《天涯花》中，第一辑的主题是"热"，第二辑的主题是"绿"，第三辑的主题是"花"，第四辑的主题是"帆"。岭南地处热带和亚热带，近海，而《天涯花》中提到的这些事物，无不是岭南风情的体现。"热"是岭南的写照，"绿"是岭南的森林草木的颜色，"花"则是岭南终年姹紫嫣红的景色。而"帆"，也是岭南人家常见的一种事物，作为近海的岭南人，海上讨生活更是少不了船，而船，自然也少不了帆。这些景物的描写，都为我们呈现出一幅灵动的岭南画卷。

"沉闷的旱天雷，挤瘪了雷州山水。"[2] 雷州地属岭南，是洪三泰的家乡。在《天涯花》中，洪三泰用了各种与岭南有关的意象，组合成一处他内心世界的乌托邦，也抒发了对这片红土地的赤诚之情。菠萝、海浪、渔

---

① 夏征农，陈至立. 辞海 [M]. 上海：上海辞书出版社，2010：446.
② 洪三泰. 天涯花 [M]. 广州：花城出版社，1981：23.

火等，这些岭南的特色都无一例外地出现在诗里。洪三泰写这些意象，都不是刻意地营造，而是一种情到深处的油然而发，是对自己生于岭南、热爱岭南而产生的一种感慨，是一种无意识下对内心世界的抒发。洪三泰如是感慨："不热，哪有座座蔗山，层层粮垛？"洪三泰生在盛产甘蔗的遂溪县，记忆里家乡总是带着甘蔗的影子，那是属于家乡的一种产物，那些产物，在洪三泰的诗中得以呈现，也在洪三泰的感情中得以表现。

这首诗里，洪三泰的感情始终是昂扬的。洪三泰从岭南走来，带着诗歌里的炎热，感受着雷州半岛的生机，品味着座座蔗山的甘甜，踏过片片粮垛的金黄。洪三泰在家乡的热浪里，写出了自己浓浓的情感，写出了雷州半岛的人们不畏炎热的艰苦奋斗精神，更写出了岭南这片红土地的人杰地灵。

在另一部诗集《孔雀泉》里，洪三泰一样用了各种各样具有岭南特色的景物来布局。诗集《孔雀泉》就是他那机敏的诗人感官和圣洁心智的产物。从诗集中可以看出，他有一双诗人的慧眼，善于发现诗情：生活中虽然到处储有诗的矿藏，但并非每块石头、每撮泥土都是诗料，需要诗人的寻找和发现、挖掘和提炼。洪三泰怀着赤子之心，踏遍了南海、深圳、雷州半岛、海南岛、瑞丽江畔、西双版纳与扣林山阵地……不懈地寻觅着、追求着。他转动着诗人的慧眼，从平凡见出伟大，由现象看到本质，自偶然透视必然——这是诗人丁国成对洪三泰诗歌《孔雀泉》的评价。① 洪三泰在《孔雀泉》中还歌颂了海南岛、歌颂了海南人——"可爱的海南人，也像椰子树一样，腰杆是挺直的，果皮是坚硬的，灵魂是雪白的，内心是甜蜜的。"② 洪三泰对岭南的感情就像是孩子对母亲的感情一般，赤诚、自然。

"孕育在滚沸澎湃的南海，诞生在犬齿狼牙般的浪尖之上，在南中国的太阳之下冶炼，淬火于苦成之中清甜之中、芬芳之中。在人间疑惑顾盼的时候醒来，从清心寡欲的岁月开始幻想，以沉重的间或轻松的步履走向，3 月的温顺 5 月的嗔怒，6 月的烦躁 7 月的呼号，八九月里重复着摧枯拉，南风啊南风啊，南来的圣洁的神风啊。"③ 在洪三泰的第三部诗集《野性的太阳中》，作者更是借助岭南的标志——南海、太阳、风来抒发对岭南的热爱。

---

① 洪三泰. 孔雀泉［M］. 广州：花城出版社，1984：15.
② 洪三泰. 孔雀泉［M］. 广州：花城出版社，1984：15.
③ 洪三泰. 野性的太阳［M］. 广州：新世纪出版社，1987：5.

2. 岭南的热

岭南地处热带和亚热带，而洪三泰生活的雷州半岛是热带地区，夏季炎热无比，时而狂风暴雨时而烈日当空。这种气候于人们而言，似乎是难以隐忍的。就连洪三泰自己虽然也曾因为台风毁过芭蕉、蜂窝，暴晒使土地干涸，暴雨淋过甘蔗而伤神怨恨过这种气候，却始终保持着对岭南的喜爱。洪三泰对岭南的情感，始终是那么质朴和纯粹。

岭南的热，是天气热，也是人的热。洪三泰在借岭南的热书写岭南的美，歌颂岭南人民的不惧艰苦的精神，感情至深，言辞至美——"太阳的路就在这里，这里是阳光的王国，储藏着热力光芒和希望。""说起热，有人全身冒汗，有人双眉紧锁，我们宝岛人才不怕哩，面对热，乐滋滋，笑呵呵。"

三、小说中的岭南情结

洪三泰的长篇小说《风流时代三部曲》（《野情》《野性》《又见风花雪月》）被誉为"都市文学的翘楚之作"。这些作品中，岭南文化的渗入随处可见。如小说《野性》，以改革开放时期为背景，叙述了几个主人公在商场上的明争暗斗，为财富不择手段的他们，最后都不得善终。故事中，地理背景是具有两千多年历史的百步街和泯江流域山区大金矿，人物也多是来自岭南地区。《野性》直接切入中国当代的改革开放，表现了洪三泰对岭南崛起的关心、对岭南经济快速发展的感慨和担忧，而这种担忧，正是由于洪三泰对岭南有强烈情感而产生的。洪三泰的小说表达了一种都市欲望建设的坠落。这种坠落，是洪三泰自己的一种反思，更是作为一个岭南人责任感的体现。洪三泰把诗歌中强烈而纯粹的情感收拾了一番，从热闹热情的诗歌回归到都市迷雾里的小说情节，用笔杆为岭南的曾经描绘了深深的一笔，用诗人的热忱和作家的凌厉，为这个时代的岭南奉献了自己的一份力量。"这是最好的时代，也是最坏的时代"[①]，洪三泰便是以这种认识表达了自己对这个时代的岭南的关怀。

在另一部小说《野情》中，岭南背景也是洪三泰作品必不可少的一个元素。小说叙述了在沉浮的房地产漩涡里，南中国国企房地产巨子魏巨兵和神秘富豪刁达八等，在广州房地产市场上展开的惊心动魄的角逐。在洪

---

① 郭小东. 论洪三泰 ［J］. 肇庆学院学报，2001（3）：7－9，28.

三泰的小说中，五星级宾馆、猩红色的的士、粗暴但是豪气的暴发户是常见的字眼。相对于诗里岭南的生机与灿烂，洪三泰都市小说里的岭南，带着一种都市黑夜里的迷离和沉醉。像是新长出的皮肤总在搔痒一样，崛起的岭南像是在经历着一个灯火辉煌、纸醉金迷的夜晚。洪三泰把岭南房地产市场的晴朗和阴晦、狂热和骤冷、烦嚣和孤寂生动地展现了出来，同时，洪三泰也写出了人生莫测、世态炎凉的感慨。洪三泰用细腻而别致的情感演绎着岭南都市的辛酸苦辣。毒辣的阴谋陷阱、跌宕曲折的故事情节、环环相扣的悬念，使小说充满了无限的艺术魅力。

在《野性》中，洪三泰时不时会提到巴西铁树（一种热带亚热带地区的植物）马爹里和各种中西方混用的词，如 Ps 小姐，Es 小姐。那个时候的岭南，正是经济高速发展的时候，物质的快速上升与随之而来的精神上的迷失在小说中有很具体的刻画。洪三泰作为一个岭南人，既写了岭南美的一面，也赤裸裸地描绘出了岭南的另一副光景。这些社会百态的描写，是基于对岭南有着深厚的情感和深刻的了解，而这些描写，也体现了洪三泰的岭南情结。

在洪三泰的小说中，对于岭南直抒胸臆地表达自己情感的话语并不多。然而，我们还是能在洪三泰作品的描绘中找到他对岭南的深沉情感。在岭南上演的一幕又一幕灯红酒绿，昭示着岭南的崛起和繁华。

岭南人的干劲，在《野性》中得以表现，以主人公山狗为首的新一代商人，在商战的磨炼中，学会了依靠智慧、胆识魄力和无畏的献身精神来掌握自己的生活和命运。他们都是岭南商界精英的代表，带着根深蒂固的弱点的同时，也带着光芒四射的激情。在他们的身边，是改革开放后快速成长起来的新一代广东人。

当然除了都市小说，洪三泰的其他类型的小说也很有岭南特点。作品《女海盗》就是以雷州半岛为地理背景的。女海盗的故事发生在清朝末年，洪三泰塑造了以"女海盗"石白金为代表的一批抗法英雄。作品弘扬中华民族的伟大抗争精神的同时，更展现了神奇、神圣、神秘的雷州半岛的民俗、文化和历史渊源。"千万年的季风掠过南海、印度洋……神秘、神奇、神圣的雷州半岛在苍茫中守望。一百年前，一个女海盗从浪尖上滑过，于是，在人们的脑海里掀起了惊心动魄的海啸。女海盗已随风逝去，一种灵光却成了海天的永恒，命运之舟靠谁驾驭？生与死由谁主宰？是什么让大海失去了重量?"① 这是《女海盗》的前言,这是洪三泰熟知的雷州半岛,洪三泰写这些时心中必然有一个岭南,不然,怎么会写得如此生动传神呢?

作为雷州的儿子,洪三泰的作品都带着对岭南深深的情意,这种情意都是岭南情结的表现。而在小说《女海盗》中,洪三泰既写了波澜壮阔的悲壮史诗,又糅杂了民俗文化的风情画卷。他写的故事引人入胜,构造的情节生动曲折,描述舒展细腻,语言凝练简洁。洪三泰生长于红土地和蓝海洋的环境里,有着深厚的岭南文化底蕴。小说表现了雷州汉子的血性、血气和血脉,表现了洪三泰的爱国情怀,更表现了作为岭南人对岭南历史的关注与关怀。

四、散文中的岭南情结

洪三泰著有散文集《心海没有落日》。在第一辑中,用"依依乡情"这四个字来概括。洪三泰的散文几乎全是关于岭南的,由此可见他对岭南的深情。从干旱时期人们的苦难时光到小巷里的岁月变迁,从蜂窝里的香甜蜂蜜到父亲辛苦耕作的场景,洪三泰对岭南的情感,就像是装在玻璃罐里的一罐沙,密密麻麻,不留空隙地塞满了整个空间。巴尔扎克说:"感情在无论什么东西上面都能留下痕迹,并且能穿越空间。"无疑,洪三泰那份情感的阳光,总在外物之下留下美好的影子。我们跟随着他的笔尖在那片岭南的热土里恣意畅游,有辛酸,有甘甜,我们看到了一个岭南文人对岭南深沉淳朴的感情。而对于这些,洪三泰在接受采访时也说道:"我是雷州的儿子,我热爱雷州。"

洪三泰的诗歌都以太阳来命名,如《野性的太阳》《太阳的路》,而这次的散文集依然离不开阳光。岭南地处热带亚热带,阳光充裕,想必在洪三泰的记忆里,太阳是最常见的、最温暖的事物吧。

在"依依乡情"一辑中,我们不禁体会到了洪三泰心灵的战栗。月晒场,乡亲在梦的呢喃里蕴含着对烈日旱天的恐惧和对雨水的渴求;"父亲赤着脚——那脚皮兴许有铁皮似的厚茧,不怕喷发着火苗的砂路。他牵着牛绳伴着黄牛走。天上地下,是雷州特有的火焰的世界。晒得乌黑铮亮的脸和额头沁出橙黄橙黄的汗珠。他走得很悠闲,还不时哼两句焦黄的雷歌。在点着了火的旷野里,焦黄的雷歌传得很远很远。车子很沉重,父亲

---

① 洪三泰. 女海盗 [M]. 广州:花城出版社,1981:17.

扎着虎步，肩扛车辕，脸上滚烫发热，红里透黑，汗水稠稠地凝在额角上。黄牛拼命吮吸着桶底的残汁。赤泥飞卷百里，火焰弥漫着整个世界。父亲扶着车辕在烟尘中缓缓前行，焦黄的太阳下，两道车辙逶迤远去。在火的世界里，父亲和黄牛以及那辆负重的车，永远烘不毁，永远向前行进着。"① 悠悠牛车路上，父亲在烈日下对着老黄牛、雷州半岛这个充满雷火的地方，苦楚埋藏在三泰的心海里。而散文中祖母虔诚地跪在烈日下，希望感动苍天，祈望降雨的这一形象更是令无数人为之心酸落泪。洪三泰如是写道："我看见她的银发仿佛在火焰里燃烧，一串旱天雷从土岗的上空滚过，滚向西天，很沉很闷。"这是记忆里雷州半岛旱灾的场景。幼年的洪三泰便是在这样清苦的岁月里，牢牢记住了关于岭南的点点滴滴。

在《蜂魂》这篇散文中，洪三泰更是把自己所经历的那个时代的风霜全部写出。雷州大地常有的干旱、台风，还有那个时代割资本主义尾巴的人祸，都让父亲养的蜂经历了一次又一次的创伤。终于时光走过，当烧焦的杨桃树再次长起绿叶，甘蔗地一片香甜的时候，蜂又重新飞舞起来，洪三泰用怀旧的笔墨写出了岭南的蜕变。洪三泰写的是蜂魂，歌颂的却是老一代岭南人坚韧不屈的品性。相对于小说，洪三泰散文里的岭南有着淡淡的忧伤，也有着诗歌的美感，那种岭南气候的燥热和洪三泰笔下的幽静形成一种鲜明的对比，雷州时而多雷时而多雨又时而干旱的气候，给了村里的农作物带来一次又一次伤害。靠天吃饭的农民在洪三泰的笔下被刻画得栩栩如生。我们仿佛穿越了时空，看见了活生生的那么一群人。

五、纪实性传记中的岭南情结

在纪实性传记《利焕南和他的伙伴们》中，洪三泰笔下的主人公，就是从广东河源的一个小山村里打拼出来的人物，他叫利焕南，香港著名的爱国企业家。洪三泰用极其生动、详尽而富有哲理色彩的语言叙述了利焕南及其他的伙伴们创立、发展金鹏集团的动人故事。洪三泰把岭南企业家身上的艰苦奋斗的精神描绘得淋漓尽致，而这些，在洪三泰的都市小说中也有相应的表现。作为本土作家，洪三泰描写岭南的人物总是驾轻就熟。《利焕南和他的伙伴们》这部传记伴随特区深圳前进步伐的艰苦创业史，是中国经济特区建设中优美、独特的插曲，是岭南崛起的一个缩影，让我

---

① 洪三泰. 心海没有落日 [M]. 广州：花城出版社，1992：20.

们在广东这片热土上看到了新的生机和希望。① 而另一本书《高考状元——庞溟素质成长纪实》，介绍了1998年广州地区高考文科状元庞溟的成长经历，包括幼年、童年、少年，朋友、家庭、老师、社会等内容。② 洪三泰如实地记录了庞溟幼年、童年、少年的成长，这本书使得广东省教育局对下一代教育方式的思维有了很大的转变。而作为敢为人先勇立潮头的岭南人，迈着改革的步伐，洪三泰的纪实文学无疑是给岭南的经济发展和素质教育提供了很好的一个蓝本。

六、作品语言所体现的岭南情结

作为土生土长的岭南人，洪三泰的一生都在与岭南这块热土联系着，生他养他的岭南，给了他无数的熏陶，而这些熏陶在洪三泰作品的语言中也有着深刻的表现。

"山狗哥哥，还记得英都酒店207号房吗？" Es小姐诡秘地凑近山狗的耳朵："嘻嘻，我俩都顶你唔顺。"③ 在粤语中，"顶"有"接受、受"的意思，"唔顺"有"通不了、不通"的意思，带反对的味道，所以"顶唔顺"就是"受不了"的意思。在《野性》中，这样有着广东方言的语句被洪三泰运用得恰到好处。而在称谓上，"靓女"等具有粤方言特色的词也是比比皆是。而这些词，若不是知晓岭南文化的人，是很难明白的，而洪三泰就是这样用广东白话的语言写了出来，带着广东人特有的语言风格。

在另一部小说《野情》中，洪三泰也大量运用了粤语，读起来十分有地方特色。小说人物张清婷是广州摩天建筑总公司的靓女，22岁，脸蛋红润，身材苗条，是某名牌大学建筑系硕士研究生。魏巨兵让她在身边当秘书，使整个办公室都"威水"起来。④ "威水"一词，是粤语口头禅，意为"了不起"。

而对于岭南语言尤其是白话的特色，洪三泰在接受记者采访时也如是说："的确，粤语是属'水'的，而'水'字在粤语里正是被使用得最多的单字之一：醒水（机灵）、反水（背叛）、散水（分手）、一头雾水（不明白）、心水（喜欢的）、威水（了不起）……五花八门，数不胜数。它们表达的意思也千差万别。粤语为什么钟情'水'字？因为广东是'咸淡水

---

① 洪三泰.利焕南和他的伙伴们［M］.广州：广东人民出版社，2001：24.
② 洪三泰.高考状元—庞溟素质成长纪实［M］.广州：花城出版社，1997：1.
③ 洪三泰.野性［M］.广州：花城出版社，2000：19.
④ 洪三泰.野情［M］广州：花城出版社，2000：15.

交汇'的地方，同海洋文明有着天然的接触；珠江日夜奔流，咸淡水最后交融在一起。广东的'粤'字，是古代土著语言的音译，意思是"水"。以前也用过'越'字。'越人'就是'水上之人'，或者居住在海边的人。水润古今，它赋予了广东人什么样的文化禀性？开放、包容、平和、灵活。粤语是一种软化的语言，很人性，可以从中看到粤人为人处世的方法。"① 在这一段关于岭南语言粤语的采访中，我们不难看出洪三泰对粤语研究的透彻。因此，在其作品中，常常出现的粤语词汇不得不说是洪三泰下意识里的表达。一个人，尤其是一个作家，在描写熟悉的事物时，总是信手拈来，不费什么力气，因此，洪三泰在描写岭南时总是浑然天成。由于对粤语的了解和受岭南文化的熏陶，洪三泰内心滋生的岭南情结便这样展现了出来。在《又见风花雪月》中，洪三泰如是说道："一哥一姐，我包尾。都说大仔好疼，女儿可爱，我算什么萝卜、青菜？""只见阿花上前来三下五除二（这口诀是爸教我的，我不知是什么意思，只知道'除'字，是'除裤'的'除'），把我的衫和裤子全除去了。""妈的泪像落雨。"② 在粤语中，"包尾"是"最后一个"的意思，而粤方言中，常常把脱裤子称为"除裤"，下雨称为"落雨"或"落水"。这些生活中常见的事物或场景，洪三泰全用粤语表达出来了，而这些极具岭南风味的文字，也只有土生土长的岭南作家才能写出来。洪三泰正是凭着他对广东语言文化的深刻理解和喜爱，才把作品中的粤方言用得恰到好处。

在散文中，洪三泰也是把粤方言的艺术发挥到极致。在散文《心海没有落日》中，洪三泰这样写道："同伴们全钻进去，双脚撑着两边墙壁，作孙悟空腾云驾雾状。五公又涨红了雷公脸，骂着：'踩崩了墙，割你鸟儿，马骝精！'"③ 粤语中，"马骝"是"猴子"的意思，而小朋友因为调皮活泼，常被形象地比喻为马骝，大人们常在孩子做了错事后，骂孩子马骝、马骝精或马骝仔。在洪三泰的散文中，这些具有岭南风情的语言很多，他通晓粤方言的魅力，更了解岭南的风情，因此在作品中，语言这一块，洪三泰很好地展现了自己的岭南情结。

七、自身经历体现的岭南情结

洪三泰出生在中国大陆的最南端，他青年时期曾在海南岛生产建设兵

---

① 　洪三泰. 粤语属水［EB/OL］. 广东发展论坛——南方论坛. 2010－11－08.
② 　洪三泰. 又见风花雪月［M］. 广州：花城出版社，2000：3，17.
③ 　洪三泰. 心海没有落日［M］. 广州：花城出版社，1992：20.

团长期生活与工作过。不久后他又在农垦部门搞过新闻报道和秘书工作。洪三泰的作品颇多，1972 年至今他总共出版近 30 本著作，七八百万字。他在创作上的成就与他的经历、阅历和勤奋好学密不可分。洪三泰曾在接受采访时说道，他每天要写一万字。但是，洪三泰无论是写中越边境的战火和烽烟，还是大西北的绮丽风景，都离不开他的生活之根——岭南。他笔下的人物大抵都和岭南有着这样或那样的关系，即使是描写军旅之事，也是椰风伴海韵、雷歌和渔歌。洪三泰自小长在岭南，他是喝着岭南的水、吃着岭南的稻米、闻着岭南的甘蔗香长大的。

20 世纪 70 年代初洪三泰以写诗一举成名，从此跻身中国文学的最高殿堂——中国作协。在随后的 30 多年间，他在诗歌、散文、报告文学、长篇小说等多个文学领域脱颖而出。10 多年来，担任广东省珠江文化研究会常务副会长、理事长后他所做的工作有：

1. 于 2000 年 5 月间任考察团副团长，考察并确定徐闻为海上丝绸之路最早始发港之一，被任为海上丝绸之路项目开发组副组长；

2. 考察六祖文化、龙母文化、妈祖文化、雷神文化、石狗文化、遂溪醒狮文化、雷州陶瓷文化等；

3. 考察海陆丝绸之路对接通道；

4. 考察南江，拟为南江正名，得到云浮市、阳江市、茂名市和湛江市领导的积极响应和支持；

5. 三到阳江为"南海一号"作考察的准备工作；

6. 考察江门市蓬江区良溪，为之定位为"后珠玑巷"，并召开"良溪—后珠玑巷全国学术论坛"。在《南方日报》发表《良溪溯源》；

7. 考察云浮市云城区腰古镇水东村明清建筑；

8. 参加南江文化全国论坛，提交论文《南江文化的精神特质》；

9. 任《珠江文化》杂志主编、《岭南文史》顾问；

10. 写"南海一号"报告文学《醒来的海魂》，发表在 2008 年 2 月 1 日的《南方日报》上；

11. 创作出版珠江文化丛书共 800 多万字，其中他亲笔写作的长篇报告文学有《开海——海上丝路 2000 年》《千年国门》、散文集《祝福珠江》、长篇小说《女海盗》以及《十家文谭》中的散文《珠江诗雨》等。编写《珠江文化史》共 300 万字，他撰写有当代珠江文化史 30 万字。①

---

① 韦民. 洪三泰. 作家的风格就是作家自己中国评论 [J]. 中国评论新闻，2003（10）：23.

从这些经历中不难看出，洪三泰的一生几乎都在与岭南打交道，无论是雷州半岛还是海上丝路，洪三泰都以积极饱满的态度，用心地描绘着岭南的优美画卷。"洪三泰认为，作家应当站在社会、时代的激流之中做冷静的思考，与社会、时代同甘苦共患难。"① 洪三泰用诗人的情感和务实者的行动对岭南进行了一场深刻的剖析，让自己的足迹洒遍岭南的每个角落，也用自己的一片赤诚，为岭南的明天留下了一笔宝贵的财富。

"洪三泰在得知湛江将举办首届'湛江好人'颁奖活动后非常激动，尽管远在新疆出差，但他还是决定要为本次活动尽自己的一份力。他与湛江红土诗人邓亚明共同合作创作出波澜壮阔的散文诗《湛江：友爱之城》。""洪三泰对这首诗非常用心，经常打电话与我沟通，有一次在半夜一点钟还发来短信商讨。"邓亚明介绍说。② 这是《湛江日报》上的报道，洪三泰对家乡的情感由此可见一斑。只有心怀家乡、心怀岭南的人，才能对家乡所发生的一切如此上心，才能恳切地希望为家乡作出自己的贡献。而洪三泰，用行动证明了这一切。洪三泰用一生在描绘岭南的画卷，他对岭南的那份热爱深沉纯粹，值得我们深思，更值得我们追寻。

洪三泰会讲雷州方言和粤方言，每逢春节，他是一定要回家乡过年的，这种落叶归根的态度，表明了他对岭南的特殊情感。在蓝蓝的大海和宽广的红土地上，洪三泰就是这样，用一生去看岭南、读岭南、悟岭南、写岭南。

洪三泰的岭南情结深刻而厚重，他对岭南的情感渗透进了生命里。在他走过的足迹里，我们似乎可以看到一个岭南人对家乡的虔诚。他的作品、他的人生，都在围绕着岭南进行。

洪三泰作为土生土长的岭南人，在他的作品中有关岭南的事物俯拾可见，他把情感全部倾注在岭南这片土地上，从一个时代的角度多方面诠释了岭南，继承和传播了岭南文化。

---

① 韦民. 洪三泰. 作家的风格就是作家自己中国评论 [J]. 中国评论新闻，2003 (10)：23.
② 刘兵. 湛江：友爱之城 [N]. 湛江日报，2012－08－31.

第四节 香江风情

　　本节主要是写香港著名言情小说家亦舒。亦舒的小说不粉饰生活，不美化现实，展现了真实的香港生活和现代都市人的情感状态，尤其反映了都市女性在香港社会中艰难的生存境遇，高度发展的工商业社会对爱情、婚姻、亲情的异化以及都市人难脱寂寞的命运，探讨了都市女性的出路，揭示了都市人自私、功利、冷酷的人性，表现了香港文明繁华背后的苍凉，香江风情——呈现。

　　亦舒，原名倪亦舒，祖籍浙江宁波镇海，1946 年出生于上海，5 岁时来港定居，14 岁在《西点》杂志上发表其第一部小说《暑假过去了》，15 岁时为《中国学生周报》等报刊撰稿，曾被报刊编辑追上学校来要稿，成为编辑们不敢得罪的“小姐”。中学毕业后，曾在《明报》任职记者，担任专栏作家、电影杂志采访和编辑等。1973 年，亦舒赴英国修读酒店食物管理课程，3 年后回港，任职富丽华酒店公关部，后进入政府新闻处担任新闻官，也曾当过电视台编剧，20 世纪 90 年代初移居加拿大温哥华，专事创作。

　　在香港通俗文学界，亦舒以其特有的魅力与金庸、倪匡分居言情、武侠、科幻小说的首要位置，被誉为“香港文坛的三大奇迹”。亦舒自 20 世纪 60 年代登上文坛后，历时 40 余载，至今仍笔耕不辍。她的创作甚丰，至 2005 年 12 月，已出版作品 240 多部，其中包括散文集和长、中、短篇小说，这是同时代的许多作家都望尘莫及的。亦舒言情小说的主人公大多是中下层职业女性，以香港社会为主要背景，描写她们的生存境遇与心理体验以及爱情、婚姻的经历。亦舒并不是单纯地写言情，而是借言情言社会、言人生、言人性。黄维梁在《香港文学初探》中称赞其小说“有流丽机智的文字、有文学典故、有对文人的批评、有智慧性的人生观察”[①]。任一鸣在《香港女性文学概观——中国女性文学现代行进的分支之一》对其作品的评价是：“充溢着人生智慧和哲理深度，其中贯穿现代知识女性对生活、社会、人类的理性思考……其中透露的时代信息、触及的社会问题以及对香港社会人情世态的描写，使其言情女性文学具有了严肃女性文学

---

① 黄维梁. 香港文学初探 ［M］. 香港：华汉文化事业公司，1988：10.

第五章　汉味与粤港台风情

127

所具有的现实精神。"①

亦舒的言情小说格调清新，情节奇诡，可读性强，不仅在香港流行，甚至风靡于整个东南亚，其代表作品有：《喜宝》《玫瑰的故事》《香雪海》《风信子》《曼陀罗》《花解语》《圆舞》《连环》《朝花夕拾》《异乡人》《我的前半生》《曾经深爱过》《西岸阳光充沛》《她比烟花寂寞》等。

一、亦舒小说的内涵

1. 谋生的辛酸和屈辱

（1）喜宝类下层女性的生存困境

生活并非逛玫瑰园，生命本身异常痛苦，可是——你必须承担责任，克服困难，才能好好生活。——亦舒《人生路》。② 尤其在日新月异、高速发展的香港社会，处在下层的孤女或在单亲家庭里长大的女性抑或是单身母亲，要在这样竞争激烈的都市社会下求得温饱是多么地艰辛。如小说《喜宝》中，聪明的单亲孤女喜宝为了交付昂贵的剑桥学费，一次次地出卖自己，先是英国的中国餐馆老板韩国泰，后是富豪勖存姿。在与勖存姿赤裸裸的金钱交易下，她虽感到屈辱，但她也深知：在这个金钱支配一切的社会要实现自我的发展必须首先拥有金钱，"这是一个卖笑的社会，除非能够找到高贵的职业，而高贵的职业需要有高贵的学历支持，高贵的学历需要金钱"③，于是她只犹豫了 5 分钟，就答应了他的交易，成为他的情妇。喜宝为了生存而向金钱屈服，却不后悔做了这样的选择，她认为："不能怪社会，我是自愿的。"④《银女》中，无依无靠的银女不得不沦落为舞女，成为富少们的玩物。《花解语》中解语的母亲为养解语做人情妇，解语长大了，为了解决母亲的经济危机而做了一个残疾人的情妇。《不羁的风》中的唐清流，因母亲的离世、继母的欺负，一个弱质女子离家出走，在社会上闯荡。可是，她却不曾预料到"无财无势的她，到处都可以看见晚娘脸"，甚至为了生存，她不得不成为富太太的低贱女佣。这些作品对贫富差异造成的命运、心理异化的深刻剖析，表现了都市下层女性谋生的辛酸与屈辱，在生存面前，她们不得不抛弃尊严，忍辱负重地生活

① 任一鸣. 香港女性文学概观——中国女性文学现代行进的分支之一 [J]. 中国现代、当代文学研究，1996：238.

② 钟晓毅. 亦舒传奇 [M]. 广州：广东人民出版社，2000：1.

③ 亦舒. 喜宝 [M]. 深圳：海天出版社，1996：43.

④ 亦舒. 喜宝 [M]. 深圳：海天出版社，1996：44.

着；同时也透视了高度商品化的香港社会人与人之间的金钱关系和财富的魅力。亦舒对喜宝类下层女性为求生存而出卖自己的选择并没有嘲讽，相反的，亦舒谅解她们，对她们抱着真诚的同情，怜悯她们的遭遇，关心她们的命运，她的小说充斥着对腐朽的铜臭味的厌恶。

（2）中产阶级职业女性的职场痛苦

亦舒以中产阶级职业女性为主要描写对象，描写了她们在职场奋斗与挣扎的艰辛与心灵上受到的屈辱与痛苦。商品经济的飞速发展，猛烈冲击着香港社会的原有秩序，交替而来的现代文明也潜移默化地渗透到都市人的心理结构中，改变着他们的价值取向。相对自由的生活方式令不少都市女性走出家门，与男性站在同一水平线上竞争，从事同薪同酬的工作。但是社会上性别压力仍然存在，女性要获得与男性同等的成就就要付出更多的努力，承受着更多的精神痛苦和失落。职场中的辛酸与屈辱、压力与心灵焦躁感，亦舒将这些源于自身的职场感受反映到小说里。如短篇小说《蓝色都市》中，亦舒这样写职业女性的感受：在这狗一般的生涯里，唯一使她安心的是，她独居，回到家，无需同任何人打招呼打哈哈；《城市故事》中，身为酒店公关的"我"，在考虑是否去做情妇，想到自尊问题，得出了惊世骇俗的结论：自尊，与其卖给社会，不如卖给一个人；《曼陀罗》中的婀娜，一个人主编一本170多页的杂志，手下管10多个职员，还打算写一本小说，天天忙得透不过气来，杂志去印刷房的时候，她有三天三夜不合眼的记录；《我的前半生》中的唐晶："我已经卖身给他们九年了，老板叫我站着死，我不敢坐着死。"[1] 等，表现了都市职业女性在谋生过程中艰难的生存境遇与屈辱而又痛苦的心理体验。

2. 谋爱不得的失落

（1）爱情的破灭

亦舒毫不留情地打破读者心中"有情人终成眷属"的美好愿望，无所顾忌地嘲讽爱情的神圣高洁和忠贞不渝，从而突出了对爱情的独特思考：爱情，虚幻而不可捉摸，山盟海誓经不起长久打击，激情一旦过去便会烟消云散。可以说，亦舒没有沉溺于虚幻的、易破碎的爱情，而是以严肃的、冷峻的态度揭示了爱情的虚幻性和易破碎性。在其小说中，难以有至真至纯的爱情，即使有纯真的爱情也如昙花一现即逝。如《香雪海》里的关大雄与香雪海相濡以沫的爱情，最后也因香雪海的死无疾而终；《玫瑰

---

① 亦舒. 我的前半生［M］. 深圳：海天出版社，1996：66.

的故事》里的黄玫瑰与傅家明美好的爱情就是因傅家明的死而只维持了 3 个月；《曾经深爱过》中的周至美与邓永超刚互生情愫，爱情还未开始就已经随着邓永超的飞机失事而曲终人散等。亦舒有意设置故事中人物的死亡来保存这段美好的爱情，或者用死亡来阻断爱情的继续发展。亦舒的这种爱情虚幻主义给小说笼罩上了一层悲凉的气氛。除此之外，在亦舒的小说里少有大团圆结局，即使有大团圆结局，像《我的前半生》《西岸阳光充沛》等，但这些似乎已不属于爱情的范畴，只是现实地过日子罢了。

亦舒以爱情的破灭来解构传统的才子佳人式的爱情童话，揭露了工商社会对爱情生活的异化和摧残。如《我们不是天使》中邱晴有着自己的事业，能以感情的支出换取他人经济的投入，又以付出金钱来赢得他人感情的投入，在她那里，这一切都是自然而然地发生着，没有丝毫道德上的顾虑和心灵上的沉重。又如《玫瑰的故事》中的黄玫瑰，她能够自由、任性地追求自己的爱情，全身心地投入每一段爱情中，是因为她个人有一笔丰厚的遗产，还有着兄长——著名建筑师黄振华的显赫的事业做后盾，衣食无忧。以上这些都说明有了钱才有经济地位，才能自由地追求爱情，所以爱情是极其奢华的一件事。

虽然现实世界爱情走向幻灭，但是亦舒在艺术空间里追寻着在现实中难以获得的爱的意义。一方面以一种虚拟的图景，想象和揭示着爱的内幕，另一方面故意模糊了现实和科幻的界限，把对现实世界的无奈转化为对未知世界的期待。现实世界的爱情已经被金钱严重物化了，尤其是处在这样社会下的男性，变得虚伪、功利、自私，只执着于个人事业的打拼，伴侣已变得无关紧要。现代社会的男性形象令人如此失望，而完美的男性形象只能来自外星球。如《异乡人》《天若有情》《天秤座事故》《绮惑》等，或是地球人与外星人达成爱的共识，或是通过外星人的神秘力量使得地球人相亲相爱。由此可见，亦舒小说的科幻性，是她潜意识的心理补偿与心理逃避，也是她残存的希望。这些用科幻形式创作的小说，幻想只是外表，内核还是现实的，在超现实的外表下，透视了现代都市女性在精神重荷下的逃离意识。

（2）婚姻的残缺

在亦舒笔下，难以有幸福的婚姻。曾经美好的婚姻在商业文明的侵蚀下早已变得千疮百孔。都市生活的欲望化和功利化像飞速急转的漩涡，要么把人疯狂地吸卷进去，要么把人无情地抛到一边，从而造成人与人之间的疏离。如《曾经深爱过》中的周至美整日忙于工作，与妻子利璧迦已经长时间没有沟通。明知道妻子已离家多天，工作也早辞了，他还要到匹兹堡出差。因为"我也不过是人家伙计，地位高些薪水多些，并不代表我可以不听命于人。假使有朝一日做了老板，更加要削尖了脑袋去钻，有什么时间寻找逃妻。"① 周至美是典型的被"水泥森林"异化了的人，已经被卷入了欲望的漩涡中难以自拔，变得自私、冷酷。亦舒借这篇小说表现了都市知识分子的病态生存方式，反映了婚姻关系在物质、名利的腐蚀下已经支离破碎。此外，亦舒非常关注都市女性的离婚问题及其对儿童妇女生活与精神的巨大影响，如《我的前半生》《没有季节的都会》《圆舞》《心扉的信》等作品，并以这些作品鼓励女性勇敢地结束名存实亡的婚姻关系，坚强地从失败的婚姻阴影中振作起来，成为独立的职业女性。

工商社会对婚姻生活的异质化，造成了都市人心理的扭曲，尤其男性的自私自保、功利世故令都市女性对婚姻失去期待，促使她们毅然走上了独立自主的道路，如《流金岁月》中的朱锁锁、《两个女人》中的任思龙、《我们不是天使》中的邱晴等。但是独立、自信的职业女生，也有感到疲倦与脆弱的时候，她们渴望从男性身上寻求生存与精神上的安全感，却没有想到男性的"自我中心"反而为她们带来了心灵上更深的寂寞与痛苦。如《我的前半生》中的唐晶，结婚后才发现婚姻生活并不如想象中的美好，"婚姻犹如黑社会，没有加入的人总不知其可怕，一旦加入又不敢道出它可怕之处"②。

亦舒的小说对现代社会中常见的婚姻问题进行了冷静的分析和反思，如反映家庭婚姻悲剧的《我的前半生》，除了涓生的冷漠与多变是导致婚姻破裂的原因外，子君沉溺于舒适的家庭生活，失去精神的自主性，完全依赖男性生存，忽视与丈夫的沟通也造成了婚姻的破裂。可见，都市女性一旦失去了"自我"，沉溺于安逸的家庭生活而不思进取，只会导致自身的悲剧命运。

（3）亲情的冷酷

工商业社会的物欲化与功利化总是将人驱入纯粹功利的、缺乏人情温暖的社会关系之中。在它的影响下，家庭成员之间的关系变得生疏，原本温馨的亲情也变得冷酷。亦舒的作品揭示了血缘关系维系起来的和谐家庭在物欲、功利的侵害下变得面目全非，其表现为小说的女主人公总是有一个冷酷的母亲。如《我的前半生》中子君的母亲在子君离婚后变了脸；

---

① 亦舒. 曾经深爱过 [M]. 北京：中国戏剧出版社，2003：5.
② 亦舒. 我的前半生 [M]. 深圳：海天出版社，1996：153.

《悄悄的一线光》中广田的母亲怕被拖累，吓得嘴巴干得像铁皮；《心扉的信》中守丹与母亲间互相仇恨，反映了亲情的脆弱与不堪一击。在亦舒众多的作品中，只有《假梦真泪》《喜宝》这两部的母亲是真心疼爱女儿的。商业社会的功利原则、自保原则使得亲人之间的关系变得冷酷无情，自爱过度成为自私，自身的利益高于一切。这些母亲颠覆了传统的母爱形象而比较骇人，但是她们只不过是和自私的男性一样，是自私的现代人的一员罢了。

亲情对于都市女性异常重要，尤其是名成利就的职业女性，最渴望的莫过于能"在娘家永远有一个房间、一张床"。娘家的"一张床"不仅仅是一个栖息地、避风港，还是她们的最后一条退路。都市女性对于亲情的期待并非具体的经济支援，而是一个最后的依傍，但是被工商社会异化了的亲情却使她们连最后的一个依傍都失去了。

3. 寻找女性的归宿

（1）女性的选择——经济独立和精神独立

相对自由、开放的都会环境一方面使都市女性受传统思想的束缚减少了，另一方面西方文明的渗入逐渐改变了她们的价值观。传统的家庭妇女依附于男性生存，没有尊严，没有自我，沉溺于安逸的生活享受而故步自封。正如西蒙·波伏娃在《第二性》中所说："家庭主妇在原地踏步中消耗自己，她没有任何进展，永远只是在维持现状。她永远不会感到在夺取积极的善，宁可说是在与消极的恶做无休止的斗争。未来的岁月不会升向天堂，而是灰暗地千篇一律地慢慢向前延伸。"[1] 在西方文明的冲击下，都市女性不屑于成为"装饰在堂皇富丽的大厅里的花瓶"一样的家庭妇女[2]，而且被工商业文明异化了的男性变得自私、冷漠，不再被都市女性信赖，她们终于醒悟：只有自己才可以依赖，要成为独立、自主的职业女性，取得经济独立与精神独立，实现自我的人生价值。

亦舒通过其笔下人物的故事来告诫都市女性，女性唯一的出路是获得独立，只有在经济上独立，才能拥有自信及社会地位，获得他人的尊重，方能以平等的地位与男性面对爱情和婚姻。如《流金岁月》中，蒋男孙的母亲因为没有工作，靠丈夫养活，一生事事要看他眼色。男孙说："多年来她不知道什么叫自尊，卑躬屈膝伺候主子，手指缝间漏些好处来……一

---

① ［法］西蒙·波伏娃. 第二性 ［M］. 陶铁柱，译. 北京：中国书籍出版社，2004：515.
② 卢君. 惊世骇俗才女情—庐隐 ［M］. 成都：四川文艺出版社，1995：259.

定要经济独立，否则简直没有资格讲其他！"① 蒋男孙靠着努力工作，获得了经济独立，改变了其母亲这一代人没有尊严的传统妇女的命运，并得到了一直轻视她的祖母的尊重。又如《悄悄一线光》中，作家王广田被丈夫抛弃，独自养育女儿，仅存的微薄积蓄还被前夫取走，生活陷入困境。作者通过人物的口告诫读者："王广田身边如果早有节蓄，母女就不至于沦于绝境，许小姐，你要鼓励年轻妇女先搞好经济，再谈恋爱。"② 都市女性处事立身，只有学会自己保护自己，获得经济的独立，才有条件去追求爱情与婚姻。

在被金钱滋养得生机勃勃的现代化国际都会城市里，女性如果缺乏精神独立性，其命运仍旧是悲惨的。如《没有月亮的晚上》中的海媚失去了精神上的自主性，把自己的身心先后寄托在律师陈国维、花花公子朱二身上，却只是从一个男人身边走到另一个男人身边，从一个牢笼走到另一个牢笼，她始终无法摆脱男人们的控制。又如《不羁的风》中的唐清流，从主人刘太太处继承了一笔庞大的财富，刘太太给她财富的原意是想看看能否使她改变命运。但是，有了钱后的唐清流却逐渐失去了精神独立性，沉沦在金钱带来的物质享受中，挥金如土地在豪华游艇上搞派对，玩着她永远也不可能追寻到的爱情游戏，成为另一个刘太太，人生中很难再有快乐，只是寂寞地过日子罢了。精神独立能使都市女性拥有独立的人格，摆脱金钱对她们的诱惑，最终获得独立。上述作品同时也揭示了金钱对都市女性精神的腐蚀。

英国著名女作家弗吉尼亚·伍尔夫在《一间自己的屋子》说："经济独立可以使女人不再依赖任何人；有一间自己的屋子，女人就可以平静而客观地思考。"③ 都市女性只有在经济上独立，走出一条女性自由之路，不满足于传统的被男性保护的命运，才能拥有独立的思维，获取精神独立，开辟一片属于自己的天空。

（2）女性的归宿——没有答案的出路

尽管亦舒曾在《胭脂》中明确指出了女性的归宿："一个人，终究可以信赖的，不过是他自己；能够为他扬眉吐气的，也是他自己。我要什么归宿？我已找回我自己，我就是自己的归宿。"④ 但是，纵观亦舒的作品，

---

① 亦舒. 流金岁月 [M]. 深圳：海天出版社，1996：63.

② 亦舒. 悄悄一线天 [M]. 香港：天地图书有限公司，2002：241.

③ 钟晓毅. 亦舒传奇 [M]. 广州：广东人民出版社，2000：102.

④ 亦舒. 胭脂 [M]. 深圳：海天出版社，1996：188.

读者不难发现她的这种坚定的思想已经出现了动摇，并且呈现出了矛盾性。如《我的前半生》中的子君、唐晶，她们已经取得事业上、工作上的成功，但是她们仍然感到失意与寂寞，甚至还退回到婚姻、家庭——她们当初极力逃避的地方。

在亦舒笔下独立自主、自信自强的现代职业女性，始终都摆脱不了作为女性固有的传统角色特点：感情细腻、多愁善感、内心脆弱、渴望美好的爱情、幸福的婚姻、温馨的亲情等。况且，香港的生存竞争是如此激烈，都市女性一旦选择了成为独立的人的立场后就得承受着创业或工作过程中的艰辛。在职场中当她们感到疲倦与脆弱时，会期望得到男性的呵护与关怀。信赖与寻求男性保护，是女性的本性，即便是职业女性，也摆脱不了依附男性这种传统的思维范式的影响。她们内心深处渴望着有一位这样的男性给予她们爱和行动上、心灵上的自由，理解她们的追求与付出，理解她们的快乐与痛苦，并在她们需要时给予帮助与支持，使她们得以"做回自己"，又能享受女人的特权——被爱护与照顾。可是，这样完美而又理想的男性在现实生活中难以出现，现代职业女性内心的渴盼也难以实现，所以在现实生活中，她们压抑了内心最真实的需求，理智而清醒地生活着，却终究摆脱不了孤独与寂寞。

由于亦舒在不同的创作时间，对生活的感受不同，反映在不同时期的作品中她对女性命运的处理也有所不同。亦舒对什么才是女性最终的归宿，在其作品中并没有做出明确的答复。而且，在女性走上社会没有多长历史的今天，试图寻找一种固定的女性出路显然是不现实的。女性的出路只有在一代又一代女性的寻找中慢慢得到答案。

4. 现代人心灵的寂寞

寂寞，是亦舒小说的情感基调，更是都市人的共同精神状态。不管是女性，还是男性，都摆脱不了寂寞。他们会产生寂寞的情感，与香港的社会形态有着直接的关系。经济高度发展的同时，生活节奏加快，生存竞争激烈，一方面给现代人带来了过多的压力，使他们变得暴戾、浮躁，另一方面也造成了人与人的疏离。这使得他们面对着丰富的物质生活时也掩饰不了寂寞，而疏离的人际关系和激烈的利益争夺又把他们逼向孤独的困境。这种寂寞与孤独，正是现代工商社会中不可避免的社会心理体验之一。

同属都市一分子的亦舒，其言情小说就现代都市文明造成的都市人心灵的寂寞给予了栩栩如生的描绘和展示。如《风信子》中的季少堂抛妻别女，堕入不可测的情网，也是因为宋树珊的美貌和由在这美貌的底子里所浮现出来的寂寞，深深地吸引着他，使他无法自控："这样寂然、凄艳的鬼，温柔和平地提出她的低微的要求，叫人怎么拒绝呢？"① 《喜宝》中勘存姿的家"表面上看仿佛很美满，其实谁也不知道谁在做什么，苍白而隔膜，自己一家人在演着一台戏，自己一家人又权充观众……"寂寞的他只得央求他用金钱买回来的喜宝："你说啊，继续说下去。"② 《异乡人》中的周国瑾，即使事业上的成功也令她摆脱不了寂寞，只是"从一场会议到另一场会议、从一场宴会到另一场宴会"③。亦舒通过烟花和梦魇这些具有象征、隐喻意义的意象来表达着她的寂寞情结——一个至关重要的悲剧因素。

(1) 烟花的寓意

亦舒喜爱烟花，并以烟花为底子来构筑她的小说《她比烟花寂寞》。此外，又把她的回忆录定名为《烟花树》，并以"寂寞烟花不落泪"之题为序。可见，亦舒多么喜爱烟花。烟花为人们带来一瞬息的绚丽之后，就归于沉寂。亦舒喜欢这种绚烂之后的寂寞，也敏感地捕捉到了烟花消逝后的那片暗色背景，惆怅于繁华过后的寂寞与荒芜。在她笔下，烟花指代了人生的变幻无常。人生中有起有落，有悲有喜，充满了酸甜苦辣，祸福难测。人们热衷于追逐名利，却不知名利也只是如烟花般稍纵即逝。《她比烟花寂寞》中的姚晶，放弃了原本美好的家庭，彻底地斩断了与亲人的羁绊，全身心地投入影视事业。而她所在的那个世界，生存竞争是如此激烈，如书中所写："人是踩着一些人去捧一些人的，弄得不好，便成为别人的脚底泥。一定要爬爬爬，向上爬，不停地爬，逗留在最高峰，平衡着不跌下来，一掉下来就完了。永远颤抖自危，可怕的代价，可羡的风光。"④ 历尽艰辛才挨出了名，但是影视界里新人辈出，姚晶的地位岌岌可危。而昔日影视界的名人在死后不久就被世人忘记，只有记者徐左子对她还念念不忘。人生路上到处都是名与利，唾手可得，欢笑难寻。⑤ 姚晶奋斗了一生的事业，却只绽放了短暂的光彩，就归于沉寂。亦舒以姚晶悲惨的命运，揭示了人生的变幻无常，人们永远无法预测到自己的命运，而名利又如烟花般一瞬息的绚丽过后就会归于沉寂，与其追逐这些不真实的东

① 亦舒. 风信子 [M]. 广州：花城出版社，1986：35.
② 亦舒. 喜宝 [M]. 深圳：海天出版社，1996：38.
③ 亦舒. 异乡人 [M]. 深圳：海天出版社，1996：170.
④ 钟晓毅. 亦舒传奇 [M]. 广州：广东人民出版社，2000：90.
⑤ 钟晓毅. 亦舒传奇 [M]. 广州：广东人民出版社，2000：192.

西，不如及时行乐，也表达了她对繁华背后苍凉的叹息。

（2）梦魇的象征意义

"梦魇"本意是指人因疲劳过度、消化不良或大脑皮层过度紧张而做的噩梦。梦魇时人会有一种压迫感，仿佛被有种不可知的力量控制着，想要摆脱梦魇，却无法睁开眼睛，无法发出自己想要发出的声音，身体也不能动弹。因此，"梦魇"可以用来比喻那些失去主体性、被某种外在的意识形态所控制、又想竭力挣脱这种处境的人的存在状态。冷静、理智的亦舒不会做梦，所以她的小说多是以悲剧的结局代替了传统言情小说的"皆大欢喜"，却以另一种方式——"梦魇"来展示压抑在都市女性现实的面具后最真实的内心需求：渴望得到爱。这也是她们对现实中"无爱"的状态做出的无意识反抗，反映了她们现实背后种种不现实的追求。

《胭脂》中杨之俊竟在梦魇中清晰地看到了自己："一个女人独自蹲在角落，脸色憔悴，半掩着脸，正在哀哀痛哭。看清楚她的容貌，我惊得浑身发抖，血液凝固，这不是我自己吗？我为什么会坐在这里哭？我不是已经克服一切困难了？我不是又一次站起来了吗？比以前更健康、更神气？我不是以事实证明我可以生存下去了吗？我为什么会坐在此地哭？这种哭声听了令人心酸，是绝望、受伤、滴血、临终时的哀哭，这是我吗？这是真正的我吗？"[①] 梦魇中清晰的影像反映了杨之俊独立、坚强的面具下真实的内心形态。亦舒深入地剖析了都市女性的心理状态：在现实生活中她们竭力掩藏了内心的无助，压抑了内心真实的需求——渴望得到男性的关爱，希望男性能为她们分忧解难，只是因为现实是残酷的，男性并不可靠，她们要在都市生存下去就不得不逼自己变得坚强，不得不振作起来去克服所有的困难。

《喜宝》中的姜喜宝在梦里反复收取那些信件，多得数也数不清。一会儿梦见自己在读18岁交的男朋友写给她的信；一会儿梦见自己向陌生人抱怨：自己写了那么多信给他，他却不回信；一会儿梦见自己又在读信，把信递给丈夫看，一家人温馨地在看电视；一会儿梦见自己收到以前爱她的男孩子的信。这样一个完整的梦魇，呈现了一个渴求着无数爱的人在最无爱的困境中的绝望与无助。那些不是信，那些是压抑在她心底里的爱，一封又一封。在梦魇中她最清醒，她需要的不是让她痛苦、心虚的现钞，她需要的是一个爱她、敬她，能和她一起看电视的年轻人。然而在这个无

---

① 亦舒. 胭脂 [M]. 深圳：海天出版社. 1996：65.

爱的世界里，她所有对爱的憧憬只有在她"睡熟"之后才能实现，醒来后她仍会是那个现实到出卖自己也要换来经济满足的喜宝。喜宝在现钞中寻找她的"信"，当然是永远无法找到，这就是她的宿命，她将永远受到这个梦魇的影响。梦魇反映了都市女性种种不现实的梦想，也是她们在现实的压迫下已经放弃了的追求，表现了她们对臆想中好梦成真的热切向往和梦幻破灭后的万般无奈与寂寞。

烟花与梦魇作为一种象征与现实相辅相成，创造了真假相倚、虚实互生的审美功效。烟花的灿烂短暂而寂寞，最终孤单地落入无边而广大的虚空中；而梦魇中，掩藏了都市女性在现实中竭力压抑的情感状态与最真实的内心需求，待她们真正醒来，反而更加迷惘与怅然。亦舒对都市人的生存与精神境况有着清醒的认识和深刻的体会，她冷峻地看着欢乐背后的无奈，成功背后的悲凉。这使她的小说始终荡漾着一种掩不住的寂寞情绪，蛊惑着都市中无数寂寞的心。

二、亦舒小说特色成因分析

亦舒的小说描写的是活生生的现实，揭示了在物质文化高度发展的香港社会中都市女性的生存现状与困境，同时表现了工商业社会中异化的爱情和婚姻、人与人之间关系的冷漠、现代人心灵的寂寞以及自私而又功利的人性。这里从三个方面来论述亦舒小说的成因：个人感情经历与职场体验、高度工商业化的香港社会、传统文化与西方文化的冲突。

1. 个人感情经历与职场体验

作家在童年、青少年时代所受的家庭环境、自身经历的影响，对其性格、心理的形成，对其感知、观察、理解社会与人生意识与方式的生成，对其成为一名作家后独具的描绘、反映社会与人生的审美意识与方式，具有直接的影响。亦舒生长在优裕的家庭环境里，有父母的疼爱、兄长的庇护，但是她日后的感情经历和职场生涯却深深地影响了她，这是促成她悲剧意识形成的重要原因。

亦舒青年时期，曾经历过三次感情挫败，恋爱的挫伤和婚姻的破碎使她"头破血流"，促使她形成了理智成熟的婚恋观。她把这些源于个人的婚恋体会反映到她的小说里面，解构传统的爱情神话，冷静地反思现实，客观地描写商业思潮冲击下的都市爱情、婚姻。

此外，在《明报》担任记者的 8 年间，她作为一位白领女性疾走在职场中，经常采写娱乐新闻，出入影视圈，写名流专访。在这过程中，她接触到形形色色的人物，听到各种曲折离奇的生活经历和感情纠葛，目睹了社会百态，对香港中上层人士的家庭、恋爱、婚姻、事业等体验颇深。可以说，记者生涯丰富了她的情感，锻炼了她的洞察力，使她对生活、人性有了更深切的理解，同时载入她采访本中的人和事，也成为她人生的一部分。① 而在任职酒店的公关部、进入政府新闻处担任新闻官的这 10 余年的写字楼生活，是她人生中的一段重要经历，她将自身的职场感受与痛苦反映到她的小说里，因此她的小说道出了都市女性对职业生涯的切肤之痛。

2. 高度工商业化的香港社会

作家的创作根植于一方水土，他对自己生存的家园着有深厚的爱，在创作中自然会或多或少地渗透其本身的人生经验和情感色彩，反映出作家对一方水土的人文关怀。他的创作必然体现这一方的文化意识和地方色彩，他观照社会人生的方式必然反映了这种文化的特色。亦舒长期生活在香港社会里，因而她的作品有着浓厚的都市味道。正如亦舒的兄长、香港著名科幻小说家倪匡所说的："亦舒自小在香港长大，她的小说和香港人的脉搏频率相同，是地道的香港文学。她的小说不矫揉造作，有着香港人的性格。"②

丹纳在《艺术哲学》里说"作品的产生取决于时代精神和周围的风俗"。③ 马尔科姆·布雷德伯里曾指出："文学和城市之间始终有着密切联系，现代城市复杂而紧张的生活气息，乃是现代意识和现代创作的深刻基础。"④ 二十世纪五六十年代，是香港由转口港向工业化转型的时期。一方面，伴随着工业化的迅速发展，个人的生存受到越来越多的束缚，人的真正本性也受到越来越多的压制。另一方面，高度发展的生产又刺激着人们的消费欲，人的个性被淹没，处于异化的生存状态。二十世纪六七十年代香港的经济起飞，使市民的物质生活水平迅速提高，但随之而来的是生活节奏的不断加快、生存竞争的日益加剧，这自然导致人们对这座城市更加强烈的焦虑感和压迫感。进入二十世纪八九十年代的香港，已经成为国际性的商业大都市，在全球性的经济网络中占有很重要的地位。由于经济的

---

① 汪义生. 文苑香雪海——亦舒传 [M]. 北京：团结出版社，2001：130.
② 倪匡. 我看亦舒小说 [M]. 香港：天地图书出版公司，1986：80.
③ ［法］丹纳. 艺术哲学 [M]. 傅雷，译. 北京：人民文学出版社，1963：32.
④ ［英］马·布雷德伯里. 现代主义城市 [M]. 胡家峦，译. 上海：上海外语教育出版社，1992：35.

高度繁荣，以及这种繁荣所带来的正面和负面的种种影响，极大地改造了香港这个原本就狭窄的、生存竞争又相当残酷的环境。

在香港，欲望成为都市得以繁荣的推动力。"为满足欲望，就要苦苦追求，追求到手，一时满足了，又产生新的欲望"①。香港人这种对物质、金钱生生不息的欲望追求，不可避免地引发了贫富悬殊、人际关系的冷漠、婚姻破裂、老人孤寂等社会问题。

此外，香港还是个充满机会与转机的社会。凭借自身的努力，命运是可以改变的，这是香港社会的生存信条，但是这种改变又是双向的，从富翁到乞丐，从乞丐到富翁同样都只有一步之遥。商品经济的大潮瞬息万变，一会把你抛上浪尖，一会又让你跌下谷底，个人的努力在它面前显得异常渺小。个人命运的不可预知性，使得亦舒在探讨女性的出路时表现了矛盾性。一方面她着力表现女性通过努力重新书写了自己的命运，如《没有季节的都市》中的常春通过努力把握了自己的命运；另一方面，她又表现了女性命运的不可把握性，女性在努力地改变自身命运的过程中迷失了自我，沉溺于金钱所带来的安逸生活，最终放弃了努力，走回上一代人的路，如《不羁的风》《野孩子》等作品。

综上所述，亦舒对香港的风土人情了如指掌，商业社会的物欲横流、人们关系的物质化、都市生活的孤立性与疏离性以及金钱对爱情、婚姻的腐蚀在她的小说里得到了深刻的反映；虽然她的有些小说涉及异域文化，但是大背景基本上是香港。她的小说是香港这个大都市的投影，作品中的悲剧意识与香港生存环境的残酷有着紧密的关联。

3. 传统文化与西方文化的冲突

香港处于中国和西方的交接地，加上百年来的英国殖民统治，这使香港人受着传统和西方双重的文化影响。长期处在香港社会中的亦舒也深受这两种文化的影响，在创作上出现了矛盾性。亦舒小说里的悲剧意识尤其与香港文化上的中西杂陈有着密切的关系。

一方面，亦舒深受中国传统文化的影响。她自小就接触传统文化，熟读中国古典诗词和《红楼梦》。"一句好好的唐诗、宋词、元曲，被她顺手拈来，嵌进她那令人啼笑皆非的挖苦话中，配合得那样天衣无缝，令人不能不佩服她才思敏捷。"② 此外，仅仅一句"纵使举案齐眉，到底意难平"，

① 汪义生. 文苑香雪海——亦舒传 [M]. 北京：团结出版社，2001：150.
② 钟晓毅. 亦舒传奇 [M]. 广州：广东人民出版社，2000：6.

以此为底子，她写出了一个又一个凄艳的爱情故事，如《玫瑰的故事》《香雪海》《风雪子》《寂寞鸽子》《曼陀罗》等。① 她又十分赏析《红楼梦》，甚至认为：只有会说国语，又看过《红楼梦》的人，才算是中国人。她声称《红楼梦》中的对白真是精彩异常，学到一两分即终身享用不尽……她沉浸在传统文化的熏陶当中，继承了传统文化的悲剧精神。亦舒的小说描述了独特真实的女性经验，深入地开掘了女性的情感世界，揭示了都市女性在工商业文明下的精神沉浮和情感困惑以及难脱孤独寂寞的命运。而且，亦舒也继承了香港文学关注平民的传统精神。她的小说通过具体描绘大都会里普通女性日常生活中的悲欢苦乐来揭示真实的社会内容，关注她们的命运并探讨她们的出路。另一方面，亦舒浸染了香港的商业时代气息，又受到西化教育的影响，形成了冷静、理智的现代价值观。但是亦舒也脱离不了传统思想的制约，最终形成了矛盾的性格，影响了她对笔下职业女性的塑造。

首先，这些职业女性的文化身份呈现出复合型的状态：既表现出西化和现代化，又表现出中国传统价值观的一些潜在特征。一方面，由于香港的特殊性，他们受到殖民地式的教育，精神世界出现了西方化的倾向。她们追求独立、自主，在社会上实现自我的人生价值，而不屑于成为传统妇女，在丈夫、孩子身上消磨掉舒适而无用的一生；同时，她们又追求高度的物质文明，如工作时要着装"香奈儿""华伦天奴"，日常则以白衬衫、卡其裤为上品，珠宝要"铁芬尼"，香水要"狄奥"，喝香槟只喝"克鲁格"一个牌子。为人处事上则以"现代性"为指导思想，自爱、自保，一切以个人利益为重，自信、坚强、独立地解决问题、克服困难。另一方面，她们身上有着传统女性角色的优点：忍辱负重、重视亲情与友情，感情细腻等，但也无法摆脱传统女性角色自身的缺点：内心敏感、脆弱，渴望被关爱与呵护等，这注定了她们无法克服对男性的依赖性，对爱情的渴求、对安逸生活的留恋和对传统方式回归的渴望。

其次，价值观念上传统性与现代性交织，造成了职业女性悲剧性的生存体验与精神上的痛苦。现代性价值观是理性的，传统性价值观在香港商业化的冲击下已经失去了现实合法性，无法在理性意识层面立足，处于受压抑的状态，是非理性的存在。但是，亦舒与其笔下的职业女性在情感上却往往是这种非理性的传统性价值观起着主导作用。她们渴求爱情、亲

---

① 钟晓毅. 亦舒传奇［M］. 广州：广东人民出版社，2000：4.

情，克服不了对男性的依赖性，这使得她们在选择了独立后仍然保持着不合时宜的依赖性心理，甚至使她们在取得经济独立时萌生了退回到婚姻、家庭的念头。而理性的现代性价值观又压抑着职业女性一切非理性的情感需求，诸如：爱情、亲情、被保护与照顾等，她们在现实生活里缺少了幻想，理智与清醒地生活着。但是，她们却感受不到真正的快乐，即使事业上的成功也弥补不了她们内心的空虚与寂寞。传统性与现代性这两种价值观的相互冲突，造成了认知与体验、理性与情感之间的矛盾，使职业女性承受着双重的精神痛苦与情感困惑。

传统不会因历史的原因戛然而止，它会潜移默化地成为人的深层心理，使女性在成长过程中依然和传统保持着千丝万缕的联系。都市女性要取得真正的独立就必须不断地与女性几千年来形成的作为男性附属的传统思维模式做斗争。亦舒与其笔下的职业女性在传统与现代的夹缝中生存，她们的痛苦也是夹缝中生存的痛苦。

总之，亦舒的小说展现了香港社会中都市女性的情感需求与社会现实不可调和的矛盾，是情感性悲剧。通过描写都市社会中的"丽人行"，其作品展现了都市女性在生存竞争激烈的香港社会艰难的生存境遇与屈辱而又痛苦的心理体验，表达了她们内心真正的情感需求，倾听她们寂寞的叹息。她的小说在描写高度繁荣的物质文明对爱情、婚姻、亲情的异化与摧残的背后，也隐藏着她对香港繁华背后苍凉的惆怅，揭露了香港繁华背后潜藏的社会问题与都市人自私、功利、冷酷的人性，具有一定的前瞻性与深度。

亦舒的小说解构了传统言情小说中的美好的爱情、幸福的婚姻、温馨的亲情，展示了香港商业氛围下破碎的爱情、残缺的婚姻、冷酷的亲情，具有浓郁的悲剧色彩。亦舒的小说有着对都市女性出路的探索，虽然在其作品中没有得出明确的答案，但是她倡导女性经济独立与精神独立的思想，透露着积极向上、豁达乐观的人生态度。亦舒也在其带有科幻色彩的艺术空间里，把现实中人们对爱的渺茫追求，演绎进现代都市生活中，弥补了在现实生活中难以得到爱的遗憾，淡化了作品的悲剧色彩。亦舒的小说，是活生生的现实，没有幻想，却不失浪漫。

亦舒通过描摹都市人生，把与时代脱节的梦串联起来、展示出来，留给人们的不是悲壮完成，而是苍凉的启示；不是惊天动地的啼哭，而是轻轻的叹息。

第五节　游子心旅

　　白先勇是台湾当代著名作家，其小说集《寂寞的十七岁》《台北人》《纽约客》等广泛描写了浪迹天涯的游子——海外华人的社会生活，散发出缕缕不绝的忧思、孤独情怀，揭示出人类情感的普遍困境与不懈的理想追求。下面对白先勇的小说进行症候式解读，从游子心态及精神分析双重角度挖掘隐藏在小说背后的作者的本心，通过分析白先勇创作时的无意识趋向探寻出文本中的"潜文本"，并且还以无意识解构出作家或者人物的显意识。

　　白先勇创作 20 余年，主要写下了 34 篇短篇小说和一部长篇小说，尽管数量不多，但其作品凭着耐人寻味的艺术魅力和深邃的思想性，受到了广大读者和业界的好评。我们读他的小说，每每被其游子般绵绵不绝的忧思、孤独情怀所深深感染和打动。

　　白先勇于 1937 年出生在广西桂林，父亲白崇禧是国民党桂系高级将领，母亲叫马佩璋。白先勇排行第八，在幼时便因重病被隔离，少时经历战乱，家道中落。在《蓦然回首》里，白先勇道出了他幼时得了肺病，而陪伴他的只有厨子老央。起落不定的逃难生活让白先勇倍觉孤独与无助，然而这种无助并没有让他仓皇而逃。就如白先勇所说："你感到孤绝，因为没有人可以与你分担心中的隐痛，你得自己背负着命运的十字架，踽踽独行下去。"[①] 他意识到，路，还是要自己走下去。

　　1962 年，白先勇的母亲马佩璋去世，他便飞往了美国。《一把青》中的朱青的原型便是白先勇的母亲马佩璋，朱青表现的是惨烈，而白先勇的母亲却是一种壮烈，这位强悍的母亲成了白先勇心中最亮的星，也许这就是在白先勇的大多数文章里都是写女性的原因。他以后的生活不会再出现假装的激情和幼稚的姿态。"他会像是一个生活在别处的局外人，更多地审视他的内心，而服从于他生命的原始情感。"[②]

　　而"父亲白崇禧的荣辱人生对白先勇来说几乎是洞照世事更迭的镜

---

① 隐地. 白先勇书话 [M]. 北京：文化艺术出版社，2009：6.

② 王玲玲，徐浮明. 最后的贵族——白先勇传 [M]. 北京：团结出版社，2001：10.

子。这面镜子让他看到了人世间的丑恶现象，人性的丑陋的一面"①。这面镜子，使他的人生多了一份失落感和虚无感，历史的沧桑也波澜而至。《骨灰》里的"我"一直在寻找为祖国奉献的父亲的骨灰的下落，里面记满了历史功绩，但是因为时局之乱，让他们兄弟一直找不到父亲的骨灰。然而在现实中，白先勇的父亲白崇禧，生前那么辉煌，死时竟是病死在自家床上却无人知晓。

父亲代表的一座华厦坍塌了。白先勇在心中酿出苦涩的酒，便酿出了《思旧赋》里的顺恩嫂来。顺恩嫂的梦境中却没有出现李宅的主人，因为主人——长官说，他要出家了。② 曹雪芹《红楼梦》背后的家族兴衰与白先勇的家族兴衰有致命的雷同。放在白先勇枕边的那本《红楼梦》一直提醒着他，而白先勇也一直在怀念它，此时突然响起了兴叹的奏乐。"《好了歌》：陋室空堂，当年笏满床！蛛丝儿结满雕梁，绿纱今又糊在篷窗上。昨日黄土陇头埋白骨，今宵红绡帐底卧鸳鸯。正叹他人命不长，那知自己归来丧。"③ 如前所述，白先勇从小就跟着家人四处避难，在母亲死后选择了出国留学。在上飞机前，他回望还有父亲的不舍的目光，但是等时局稳定，归来拥抱时却少了熟悉的亲切感，有的只是陌生的繁华。白先勇很想回"家"，但是连"家"门都感到陌生迷茫了。

"白先勇想得很苦的'家'并非一般意义的'家'，这是一种形而上的'家'，在这'家'的意象中应该有白先勇所有的文化理念、人文思想和传统意韵的追求。"④ 他们或许并不想只是在新家园门口徘徊，他们或许也想摆脱那人生的失落的悲哀，但是，"那根深蒂固的文化形态和传统，让他们永远也摆脱不了旧家园，也进不了新家园"⑤。

"这几年来，台北沧海桑田，面目全非，踟蹰街头，有时竟不知身在何方。东区新建的高楼大厦，巍巍然排山倒海而来，目为之眩。"⑥ 在作品《芝加哥之死》中的吴汉魂，他在国外一直努力往上爬，以为可以熬到衣锦还乡。但是等到他得到所谓的物质的时候，家已经不一样了，家人失去了，爱人也失去了，他找不到自己回去和活下去的理由，所以他选择用死亡来结束这毫无意义的生活。而其作品《永远的尹雪艳》中的尹雪艳，象

① 王玲玲，徐浮明. 最后的贵族——白先勇传 [M]. 北京：团结出版社，2001：17.
② 王玲玲，徐浮明. 最后的贵族——白先勇传 [M]. 北京：团结出版社，2001：128.
③ 王玲玲，徐浮明. 最后的贵族——白先勇传 [M]. 北京：团结出版社，2001：128.
④ 王玲玲，徐浮明. 最后的贵族——白先勇传 [M]. 北京：团结出版社，2001：300.
⑤ 王玲玲，徐浮明. 最后的贵族——白先勇传 [M]. 北京：团结出版社，2001：298.
⑥ 白先勇. 姹紫嫣红开遍 [M]. 北京：作家出版社，2011：29.

征着中国、土地、国家，以及冰冷的、不可触及的形象，阻隔了回归的欲望，"回归中国成了遥不可及的梦"①。看似不食人间烟火的尹雪艳，总是那么冷漠却热情地接待失势贵族，她总会站在一旁，叼着金嘴子的三个九，徐徐地喷着烟圈，无限悲悯却无动于衷地看着这些曾经风华绝代的客人们，如狂信者般互相厮杀。尹雪艳就是出现在时代广场在白先勇身后浅浅一笑式的历史嘲弄。

在白先勇发展期最优秀的小说《谪仙记》中，小说的主人公李彤是一个任性、娇纵、奢华的贵族小姐。作者用强有力的笔触，透过她欢乐的表面，写出了她内心深层的痛苦——她的孤独、寂寞和绝望，逐步揭示了她精神崩溃的过程。李彤的悲剧不仅是性格的悲剧，也是社会的悲剧。她在寻找家园，寻找过往专属的爱，但是只能用手抓空一切，她输不起，所以选择逃避，选择彻底沉溺在回忆里。其实这也是白先勇面对的现实，离开台湾，前往国外却不能避免家人的悲惨离去。白先勇失去的不仅仅是"家"，更是一种未知的心灵念力，找不到支撑自己信念的起源，所以失落了的只能是未知。李彤选择用死来寻找通往"家"的通路。白先勇曾说：当你发现你的命运异于常人，你只有去面对它，接受它。逃避、怨愤、自怜都无法解决你终生的难题。②

其作品中最让人目眩的是在挣扎回忆过程中的时间错落问题，《游园惊梦》就是最好的诠释。钱夫人在喝过酒后，徐太太在唱"游园惊梦"的昆曲时，戏里的场景和她仅有的一次"活着"相叠加起来，而蒋碧月和程参谋的亲密场景再一次唤醒了从前钱夫人和郑参谋的场景，两个场景互相交错在一起，时间不再是线性的发展，而在空间里分散发展，因而也就有可能发生着时间的交叉。"在此中，人物既是自己的影子，在无边、重叠的空间下的循环，也在异质交融的困境中分裂"③。《香港一九六〇》与《黑虹》也呈现如此错综复杂扭转时空现象，紧张窒息的画面狂转。

白先勇竟能将人类的荣辱渴望与迷茫表现得如此立体，在"家"门前，我们都错愕了。

"宝莉，不许这样胡闹，你看看，我们的头发和皮肤的颜色都和美国人不同。爸爸、你，我——我们都是中国人。""我没有扯谎！Lolita扯谎。

① 王玲玲，徐浮明. 最后的贵族——白先勇传［M］. 北京：团结出版社，2001：303.

② 白先勇. 姹紫嫣红开遍［M］. 北京：作家出版社，2011：6.

③ 许燕转. 论白先勇小说的"叠置时空"叙事［J］. 广西大学学报（哲学社会科学版），2010（5）：97－100.

我不是中国人！我不是中国人！"宝莉尖叫起来，两足用力蹬地。① 在作品《安乐乡一日》中，宝莉对于自己是中国人很是害怕，因为这并不能让她变得高贵。当时的中国处于纷乱的战争中，加上宝莉从小就没有接受传统的中国文化教育，在浓厚的外国外文熏陶中，她已经彻底失去了作为一个中国人的根基。

在那个年代，背负着种种包袱的中国人，一边在抵抗外人的侵袭，一边失守于外文化，丢了根的那一代是怎样尴尬面对自己的先祖，怎样用不朽的文化去吸附属于中国人的爱。《谪仙记》里的李彤回不来了，《谪仙怨》里的黄凤仪也回不去了。被抛弃在国外的浑水中，她们早已经失去了任性的自由，她们的心还在不在？

在《芝加哥之死》中吴汉魂的太阳穴开始抽搐的时候，白先勇想起了施叔青小说中出现的梦魇世界。"港湾的沙滩上，迈着零零落落的破渔船，船底朝天，让牡蛎吃得一个个黑洞。街上一个老疯妇，独自念念有词，在替她那个淹死在海里的渔郎儿子招魂，她身后不远，两个扮黑白无常的人，托着两条血淋淋的舌头，边走边舞。"② 这是施叔青经验世界的投影，也是白先勇经验世界的投影，一个没落、荒诞、腐蚀的风雨摇摆的孤岛的缩影。吴汉魂心中的芝加哥死了。吴汉魂死了！这是吴汉魂的性格所致？不，这是流浪在异地深受无根感的捆绑所致。吴汉魂是内向的，甚至是自卑的，但是，这些都不会置他于死地！吴汉魂，可以字面理解为中国的古老的魂魄，一种千丝万缕的根，他的死去就隐含了传统文化的衰竭。他在用生命的最后气息来寻找，寻找我们浩瀚的中华优秀传统文化，像光的指引般向着饥渴的文化需要激烈奔去。

而 1977 年开始连载的长篇小说《孽子》（1983 年出版单行本）狠狠给当时的社会扫了一个强劲的风雷，让人们开始不得不去面对和承认这个事实。这是一种突破性的尝试，主要体现在两点：第一，它是一部同性恋题材的小说，但他并没有把它孤立起来写，而是把它和人性的描写、社会的描写联系起来，因此它是一部多层面的小说，表面上是一部同性恋小说，实际上是一部人性小说、现实主义的社会小说。作者在小说中提出许多社会问题，如家庭、社会对子女的关心教养问题、老兵的生活问题，上层官僚对百姓的欺压问题等。第二，在作者的创作道路上，《孽子》在内容和题材方面都是一个重大的突破和里程碑，主要写台湾现在和未来的现实

---

① 白先勇. 寂寞的十七岁［M］. 广州：花城出版社，2001：242.
② 白先勇. 第六只手指［M］. 广州：花城出版社，2001：285.

社会。

《孽子》里的李青是被学校、被父亲抛弃的叛逆孩子，但他还小，他不知道自己要去哪里。李青被迫流浪在公园里，只能贩卖身体存活，是社会抛弃了他们。《孽子》是被放逐于家园的异类，他们只是孩子却要背负着家庭的恩怨、社会的冷漠。他们沉沦了，但还是保有一颗敢爱敢恨的心，他们是一群青春鸟。

阿凤和龙子是一对孽缘野鸳鸯，他们敢爱敢恨，在社会的边缘栖息，毫无畏惧地向世人展开血淋淋的身心。白先勇要让世人在这个现实中看清楚，让世人看到被替代的卑微，低下高昂的头。他们什么都没有，有的只是一份卑微的爱。白先勇说过："人心唯危，瞬息万变，一辈子长相厮守，要经过大考验大修为，才能参成正果。"① 而他们要的很简单，就是理解。

欧阳子认为：在《台北人》中，佛家的"一切皆空"的思想，潜流于底层：人生是虚无，一场梦，一个记忆；一切伟大功绩，一切荣华富贵，只能暂留，终归无迹。所有欢笑，所有眼泪，所有喜悦，到头来全是虚空一片，因为人生有限。② 的确，我们看到，白先勇的作品中充满了这种虚空意识，人物有太多的死亡，不仅是《台北人》，其他作品也是如此。玉卿嫂死了，李彤死了，老画家死了，芝加哥死了，郭轸死了，卢先生死了。白先勇恍然明白，人似乎是逃不出一种超自然的神秘力量。"月余间，生离死别，一时尝尽，人生忧患，自此开始。"③ 老画家面对那只枯死的螃蟹就是白先勇在他的小说《青春》中和命运对话的结晶，但是他抓不住。

白先勇小说中的"死亡"也是反思人类生存状态的一个支点，在对"死亡"的执着思考和表达中，白先勇关注着人类生存的执迷与苦闷。人类陷入了被"放逐"的命运之网中，于此间苦苦挣扎，致使人类又普遍陷入了情感的困境。白先勇在展现"死亡"的必然和人类的生存困境的同时，也在"死亡"中寄予了重生的希望——情感与理想的重生。人生最原始的痛苦在向他启示，死亡只是一场经历的结束，但是活着的人还是需要继续走下去。

这，或许才是我们读白先勇小说获得的最大启示。

---

① 白先勇. 姹紫嫣红开遍 [M]. 北京：作家出版社，2011：6.

② 刘俊. 情与美——白先勇传 [M]. 广州：花城出版社，2009：125.

③ 王玲玲，徐浮明. 最后的贵族——白先勇传 [M]. 北京：团结出版社，2001：18.

第六章　市井民间不同形式的歌者

第一节　汪曾祺：市井浪漫美的歌者

新时期文学以来较早出现的具有"市井意识"的作家，汪曾祺是一个。汪曾祺继承和发扬了市井风情小说的传统，这构成了他小说独有的叙述特征、价值取向。其小说以市井生态景观和世俗文化为主要叙事内容，通过叙述市井文化中的世俗事相和世俗心理来关注中下层民众的生存境遇、行为方式。作品温馨甜蜜、健康向上，充满诗情画意，可以说他是市井浪漫美的歌者。

一、刻意叙说和发掘市井"日常生活的诗意"

在此需特别指出的是，比之于其他只把衣食住行——"饮食男女"作为一种背景的小说，汪曾祺小说明显不同。"饮食男女"等市井生态景观构成了汪曾祺小说叙述的本体，作家努力在"饮食男女"的市井生态景观中挖掘出"生活的诗意""让形而上的世界本原走向人自身的感性生命存在，并在感性存在中敞亮人的生存意义、审视人的生命价值的根基"①，从而品味人生的意义。

汪曾祺的小说向我们展示的是一个自由自在的具有原始意味的市井民间形态，这里充盈着蓬勃、旺盛、健康的生命活力，"是一个任何道德说教都无法规范，任何政治条律都无法约束，甚至连文明、进步这样一些抽象概念也无法涵盖的自由自在"②的境地。这样的市井民间文化形态是自

---

① 欧阳友权. 文学本体研究的方法论问题 [J]. 湘潭大学学报（哲学社会科学版），2004，28（5）117−121.

② 陈思和. 陈思和自选集 [M]. 桂林：广西师范大学出版社，1997：207.

然的、舒展的、欢乐的。汪曾祺在他的小说中所要表达并极力推崇和赞美的正是这样一种充满诗意的人生境界或者叫作生命存在。具体分析汪曾祺的作品，我们会更为深切地感受到其文化意识的市井民间性是一以贯之的，这在他的重要代表作品《受戒》和《大淖记事》中表现得尤为突出。汪曾祺在这两部作品中，以优美的笔调向我们描绘出了一个富有"异质性"的地域。在《受戒》中，是那个法外之地"荸荠庵"。在《大淖记事》中，是"颜色、声音、气味和街里不一样"的"大淖"。这里的一切都显示出一种自然的原生形态，人们的风俗习惯、是非标准、伦理道德与"念过'子曰'的人完全不同"，显示着一种独立于传统之外的文化观念和价值观念。比如，他们把"出家"叫作"当和尚"，不同的说法构成了完全不同的两种内涵。"出家"意味着了断尘缘，灭绝人性，去过一种非人的生活。而"当和尚"，却像"当画匠""当箍桶的""当弹棉花的"一样，是一种谋生的手段或方式。"人家弟兄多，就派一个出去当和尚。"因此，当爹、娘和舅舅决定让明海当和尚时，他"觉得这实在是在情在理，没有理由反对"。况且当和尚还有很多好处："一是可以吃现成饭。哪个庙里都是管饭的。二是可以攒钱。只要学会了放瑜伽焰口，拜梁皇忏，可以按例分到辛苦钱。积攒起来，将来还俗娶亲也可以；不想还俗，买几亩地也可以。"[①]"这里人家的婚嫁极少明媒正娶……媳妇，多是自己跑来的；姑娘，一般是自己找人。他们在男女关系上是比较随便。姑娘在家生私孩子；一个媳妇，在丈夫之外，再'靠'一个，不是稀奇事。这里的女人和男人好，还是恼，只有一个标准：情愿。"[②]

二、"乐天知命、务实圆通"的市井生存智慧

耐人寻味的是，汪曾祺写出了掩藏在生活表面之下的深层次的市井生存智慧以及市井民间生存原则。务实、圆通等是汪曾祺在市井文化视角下观照到的人面对环境的最佳策略，这种人生哲学与中国的文化传统是非常接近的。我们发现，汪曾祺数量并不多的小说中有着许许多多的充满生存智慧的市井民间人物，这些人物活动于各行各业，范围极广。其中有开药店的、开饭店的、开米店的、摆小摊的、制鞭炮的、剃头的、接生的、烤鸡鸭的、车匠、锡匠、挑夫、果贩、更夫、地保、屠户……这些都是各种

---

① 汪曾祺. 受戒 [M] //汪曾祺小说经典. 北京：人民文学出版社，2005：60.
② 汪曾祺. 大淖记事 [M] //汪曾祺小说经典. 北京：人民文学出版社，2005：114.

各样的市井小人物。在汪氏的小说中，随处可见许多身怀一技之长的传奇人物，他们多是下里巴人，"引车卖浆者流"，或为艺人，或为平民，不一而足，但身上总有引人注目、与众不同的特异之处。《卖眼镜的宝应人》中的王宝应"是个跑江湖做生意的"，经历多，见识广，能吹善侃，说"白话"很抓人。《兽医》中的姚有多针法高妙，给牲口治病有奇招，善用针扎，"六针见效"，妙手回春。《鸡鸭名家》中的余老五炕小鸡出神入化，入魔入境，颇有得道成仙之韵味。《八千岁》中的宋侉子相马，堪称一绝。《受戒》里的和尚娶妻生子、赌钱喝酒，甚至在佛殿上杀猪；当和尚和从事一切职业一样，是为了赚钱，受戒则是为了到处云游有斋就吃，还"不把钱"。这些普普通通的平民百姓，凭着自己的特长谋生，立足活命。《皮凤三楦房子》中的主人公高大头是一个当代个体手工业者，他为人机智、豁达而又正直诙谐，颇有扬州评话中皮凤三"皮五癫子"的仗义疏财、打抱不平的侠气。而且对于欺负到自己头上的人，也常用皮凤三式的促狭整得人狼狈不堪。面对文化大革命的飞来横祸，他表面逆来顺受——"除了皮肉吃了些苦，并没有太大损失"，[1] 内心却并不怯懦，他深深藐视那些造反起家的市井新霸，一有时机，就以独特的方式，进行机智的斗争：他帮助中医朱雪桥要回了藏画和房子，写信揭发搞特权的新贵；为了向不给他落实政策的人示威，他在自己9平方米的房基地上盖起了3层近40平方米的住房，因而有了楦房子之典……这些特殊的为生存而斗争的方式都带有市民阶级的智慧与狡黠。对于这样的人物，作家是肯定并欣赏的。

　　巧云被辱，巧云的残废爹当时就知道了，但只能拿着10块钱叹了一口气，巧云虽不情愿，但还是得敷衍刘号长；锡匠们顶香请愿取得了初步胜利后，便只能见好就收——这些都是"忍"；王二觉得自己一个买熏烧的常去听书，怕人议论，这是做人小心谨慎，如履薄冰。[2] 巧云出事后，邻居们知道了，姑娘媳妇并未多议论，只骂了一句："这个该死的。"而十一子被打坏后，大家又"把平时在辛苦而单调的生活中不常表现的好心都拿出来了"——这是无力打抱不平、不愿惹事，但又讲良心讲情份互帮互助；岁寒三友的一举一动都遵循着"不伤天害理，不尖酸刻薄，不袖手旁观"[3] 的原则，锡匠们代代相传的规矩是"义气"，表现形式非常实在：不抢生意，工钱分得公道。而老锡匠对锡匠们的教训则是：价钱公道，童叟

---

① 汪曾祺. 汪曾祺文集：小说卷 [M]. 南京：江苏文艺出版社，1994：342.

② 汪曾祺. 异秉 [M] // 汪曾祺自选集. 桂林：漓江出版社，1987：211—222.

③ 汪曾祺. 岁寒三友 [M] // 汪曾祺自选集. 桂林：漓江出版社，1987：243—260.

第六章　市井民间不同形式的歌者

149

无欺，不随便和姑娘媳妇搭腔——这都是朴素的市井民间道德；云致秋一生"小心干活，大胆拿钱，不多说不少道"，是因为"我一个唱二旦的，不招风，不惹事，有碗醋卤面吃就行了"[①]，这是讲实际，知足常乐；高大头以非常手段智斗两个坏官是以毒攻毒……[②]这些都是支配着市井民间人物活动的基本原则，没有高谈阔论，更说不上什么终极关怀。然而，缺少了哪一条，这些人在民间都很难生存。与这些原则相比，除恶务尽、见义勇为、大公无私、宁为玉碎不为瓦全虽好，但显得过于理想化了。笔者认为，理解这些原则是真正理解市井民间的关键。正是对这些原则准确深刻的把握，使得汪曾祺笔下的市井民间更加可信，也更富有生命力。

三、审美意识上的"野"趣与"喜"气

汪曾祺充分尊重市井百姓的审美趣味，其小说充满"野"趣和"喜"气。它不像精英文学、主流文学那般"正统""文雅""含蓄"，它质朴、奔放，非常放得开，行得远，可谓无拘无束、来去自由、乐观豁达、诙谐风趣。这种"野味"和"喜"气，既表现在作家所塑造的人物形象及所采用的叙述方式方面，也体现在作品的语言特点等方面。

在汪曾祺所创造的文学世界里，市镇小民们的生活充满了野趣。小英子一家四口，种田、喂猪、养鸡、罩鱼、养革荸，生活过得舒适兴旺；穷画家靳彝甫种竹养花、放风筝、斗蟋蟀、赏石章，过得清淡潇洒；炝蛋名家余老五，劳作之余，逛街、饮酒、聊天，闲散自在，而地方名士谈璧渔或闭门读书，或闲逛街头傍花随柳，三教九流、贩夫走卒，全谈得来，活得了无牵挂；而大淖的女人们，可以和男人一样挣钱，走相坐相也像男人，她们嘴里不忌生冷，男人怎么说话她们怎么说话，她们也用男人骂人的话骂人，姑娘们可以自己找人，可以在家里生私孩子，媳妇们可以在丈夫之外再靠一个，甚至敢在叔公面前脱了衣服。汪曾祺所描绘的古朴、温情、自由的家乡生活的背后，供奉讴歌的是人性。一方面，是人性中的仁爱精神。生活在市井的人们互敬互爱，相濡以沫，和乐安宁；另一方面，是人性当中的自然性。人们面对生活，尽情地敞开生命，一切依心性而动。"他从真正的下层民间生活中看出并揭示出美的感受，并以此来衡量

---

① 汪曾祺. 云致秋行状 [M] // 汪曾祺自选集. 桂林：漓江出版社，1987：442—446.
② 汪曾祺. 皮凤三楦房子 [M] // 汪曾祺自选集. 桂林：漓江出版社，1987：363—379.

统治阶级强加于民间的道德意识，或者是知识分子新文化道德意识的合理性。"① 这样对人性的歌颂无疑是有其深刻性的。人类需寻回自己精神的家园，重塑精神品格，于是汪曾祺在保留着童年记忆的家中找到了答案。对人的尊重、关心、欣赏，其核心是对人的欣赏。对人的欣赏是欣赏人身上存在的美好的健康的人性。"我写的是健康的人性。"人是值得尊重，也是值得关心的。在这些市井小民身上寄寓了对宁静、超脱、平淡的生活境界的向往，构成现代生活的理想方式，显示着汪曾祺小说独特的市井风采。

而作为审美类型的喜剧性，是同悲剧性相对应的。如果说对苦难和不幸的深刻体验导致了悲剧艺术的诞生，那么喜剧艺术则是对苦难和不幸的轻松超越。喜剧艺术、喜剧精神崇尚的正是自由、快意的游戏化生存状态，这在汪曾祺的市井风情小说中尤为突出。在笑乐中将人生的苦难与焦虑淡化，以一种达观的态度去直面人生，是汪曾祺小说喜剧民间性的又一突出表现。从作品的材料看，汪曾祺写的就是日常性的人和事的方方面面，诸如街巷村落、婚丧嫁娶、特产小吃、服饰器物、社戏曲艺、民间绝技等，叙述笔调也是不温不火、疾缓有节，洋溢着从容的气度。与此相适应，汪曾祺设想了一种"作为抒情诗的散文化小说"的文学图景，其显著特征是"散文化小说不大能容纳过于严肃、严峻的思想""是抒情诗，不是史诗，它的美是阴柔美、喜剧美，作用是滋润，不是治疗"②。作家努力熟悉生活中的原型，反复沉淀，除净火气与感伤主义。对汪曾祺而言，生活就是个体存在的丰富性、差异性、特殊性所构成的实实在在的日常场景，人在汪曾祺的小说中还原为芸芸本然状态但又意趣盎然的市井百姓图。汪曾祺写风土人情，始终怀抱着一种民胞物与的情感亲和，对民间日常生活的情趣无比挚爱。汪曾祺戏说"风俗是一个民族集体创作的抒情诗"，追求的正是民间社会韧性的欢乐。如《岁寒三友》中的焰火节，《大淖记事》中锡匠与挑夫明朗开放的作风，《受戒》中乡镇僧人的诵经与杂耍等，它们往往使日常生活打破沉闷格局而焕发出内在的激情与欢乐，充满"喜"气。汪曾祺的小说就这样创造了一个古朴、纯真、自由、祥和、喜庆的市井民间世界——处处涌动着生命的欢乐。在这里，市井小民们以一种达观、幽默的心态透视平凡的生活，他们从不怨天尤人，更不自卑自

① 陈思和，刘志荣，王光东. 民族风土的精神升华——文学中的乡土、市井与西部精神 [J]. 上海社会科学学术季刊，1999 [04]：180-189.
② 汪曾祺，施叔青. 作为抒情诗的散文化小说——与大陆作家对谈之四 [J]. 上海文学，1988（4）：71-74.

弃。他们的生活方式是世俗的，然而又是率性自然的。人的一切生活方式都顺乎人的自然本性，自由自在，原始纯朴，不受任何清规戒律的束缚，正所谓"饥来便食，困来便眠"。这里的一山一水、草木虫鱼等所有风物皆是有知觉、有生命、有情感、有性灵的。世俗人性得到尽情地展露，一切等级制度界限、一切官职身份都没有了意义，高低尊卑之分一霎时仿佛都不复存在了。大家都亲近了，每个人都随心所欲地对待一切，相互间的不拘礼节和自由自在都融会在欢快的氛围里。生活在高邮镇的人们祖祖辈辈崇尚的就是这种自由、快意的游戏化生存状态以及由此体现出来的乐观爽朗、充满豪气的喜剧精神。

第二节　边城的歌者：从沈从文到阿来

阿来、沈从文两个人与汪曾祺有相同之处，都属于偏重市井浪漫美的歌者，情调健康，而且沈从文是汪曾祺的老师，沈从文的文学理念对汪曾祺影响很大。

通过对阿来与沈从文的创作进行比较可以发现，两位作家的身上都流淌着中国少数民族的血液，故乡在偏僻的边城，作品题材多以故乡为蓝本，具有浓郁的地方风情、丰厚的文化意蕴，想象奇特，情感丰富，语言轻巧而富有魅力、充满灵动的诗意。他们都注意到现代工业文明所带来的缺憾，思考现代社会人性异化的现象，为自己的故乡乃至整个世界吟唱出一曲曲生命不能承受之重的歌。阿来与沈从文的创作对于建设生态和谐社会以及乡镇文化与现代文化二元文化的融合有着重要的启示作用。当然，我们也要看到阿来与沈从文创作的不同点，主要由于两位作家生活在不同的时代，导致两人的知识结构、文学观点、审美情趣也不一样。

而目前关于阿来与其他作家的比较研究，学术界成果尚不多，从已有的成果来看，有些将他与扎西达娃、马原等作家进行比较，还有些把阿来与美国作家福克纳相比较。这些文章见仁见智，各具特色。而笔者在此尝试着将阿来与我国 20 世纪 30 年代的著名作家沈从文做一比较分析。

一、地缘家世出身的相似性

一般来说，作家的创作往往会受到个人生活经历、族别、生活环境、文化背景、时代精神与风俗习惯等客观因素的影响与制约，这是作家很难选择与逃避的。丹纳在《艺术哲学》中从种族、环境、时代三要素剖析艺术的生成。"种族"为文学发展的内部根源，是一个民族天生遗传的那些倾向。"我们要对种族有个正确的认识，第一步先考察他的乡土，一个民族永远留着它乡土的痕迹。"① 环境是指一定种族生存的自然环境和社会环境，它是一种"外部压力"，在塑造和陶铸种族或人类集体的智力状态方面起重要作用。② 时代，包括精神文化、社会制度、政治与经济状况等，构成当时的时代精神和风俗习惯，丹纳称之为"精神的气候"。这三者相互作用，影响、制约着文学艺术的发展走向。原型批评的奠基人荣格则提出"集体无意识"理论，用"种族心理积淀说"加以解释。他认为自从远古时代就存在的普遍意象，原型作为一种"种族的记忆"被保留下来，使每一个人作为个体的人先天就获得一系列意象和模式。"每一个人都是种族的人，在每个人的记忆深处都积淀着种族的心理经验，人类世世代代传下来的心理遗产就沉积在每一个人的无意识深处。"③ 这是一部用无法译解的密码写就的种族心理经验史。的确如此，个人的生活经历、族别、生活环境、文化背景、时代精神与风俗习惯等必然影响到一个作家的创作。

　　阿来与沈从文都出生于汉族与少数民族杂居交叉的地区，一般来说这些地方比较偏远，人们习惯称之为"边地"——边城，也正因为如此，"边地"——边城较之中心地区往往保留了更多的文化原生态，并且两人身上都流淌着中国少数民族的血液，这种地缘环境对作家性格、气质的形成无疑起了重要的影响和作用。1959 年，阿来出生在四川西北部阿坝藏区的马尔康县，这里是川、青、甘等省接壤边界地，居住着藏、羌、回、汉等 18 个民族。阿来的母亲是康巴藏族，父亲是回族，阿来是藏族。在古藏语里面，"阿来"意为"刚出土的麦苗"。而马尔康，也叫"四土地区"，以原嘉绒十八土司中梭磨、党坝、松岗、卓克基四个土司属地为雏形而建立。在藏语里，"马尔康"的意思是"火苗旺盛的地方"，当然也可以理解成"兴旺发达之地"。阿来的老家是个很小的村庄，只有十几户人家。在他少年时，有一支地质探测队来到这个村子搞勘探，令少年阿来开了眼界。山外的世界让阿来产生了兴趣，阿来在初中毕业后的 16 岁，便离开老家出外务工。他从小就喜欢读书，务工之余，他一直保持着读书的习惯，

① ［法］丹纳. 艺术哲学［M］. 傅雷，译. 北京：人民文学出版社，1963：243.

② 赵宪章. 文艺学方法通论［M］. 杭州：浙江大学出版社，2006：184.

③ 傅修延，夏汉宁. 文学批评方法论基础［M］. 南昌：江西人民出版社，1986：111.

于是机遇降临了。由于工地的负责人很欣赏阿来，他成了拖拉机驾驶员。高考制度恢复的1977年，阿来连夜开着拖拉机赶去报名。工作人员被感动了，虽然按规定报名时间已过，但是仍然让阿来报了名。"后来阿来当老师，又是一次偶然的机会，参加了当地文化局的文学创作笔会，不久后开始发表诗作，走上文学之路……"① 藏区三十几年的生活，令阿来的作品具有了浓厚的地域风情。他这样形容自己的作品与故乡的关系："一个人曾经长期浸润于自然山水之中，与一个没有这种浸润的人肯定大不一样。但在这个人与山水之间，必须有一个介质，那就是文化。对我来说，自然山水、一草一木，不只是环境，也是我的表达对象，也有丰富的含义可以开掘。自然界与作家文风之间可能存在的对应关系，我没有细想过，但这个可能是存在的。比如我自己，总体上保持一种大气与力量感，但在局部处理上，又绝不流于粗疏，而是有相当精细的东西。这可能就是故地山水的影响吧。"②

而沈从文于1902年出生在湖南凤凰县，这里是"鸡鸣三省"湘川黔边界地——边城，苗、土家、汉、回族等混居之处。沈从文原名沈岳焕，身上有苗、汉、土家三族血统。我们不能忽略对沈从文性格的形成起着重要作用的恰恰正是湘西偏僻的地域风情和他身上独有的苗、汉、土家三个民族的血统。他15岁小学毕业后进入地方行伍，耳闻目睹了湘军的强悍，以及湘西人民的美好人性。1922年到北京求学，失败后开始文学创作。1923年沈从文给郁达夫写求助信，郁达夫热情地给他回信，这就是《给一个文学青年的公开状》。沈从文受到鼓励，作品在北京《晨报》副刊、《小说月报》《现代评论》等刊物上发表。沈从文勤奋努力，一生创作了80多部作品，成为中国现代文学史上的高产作家之一。沈从文创作的成熟阶段是在20世纪30年代以后，他创作最辉煌的一年应该是1934年。这一年沈从文回到阔别已久的故乡凤凰，故乡的一切，唤起了他久违的创作欲望，他创作出小说《边城》，这是沈从文"湘西世界"的代表作。沈从文的散文代表作《湘行散记》在1936年问世。1939年他又创作出《湘西》中的许多篇章，随后又创作并出版了短篇小说集《游园集》《如蕤集》等，《从文自传》作为他的第一部自传此时也问世。此后，沈从文成为北方"京派"作家群体的组织者，这个时期他还主编了天津《大公报》等文艺副刊，培养了许多青年才俊。

---

① 吴怀尧. 专访阿来 [EB/OL]. 搜狐博客，2009-04-09.
② 阿来. 沉寂十年《空山》归来 [N]. 郑州晚报，2009-04-24.

正是由于处在汉族与少数民族文化交融的临界点，与其他作家相比，阿来与沈从文的"边地"书写便具有了独特的优势和特色：双重文化视角。他们笔下的"边地"充满文化的交叉性、临界感。一方面，"边地"特有的地理人文、风俗民情、宗教习俗等构成了他们作品的基调；另一方面，他们用汉语写作，以汉文化等作为他们"边地"书写的基本参照系，几种文化碰撞、冲击、融合，互渗汇通。这主要得益于阿来与沈从文既有着藏族、苗族等血统，又深受汉文化与现代文明的熏陶、影响，所以两人都成了中国现当代文学史上个性突出、风格鲜明、颇有成就的作家。

二、文学世界：同写故乡

阿来与沈从文都倾心于描写自己的故乡。前面说过，阿来的家乡康藏地区与沈从文的家乡湘西凤凰是汉族与少数民族混居的"边地"，这些地方由于交通不便、环境闭塞，与外界隔离，得以保存着不少原始的民族风情、宗教习俗、历史传统，一些学者称之为原生态文化。所谓原生态文化，是指根植于某个地域、族群自然形成的文化形态，它是边远地区的、乡村的、野生的、朴拙的、自然的、非商业化的、非市井的、非城市化的、前工业时代的文化。可以说，原始性、自在性、独特性、传奇性、神秘性是其主要特点。原生态文化散发出自然美、原始美、天然美等无穷魅力，成为人们喜闻乐见的一种文化形式。正因为如此，我们看到，原生态文化也已成为阿来与沈从文书写家乡的"拿手好戏"。有学者注意到了沈从文创作的特点："会心于巫楚文化的神人共娱，在沈从文看来，美在自然，爱在人心。美与爱的存在必有赖于人与自然关系的和谐。在由沈从文小说所展现的湘西巫楚文化遗存中，人与自然的依存关系被安置在一种独特的牧歌情调中来展现，这就是和谐。和谐是美的极致，感悟和谐就是审美或艺术的生活，也是文学和文化的极致。"[①] 孙德喜在评论阿来中篇小说《蘑菇圈》时也说道："阿妈斯炯所哀叹的即将消逝的蘑菇圈，看似一种物质存在，其实更是代表藏区一种原生态的文化。"[②]

的确，神奇的故乡康藏养育了阿来，而康藏由于地处偏远，"养在深闺无人识"，因为有了阿来的作品而渐渐为人所知，从而魅力倍增，阿来

---

① 周仁政. 论沈从文与巫楚文化 [J]. 文艺争鸣，2016（7）：91—99.
② 孙德喜. 原生态文化的挽歌——论阿来的中篇小说《蘑菇圈》[J]. 阿来研究，2015（2）：61—67.

是人性美好、神奇风光、美景如画的边地康藏的"歌者"。

起步时阿来是创作诗歌的，以后逐渐转向写小说。阿来的首部长篇小说《尘埃落定》在 1997 年推出，获得了 2000 年的茅盾文学奖。《尘埃落定》的创作原型为三江源头——大渡河、岷江、嘉陵江的藏汉杂居地，反映土司制度在现代社会中逐渐瓦解，透过藏族土司二少爷的视线和命运淋漓尽致地表现了进步与倒退、聪明与愚蠢、情爱与仇恨等现代意识的冲突，展示出浓郁的民族风情和土司制度的浪漫神秘，读后令人荡气回肠。有学者认为这是一部描写家族、土司制度及其社会文化模式的寓言故事。

成名后的阿来回忆起当年的创作，他说对于地方历史进行细致的研究是非常自然的，因为家乡的历史和故事是自己最熟悉的。"如果你在四川藏区研究本地的历史，一个是宗教，另一个就是本地的政治制度。"阿来出生在阿坝州马尔康县的梭磨，梭磨的得名来源于流经马尔康的一条叫梭磨的河流。这个地方土司众多，民族关系与民俗事物都非常复杂，内地人弄不太清楚，常常将西藏和康藏地区混为一谈，为此阿来特意做了澄清："在他看来，西藏其实是一个很单一的地方。相反整个康藏地区从历史到今天都是经济最有活力，出人才最多的地方。"① 而阿来写的《尘埃落定》就是建立在这样一个特殊的地域环境、民族历史、政治制度、宗教习俗以及风土人情背景上的故事。

阿来身为藏族人，运用汉语写作，而在藏族区，藏人之间的内部交流主要还是用藏语。阿来说，正是这两种语言笼罩下呈现出不同的心灵景观，带给他一种奇异的体验。他的写作不断穿行在这两种语言之间，他最初的文学敏感就是这样培养起来的。作为一个藏族作家，阿来的写作资源更多来自藏族的地方方志、民间文化、神话传说以及部落、家族传奇、寓言故事等，它们历经藏族民间一代又一代口耳传承下来，广泛流传于乡野民间大地。阿来认为，这些东西原汁原味，更多地体现出藏民族原本的思维方式与审美特征，显得朴素而又深刻。其表达方式更多地依赖于感性的丰沛而非理性的清晰，而文学就是需要这种方式。正是通过藏民族这些充满乡野民间气息的神话传说、部落、家族传奇、寓言故事，阿来获得了灵感，明白了怎样去面对激情和命运，怎样呈现空间，把握时间，写出好作品。

阿来从小在乡镇长大，对乡镇生活非常熟悉，积淀很深，感情投入也

---

① 作家阿来［EB/OL］. 中国书专题，2007－08－01.

不一般。写《空山》时阿来充满了感情，他想写一个村落的历史。作品描写了一个叫机村的藏族村庄里的 6 个故事，时间是 20 世纪 50 年代末期到 90 年代初，小说主要由两个部分组成：《随风飘散》和《天火》。在《随风飘散》中，阿来塑造了非常独特的母子俩形象，母亲有些痴呆，生育了私生子格拉，母子俩含辛茹苦，相依为命，但遭人歧视，受尽屈辱，最后蒙冤而死。《天火》则描写文化大革命期间发生在机村的一场森林大火，通过巫师多吉的眼睛发现周围世界发生的种种变化。"故事都写得激情肆意，荡气回肠，人物形象也因此鲜明地跃然纸上……"①

而沈从文小说最大的艺术成就就在于那个理想化的"优美，健康，自然，而又不悖乎人性"② 的故乡凤凰的"湘西世界"，它是一个"神性"的世界，是由"爱"和"美"构筑的一个理想的文学王国。神奇的湘西养育了沈从文，偏远的湘西又因为有了沈从文而魅力倍增。沈从文是风光如画、人性美好的边地湘西的歌者。

在他记忆深处，内心最柔软的地方，在美丽的湘西世界，在茶峒小镇，有着一群重情重义、质朴善良、厚道的人们。《边城》中的翠翠，在风日里长养着，触目皆为青山绿水，一对眸子清明如水晶，活脱脱一个自然之子。她有着原始的善良和纯真的可爱，惹来无数爱怜。沈从文充满深情地描写茶峒山城。这个边境小城处于湘、川、黔三省交界之地，偏僻得让人似乎忘记了它的存在。是的，不管风云如何变幻，以至改朝换代，这里永远是祥和、安稳而又生机盎然的。小河街山民们的热闹，吊脚楼妇人们的情趣，还有那老船夫的免费摆渡，急公好义，因为实在盛情难却收下过客的一枚铜板后，他总要转送一大把烟草叶给过客；甚或茶峒的妓女们，也并不是那么地令人所不齿，是的，为了谋生，她们可以接济四川商人，她们永远有着茶峒人所特有的情义、善良，永远都是那么地浑厚，那些个常年水上漂泊、归期不定的水手身上牢牢系着她们所有的眼泪和快乐，较之讲道德和廉耻的城市绅士还更可信，有着古代女子"拼将一生休，尽君一日欢"的勇气和无悔。而《月下小景》《媚金、豹子和那羊》《龙朱》等作品，沈从文同样从苗族传说、民间故事以及佛经故事中汲取营养，充满浪漫主义的色彩。

① 阿来. 想写最后的猎人 [EB/OL]. 人民网文化名人库，2005－05－24.
② 沈从文. 习作选集代序. 沈从文选集：第 5 卷 [M]. 成都：四川人民出版社，1983：231.

三、文化价值观的趋同性以及文学语言的灵动、诗性

著名人类学家弗兰兹·博厄斯曾说："作为一个整体来把握一种文化的意义这种愿望，迫使我们设法把标准化行为的描述也仅仅当作迈向其他问题的垫脚石。我们必须把个体理解为生活于他的文化中的个体；把文化理解为由个体赋予其生命的文化。无论如何，有关这些社会心理学问题的兴趣与历史的方法并不相左。反之，它揭示了文化变革所固有的动态进程，从而使我们能够评价通过对于相关文化的详尽比较所得到的证据。"① 这段话对我们分析理解阿来与沈从文的创作不无裨益。

确实，面对裹挟而来的现代工业文明，以及所谓的现代化，阿来与沈从文没有盲目崇拜，而是进行了深刻的反思。对自然文化他们都推崇，所谓"天人合一"，即人与自然的合一的思想文化。在他们看来，"自然"是健康和谐的，"人为"则恰好相反，它们之间是相互对立的。"自然"是天成的，表现出真、善、美；"人为"是刻意制作的，体现出假、丑、恶。西方哲学家卢梭也认为，好的东西都出自造物主，丑陋不堪的东西则出自人类社会。也就是说，蕴涵着理想人性的往往是那些原始的粗糙的远离了文明的生存状态。这种生态是自然健康和谐统一的，于是阿来与沈从文的创作都贯穿着这种自然文化理念，我们可以概括为两句话：颂乡野而非都市，抑豪绅而扬卑贱。乡野、卑贱呈现出的是自然状态，而都市、豪绅代表所谓的文明状态。阿来与沈从文站在自然文化的立场上，批判都市文明，讴歌乡野人生。

从阿来回答记者问中我们知道：由于康藏地理环境的偏远闭塞，年轻时的阿来并没做过文学梦，更没奢望能成为作家。直至1984年，他还从没写过任何东西，那时阿来在阿坝的一个中学教书。一次很偶然的奇遇，使得阿来有机会走上了文学创作之路。有一年暑假，阿来经常与一位朋友去馆子店吃饭，那时工资低，不久两人就吃穷了。好在这位朋友的父亲在阿坝地区做刊物编辑，就让他俩去参加笔会。有一次，阿来看到这些文人在讨论一首诗，他直言不讳地谈了自己的感觉，说这首诗不怎么样，像打油诗，但那些人不服气，与阿来争执起来，说阿来：别这样瞧不起人，你说人家水平不行，那你自己写首诗给我们瞧瞧。阿来被激起来了，说："我

① ［美］露丝·本尼迪克特. 文化模式·序［M］. 北京：生活·丛书·新知三联书店出版社，1988：2.

忽然想起在乡下教书时看到的景象，春天刚到，山青水碧，一群藏族妇女带着孩子到田间劳动。她们将喂饱了的孩子放到地头，脱去上衣，上身全裸在地里干活儿，非常漂亮。我就写了平生第一首诗，第二年得了五省区藏族文学评比的诗歌一等奖。就这样，我开始写诗了，后来又写小说。"①就这样，阿来走上了文学创作之路，并逐渐开始形成自己鲜明的文学价值观及创作风格。

阿来的小说向我们展现的是现代与丑恶、鄙俗相连，传统与美丽、诗意相连。《遥远的温泉》描写：过去的温泉，从晚春到盛夏，温泉边上每一天都很热闹，男女们都脱掉盛装、涉入温泉，赤裸的身体泡在温泉里。温泉四周是盛大集市，有买卖、美食、歌舞、马匹，美丽的姑娘纷披长发、歌声悠长，英俊的小伙子热烈伴舞。这种仿佛天堂里的梦想却被贤巴斥为落后，但他自己却经常在乡政府里和几个姑娘打情骂俏、动手动脚，真是一种反讽。以前男女混浴是十分自然、平常的事，与色情、淫邪无关，仅仅是追求身体自由、精神自由。"'乡政府'是非自然的人造的环境，也是非自由的、庄严的环境，人们以两张面孔、两种腔调在生活。人的生存方式由堂堂正正的活变成鬼鬼祟祟的混。"②

阿来还谈起《空山》的第三个故事《机村狩猎者》的创作意图：在阿来的老家，有狩猎的传统。阿来认为这种传统古老而优秀，但遗憾的是，现在故乡已经无猎可狩。正因如此，阿来想通过《机村狩猎者》来写最后一代猎人。在山里面，人们看你是不是英雄，标准就是看你是否是一个好猎手，只有好猎手才配称为英雄、才是年轻人学习的榜样。但如今"山上的猎物慢慢荡然无存，其实狩猎文化是很重要的文化，我们文化当中，生产方式很重要，狩猎也是生产方式的一部分，也是生活习惯的一部分"③。在广大藏族地区，藏人的语言文字显得非常干净。这主要是因为藏人认定语言文字是用来阐述宗教教义的，在这种宗教心理作用下，阿来小说的语言文字非常纯粹、流畅。正因如此，我们发现《空山》叙事独特，平淡不失奇崛，神秘不失诗意，哀婉不失理想。故事本位的回归，通过人物在事件发展过程中的行为与心理，揭示特定时代人们的心灵世界。作为藏族作家的阿来，在博大精深的藏文化的影响下，在气质中透露出一种诗意，这

---

①　阿来. 我就这么成了作家［EB/OL］. 人民网文化名人库，2005－10－06.

②　赵娟茹. 诗意栖居的哀歌——以阿来的六部中短篇小说为例［J］. 西安文理学院学报（社会科学版），2011（2）：7－9.

③　吴怀尧. 专访阿来：想得奖的作家是可耻的［EB/OL］. 搜狐博客，2009－04－10.

种诗意也深刻地影响着他的文学创作。他的小说作品属于一种边缘化的文体——诗化小说，带有魔幻现实主义的色彩，用带有诗意的语言、片段式的情节结构的安排和无处不在的诗意思维传达出对现实生活的深刻的哲思。现代文明以迅雷不及掩耳之势摧毁了古老的传统，历史的转折就是如此发生。阿来深刻意识到历史进程的复杂性，面对历史持续崩溃的状态，寄予了持续的哀婉与批判，用他不断深情回眸的写作姿态来完成对前现代文明的挽歌。

而湘西世界是沈从文理想人生的缩影，《边城》是沈从文湘西世界的集中代表。《边城》体现了他的文学理想和他所崇拜向往的代表着自然人性的理想人物、理想生活及理想文明。这些理想人物身上闪耀着神性的光辉，体现着人性中未被现代文明侵蚀和扭曲的庄严、健康、美丽和虔诚。天真纯洁的女孩翠翠那超越一切世俗利害的诗意的朦胧爱情，那如同"化外之境"的美丽乡情风俗、自然景致，那美丽得令人忧愁的牧歌情调，共同营构了一个优美的境界。然而，《边城》不是一个浪漫温馨的爱情故事，而是一个爱情悲剧，船总的两个儿子天保和傩送同时爱上了纯情的翠翠，而翠翠单纯的心里却只有傩送的影子。退出这场爱情竞争的天保出走后遭遇了不幸，傩送不胜悲哀的重负离家而去，翠翠唯一的亲人外祖父也在这个意外的打击下弃船仙逝，只留下孤零零的翠翠。这一切生、老、病、死的人事命运与作者刻意营造的诗意氛围浑然一体，没有怨恨，没有大喜大悲，一切都是淡淡的，这就是湘西人生的常态。人们平静地承受着命运的安排，恬淡自足中，点缀一丝淡淡的哀愁。

在《边城》等描写湘西生活的作品中，我们可以看到，小说的主体由轻淡的叙事、抒情，散文的笔法和诗歌的意境所构成。作家将人事、民俗与自然景物相融合，现实与梦幻相融合，加上纯情人物的设置、作者人生体验的投射、水一般流动的抒情笔法，营造出现实与梦幻水乳交融的意境，从而形成沈从文自己的特色文体：诗化抒情小说，这成为沈从文对现代小说艺术的突出贡献。

综上所述，可以看到阿来与沈从文确实有不少的相似性，两人虽然所处的时代不一样，但其地缘环境、家世出身、个性气质、文化价值观、诗人本色有颇多相似之处，或许正是"惺惺惜惺惺"，两人有许多的地方能产生共鸣，阿来与沈从文的创作才如此心心相印、交相辉映。与其叫他们作家，不如称他们诗人或者"歌者"更为贴切。因为他俩的创作都深深根植于藏、苗、土家族文化的歌谣传统之中，他们是真正的以心说唱的"歌者"——用他们诗性的笔为"康藏世界""湘西世界"吟唱出一曲曲生命的歌。

四、阿来与沈从文创作的不同点

当然，我们也要看到阿来与沈从文创作的不同点，由于两位作家生活在不同的时代和环境之中，导致两人的知识结构、文学观点、审美情趣也不甚一样，这不难理解。比如两人都重视作品的地域特色、风土人情、族群文化，但阿来意识到现代文化取代前工业时代文化（乡村文化）的必然性，乃至多有肯定。

他在谈创作《尘埃落定》的体会时曾这样表述：

> 这个时代的作家应该在处理特别的题材时也有一种普遍的眼光、普遍的历史感、普遍的人性指向。特别的题材、特别的视角、特别的手法，都不是为了特别而特别。我会在写作过程中努力追求一种普遍的意义，追求一点寓言般的效果。
>
> 因为我的族别、我的生活经历，这个看似独特的题材的选取是一种必然。如果呈现在大家面前的这部小说真还有一些特别之处，那只是为了一种更为酣畅、更为写意，从而也更为深刻地表达。今天重读这部小说，我很难说自己在这方面取得了多大的成功，但我清楚地看到了自己在其中所做的努力。我至少相信自己贡献出了一些铭心刻骨的东西。正像米兰·昆德拉喜欢引用的胡塞尔的那句话："因为人被认识的激情抓住了。"①

因为担心读者不了解自己的良苦用心及文学理想，阿来甚至不厌其烦地一再表白：

> 在我们国家，人们在阅读这种异族题材的作品时，会更多地对里面的一些奇特的风习感到一种特别的兴趣。作为这本书的作者，我并不反对大家这样做，但同时也希望大家注意到在我前面提到过的那种普遍性。因为这种普遍性才是我在作品中着力追寻的东西。这本书从

---

① 阿来. 落不定的尘埃——《尘埃落定》后记·看见 [M]. 长沙：湖南文艺出版社，2011：222.

构思到现在，我都尽了最大的力量，不把异族的生活写成一种牧歌式的东西。很长时间以来，一种流行的异族题材写法使严酷生活中张扬的生命力，在一种有意无意的粉饰中，被软化于无形之中。

异族人过的并不是另类人生。欢乐与悲伤、幸福与痛苦、获得与失落，所有这些需要，从它们让感情承载的重荷来看，生活在此处与别处、生活在此时与彼时，并没有什么太大的区别。所以，我为这部小说呼唤没有偏见的，或者说克服偏见的读者。因为故事里面的角色与我们大家有同样的名字：人。①

可以看出，阿来确实非常努力，他企求地域文化与文学普遍性的契合交融，使得其作品更具寓言品性与普遍性的文学意蕴（尽管有时阿来的文化观念和立场显示出偏差甚至自相矛盾）。事实上，阿来的创作一定意义上也实现了这种文学理想。《尘埃落定》就取得了颇高的艺术成就，既充满浓郁的康藏地域民族文化风情，又揭示了人类社会的一些普遍性问题——权力与人性的纠缠，以及进步与倒退、聪明与愚蠢、情爱与仇恨等现代意识的冲突。还有《空山》，小说的命名表明了阿来力图以高视点俯瞰历史和当下，从《空山》我们可看到中国山区乡村的"现代进化史"——现代化是以一种什么方式进行的。对现代工业文化给乡村传统文化特别是"诗意栖居"的生活方式所带来的冲击，阿来感到很大的失落、遗憾，但是同时内心也充满着憧憬。为了避免读者的误读，以为他留恋传统，反对现代文化，阿来在一次访谈中特意澄清："当我们没有办法更加清晰地看到未来时，这种回顾并不是在为旧时代唱一曲挽歌，而是反思。而反思的目的，还是为了面向未来。如果没有这种反思，历史本身就失去了价值，只不过文学的方法比历史学普遍采用的方法更关注具体的人。"② 阿来深知现代文化取代传统文化的必然性，但对其弊端又进行反思，他渴望人类在进入物质财富极度丰厚、生产科技文化高度发达的现代化社会同时又能保持人的精神性——"诗意栖居"的生活方式。

而沈从文的文学创作似乎更偏重于抵制现代工业文化，强调以自然法则重建人性的真与善，在尝试重建人心秩序的过程中保留人类的家园记忆——这个古老民族曾经拥有过的人性的率真、人心的温暖以及人情的素

---

① 阿来. 落不定的尘埃——《尘埃落定》后记·看见 [M]. 长沙：湖南文艺出版社，2011：225.

② 吴怀尧. 专访阿来 [EB/OL]. 搜狐博客，2009-04-09.

美。沈从文认为人心秩序是社会秩序，乃至国家秩序的基础，其作品强调呵护人性、伸展个体生命感觉、回答道德困惑等伦理价值，这恰好体现了沈从文创作的重要价值。比如沈从文的小说《长河》，揭示了乡村世界开始变得"非真""非善""非美"背后的"推手"和"运作机制"：抽象的"现代"观念及其外在物质的变化，改变了原有的与自然和谐统一的集体心理和文化习俗，破坏了社会心理秩序，进而带来新的精神扭曲。有些学者认为他反"现代性"，沈从文对"现代"的反思不过是"小农经济的反映""他的'反现代性'，是针对现实的以进步理性主义为特征的一种保留姿态"。① 另有学者则肯定这种"非现代性特征"："沈从文湘西小说中的自然的呈示方式，以及人与自然的关系，从根本上显示出沈从文生命观念的非现代性特征"。② "他以'物尽自然'的自然呈示方式，在一定程度上恢复了被现代人的主体性所遮蔽的本真自然，使自然获得本身的生机和生命"。③ 从事沈从文研究的著名学者凌宇在沈从文百年诞辰之际则从沈从文创作内含的湘西土著民族立场及情感倾向、人性与民族文化重构、"乡下人"与现代理性三个方面，指出沈从文的与众不同："浸透在沈从文创作字里行间的孤独感，正是湘西土著不为人理解的千年孤独。其笔下的'湘西世界'，则是主流文化不占统治地位的边缘文化区域的缩影；沈从文是一位人性的歌者，其人性观植根于他的以生命观为核心的人生观。而其最终旨归，则在'重造经典'，即实现民族文化的重构，其所触及的，则是20世纪最为严峻的'中国问题'；沈从文自称'乡下人'，他的都市批判，显示出一种'乡下人'的偏激。但在他的都市观察中所拥有的平民主义指向、弗洛伊德心理学的观察角度以及观察'乡下人'现代生存方式时所具有的启蒙立场，都显示出沈从文所具有的现代理性精神，这导致沈从文对'都市文明'与乡下人现代生存方式的双重失望。"④ 此外还有不少学者、研究者都各抒己见，不一而足。

---

① 杨联芬. 沈从文的反"现代性"——沈从文研究 [J]. 中国现代文学研究丛刊，2003 (2)：146—163.

② 张森. 沈从文湘西小说中的自然 [J]. 中国文学研究，2008 (1)：98—101.

③ 张森. 沈从文湘西小说中的自然 [J]. 中国文学研究，2008 (1)：98—101.

④ 凌宇. 沈从文创作的思想价值论——写在沈从文百年诞辰之际 [J]. 文学评论，2002 (6)：5—17.

第三节　都市浪子之歌

　　贾平凹《废都》等其他作家的一些创作代表了市井民间的另一种形式，姑且称之为都市浪子之歌。这类作品在表现男女性爱关系时，较多重视"欲""情"则少些，显得有些萎靡、颓唐。这里主要以贾平凹《废都》为例论述其与中国古代"浪子文学"的精神缘结。

　　《废都》等中国现当代市民小说中的"浪子情结"浓郁，但诸多的研究多从外来文学特别是欧美、俄苏文学的影响来解析这种情况，而忽略了它们生成的本土性原生态语境。因此研究者应回到原初，充分注意到我国传统市民文学中的"浪子情结"对现当代市民小说的重要影响、作用。当然，这其中也有外来文学的冲击、融合。我国市民文学源远流长，白居易的《琵琶行》、元稹的《莺莺记》、柳永词、《金瓶梅》、"三言二拍"等大批作品，可谓"浪子文学"的先河。传统市民文学的"浪子形态"在现当代中国市民小说中得到了继承，并随着时代的发展而出现了变异。20世纪30年代"新感觉派"的文本，及至90年代贾平凹的《废都》等都是以"浪子"——反叛的姿态而现身。

一、传统市民文学中的"浪子情结"

　　我国有深厚的市民文学传统，大约在唐代中晚期，随着商品经济的发展、城市的繁荣、市民阶层的兴起，社会风气发生了显著的变化。这时出现了白居易的《琵琶行》、元稹的《莺莺记》，开了"浪子文学"的先河。陈寅恪先生的《元白诗笺证稿》以白居易《琵琶引》及元稹的艳诗与悼亡诗为例（附读《莺莺传》），说明从这个时代起，知识分子的社会地位，以及与之相适应的思维方式都有了显著的变化。元白诗标志着文学创作的民间文学路线的新趋势。陈先生对《琵琶引》及《莺莺传》所反映的白居易不讳言与"老大嫁作商人妇"的旧娼家女交结，以及善于投机取巧的元稹对于"弃寒族之双文，而婚高门之韦氏"大言不惭，都做了评述。我们从中得到的启发则是作为新兴庶族地主阶级的元白，其所处的历史时期，正是自然经济与商品经济并存，庶族地主上升、市民阶层兴起、资本主义萌芽的时期。"中国早在8世纪后，就曾出现过与市民阶层有密切接触，受到较深刻影响，而又不能摆脱本阶级和社会地位束缚的一代人……元白以及唐代晚期的李商隐、温飞卿都是在封建阶级窒息人的氛围里突破出来，面对资本主义萌芽的新形势，而开始有所觉醒，要求经济上、政治上开放的一代人。"① 从这个意义上，我们可以把元白等人的作品称作中国早期的"浪子文学"。

"浪子文学"的集大成者要数宋代的词人柳永了。因科举考试落第，他四处流浪，遍游京都、苏州、杭州、扬州，创作了许多表现市民意识、市民生活情趣的通俗歌词，"凡有井水处，皆吟柳词"。当时市民阶层兴起，新思潮萌动，柳永敏感地捕捉到了这一切。其词描绘了都市的繁华、羁旅行役之苦、男欢女爱、离愁别绪。"杨柳岸，晓风残月，此去经年，应是良辰美景虚设……"下第后作的《鹤冲天》"忍把浮名，换了浅斟低唱……"这些作品被千古传诵，极大地表现了柳永惊世骇俗、放浪形骸的反传统思想，因而柳永被封建正统阶级视为烟花巷陌的浪荡子弟。

明清时代出现了大量的艳情小说，以《金瓶梅》为代表的"浪子"反叛极具冲击力量。它们展现了市民阶层世俗生活丰富多彩的形象画面，情欲、物欲成为这些作品的主要元素。诚然，"食色，性也"乃古今中外文学的一个不变的主题。从一种特殊的文化现象去审视明清艳情小说，我们发现，在明清艳情小说中，"性"被剥去了优美华丽的外表，表达得更为单纯而真实，显露出原始的面目。由于中国宋明理学长时期的"存天理，灭人欲"，扭曲了人的天然本性，禁欲的结果是纵欲，明清艳情小说以极端的方式唤醒人们的肉欲，把它提到了人生价值中前所未有的高度，高唱起生命的赞歌，大胆地表现了性意识的觉醒和性的需求。这些艳情小说，由于原始生命的粗俗暴露，往往给人以污秽猥亵之感，但也恰恰证明它是中国特殊文化背景下长期禁锢"人欲"所导致的物极必反的必然结果。

二、"浪子形态"在当代作品《废都》中的继承与变异

《废都》中的"浪子形象"是庄之蝶。

癸酉年（公元1993年）仲秋季节，贾平凹《废都》的问世，犹如投掷下一枚巨型炸弹，在国人心目中掀起阵阵狂澜大波。一时街头巷尾，众说纷纭，世人争相传阅，毁誉不一。旋即该书以"黄书"之名而遭查禁，凡此种种，不一而足，至今余波不断。时至今日，或许我们可以静下心来，

---

① 陆复初，程志方. 中国人精神世界的历史反思 [M]. 昆明：云南人民出版社，2001：4.

对《废都》，特别是对庄之蝶认真地审视观照一番了。

当年《废都》的问世与被禁及轰动效应，大都源之于书中主人公庄之蝶，下面将从文化视角切入剖析探究庄之蝶这一文学形象的成因及其内涵，一个同以往中国文学中的文化精英迥然不同的全新的文学形象。中国文人传统的忧患意识、批判意识、启蒙意识、安贫乐道意识等在庄之蝶身上似乎微乎其微，甚或荡然无存。我们认为，庄之蝶是一个被时代放逐了的浪子形象。他的不循常规、不拘礼仪、放浪形骸、悲凉沉沦，都深切地烛照出在新的历史大转型时期中国部分文人——知识界的茫然苦闷和人格的扭曲蜕变，这既是对中国市民文学的延续，也是对历史大转型时期出现的某些险恶世情的反抗——当下现实的回应。

当我们把庄之蝶置于文化的视角上审视观照，或许有助于我们更深刻地把握住庄之蝶身上的某些东西，同时也更真切地体验我们当今所赖以存身的时代，进而更明确地瞩目我们民族历史的未来。当我们拂去飘浮的尘雾，扬起理性思维之光，我们看到迎面而来的庄之蝶：奋进而又颓唐，追求而又沉沦，抑郁而又放纵，敏感而又麻木，倔强而又怯懦，善良而又丑恶，崇高而又渺小，有为而又无为。是的，他举足蹒跚，步履沉重，遍体鳞伤，满脸沧桑。他疲倦了，最终倒下了，倒在西京古都喧闹的列车候车室，那一丝游魂——躁动世界里寂寞而苦涩的无所依托的魂灵亦似乎飘向了虚无缥缈的天国，经历了漫长而创痛的精神苦役煎熬旅程。这是怎样的一颗灵魂？他是在商品经济大潮滚滚洪流冲刷下，在世俗文化阵阵湍急旋涡拍打中，苦苦挣扎终而没顶的 20 世纪末期极富代表性的中国文人——一个被时代放逐了的浪子！

那么，从庄之蝶身上我们究竟可以窥照出当代中国文人哪些文化情结呢？

社会心理学认为，社会的文化因素是决定人们的心理素质和行为模式的一个重要原因。个体面对的社会文化关系是一个庞大的体系，包括阶级关系、经济关系、民族关系、宗教关系、伦理关系、职业关系、两性关系等，前者是受后者的渗透和熏染、控制和调节的。当历史的车轮辗向 20 世纪 90 年代，伴随政治、经济、文化、社会结构的前所未有的大颤动、大调整，多元价值体系的建构，每一个国人的心灵都经受着无与伦比的历史大震荡、大洗涤。庄之蝶这个西京古都的名人、著名作家就置身在这错综复杂、遽剧嬗变的社会大舞台上演出了一场可悲可泣的人生悲剧。如果说，在 70 年代初 80 年代末的中国文人们尚依然扮演着传统文化中的角色，以才学、傲气、志气为自己人格的主要参照系，那么，当历史演进至 90 年代，在商品经济滚滚大潮，世俗经世致用哲学人文景观的层层包围圈中，中国文人们传统的知识分子人格也逐渐开始蜕变。于是我们注意到，出现在我们眼前的庄之蝶，是一个同以往文学作品中的文化精英迥然不同的全新的艺术形象。在庄之蝶身上，中国文人传统的忧患意识、启蒙意识、批判意识、安贫乐道意识等似乎微乎其微，有的甚至荡然无存。书中捡破烂老头的九首民谣或许就是当时某些世俗风情的生动概括。世风如此，一定程度上，中国文人传统的尚崇高、慕理想的人格体系在世俗情趣、物欲横流的现实中难以找到存身的位置。在庄之蝶身上，集中体现出传统与现代的碰撞交汇所形成的人文景观，文人们的生命困厄与欲望、创造与毁灭、崇高与世俗、抑欲与纵欲、追求与沉沦。我们看到，庄之蝶所赖以存身的"废都"——20 世纪末的中国都市，是一个十足的"怪物"。它是在已经变质却依然强大的农业文明的环伺下，在传统文化的瓦砾场上，按照西方近代文明的模糊背影粗制滥造成的怪胎。现代技术物质文明的有限输入并没有像众人所期待的那样造就辉煌的现代化的中国文化。相反，传统文化的高度过剩和现代文化生产的极度匮乏，决堤而泄的肉欲解放和捉襟见肘的物质供应形成的巨大张力，使整个社会的运作变得无序和多元。"废都"中的庄之蝶便在这个无序和多元的畸形病态的社会角落中破土而出，展现出的是历史大转型特定时态下的人性异化。作为文人，庄之蝶的身心不可避免地浸润着中国传统文化，他的血管中自然而然地流淌着传统文化的精神因子，然而，面对着当时目不暇接、诡谲多变的社会现实，他迷惘了，彷徨了。世俗生活的重荷压在他身上，以致他脚步踉跄，身心交瘁，几近窒息。他痛苦、孤独，背负着精神的十字架，在苦海中煎熬。他极富才情，心志颇远，却每每纠缠于文友聚散、情场邂逅，家庭纠葛之间；他童心未泯，天性善良，真诚帮助文学青年周敏，同情慰藉老主编钟唯贤，但也心地龌龊，不顾老友情谊乘人之危，低价购进龚靖元书画；他不善应世，言拙嘴笨，然而也时常投市长所好，大拍其马屁，为伪劣产品唱赞歌；他追求爱情，企求新生，却屡屡沉入肉欲，庸俗无聊。他的灵魂在这沉闷而躁动、传统与现代、单调而纷繁的废都中时隐时现，浮浮沉沉。最能洞察庄之蝶心态的乃是庄之蝶与各色女人们的关系。在庄之蝶精神世界的苍穹中，辉映着一群星光熠熠的女性。其中，有美色妙态、绮思翩翩、执着缠绵、风情万种的唐宛儿，有娇娜鲜丽、伶牙俐齿、机敏慧黠的柳月，有迅忽如彗星、灿烂如闪电的阿灿，也有怀着精神苦恋却谨行自律的汪希眠老婆。她们社会地位不同，教养个性各异，但都以不同方式爱着庄之蝶。正是她们，以中国女性独有的情爱滋润着在功利场上屡屡受挫、饱受劫难的作家庄之蝶，在无爱的家庭婚姻囚笼中失去男人尊严的庄之蝶。只有在这些女性的情爱中，庄之蝶的生命才情才得以重新挥洒自如；也只有在这些女性的情爱中，庄之蝶才寻回男人的尊严，实现了真正的自我。或许正因为如此，我们才看到，随着这些女人的相继离他而去，作家庄之蝶也中风倒在了古都喧闹的列车候车室的长椅上，完成了一出当代文人的生命悲剧。

我们注意到庄之蝶与以上各色女人的关系中所流露出来的文化情结，同样是错综复杂、多向性、多层次的。在庄之蝶身上，既有中国古代封建士大夫的放浪形骸，追逐情欲，耽于交媾——常常有意无意地视女性为玩具，同时也不可避免地闪现出当代人特别是作为先知先觉的文人们的那种"生命意识"——对传统婚姻的否定，对传统伦理道德的背叛，对爱情的真诚渴求。所以我们看到的庄之蝶，既不是中国封建士大夫的纯粹赏玩占有女性，如西门庆之流等，也不是现当代中国真诚勇敢、执着如一的"罗密欧"，或者所谓反封建传统的勇猛斗士。一句话，庄之蝶就是庄之蝶——历史大转型的特定时代下畸形病态的社会角落中所孕育的产物。从庄之蝶身上，我们似乎又窥见了中国古代的白居易、元稹、柳永们代代相传、生生不息的"浪子精神"。

第七章　被遗忘了的"市井意识"

第一节　中国的"狄更斯"：余华的市井情怀

一、余华研究现状

余华是中国当代文坛的著名作家，被誉为中国的"狄更斯"，他出生于浙江杭州，1962 年初跟随母亲从杭州迁往海盐。自 1983 年在《西湖》杂志上发表第一篇短篇小说《第一宿舍》到 2013 年发表长篇小说《第七天》，他的创作之路已经走过了 30 多年。迄今为止，余华已出版有长篇小说 5 篇、中篇小说 12 篇、短篇小说 19 篇、随笔 8 部，以及最近出版的杂文 2 篇。其著名作品有《十八岁出远门》（1987）、《鲜血梅花》（1989）、《在细雨中呼喊》（1991）、《活着》（1992）、《许三观卖血记》（1995）等。

由于父母职业的关系，余华从小就住在医院，对发生在医院里的生死离别也已司空见惯。在《最初的岁月》中，他曾这样描述自己在医院的生活："那时候，我一放学就是去医院，在医院的各个角落游来荡去，一直到吃饭。我对从手术室里提出来的一桶一桶血肉模糊的东西已经习以为常了。我父亲当时给我最突出的印象，就是他从手术室里出来时的模样，他的胸前是斑斑的血迹，口罩挂在耳朵上，边走过来边脱下沾满鲜血的手术手套。"① 甚至于家住在太平间对面他也没有惧怕："我喜欢一个人待在太平间里，那用水泥砌成的床非常凉快。在我记忆中的太平间总是一尘不染，四周是很高的树木，里面有一扇气窗永远打开着。在夏天时，外面的树枝和树叶会从那里伸进来。"② 因为儿时的这段特殊经历，余华提起死亡

---

① 余华. 没有一条道路是重复的 [M]. 上海：上海文艺出版社，2004：62.
② 余华. 没有一条道路是重复的 [M]. 上海：上海文艺出版社，2004：62.

不像常人那样忌惮，反而用笔犀利、冷静，所写出来的作品充满暴力、血腥和死亡气息，专注于揭露世界的黑暗和悲伤，跟他同时代的作家马原、格非、孙甘露等人的作品也散发着类似的气息。故而学界称余华等这些作家为"先锋作家"。

受"先锋小说家"定位的影响，目前学术界对余华的研究较多聚集在"先锋"特征上，主要集中在以下几个方面。第一类是有关余华小说主题的研究。这一方面的研究主要集中在小说中体现的暴力、死亡、命运和苦难等主题。张颐武的《"人"的危机——读余华的小说》、樊星的《人性恶的证明——余华小说论（1984—1988）》、李永祥的《精神的不懈追求者：余华论》等论文都对余华小说的主题进行了深入的研究，取得较大成绩。第二类是对余华创作转型研究。以长篇小说《在细雨中呼喊》为界，余华前期以一种近乎"零度叙述"的写作态度书写了暴力、死亡等主题，创作了《十八岁出门远行》《现实一种》《世事如烟》《此文献给少女杨柳》《一九八六年》等作品，笔触冷漠，充满了死亡和暴力的气息。90年代他开始把笔触转向民间，以一种平实的民间姿态转向底层人物，显示出质朴的传统叙事风格，关注底层人民的苦难，吴义勤的《呼喊与细雨：切碎了的生命故事》认为余华"显出一种更质朴的圆熟，尤其是以其'新写实主义'的浓郁气息，为读者展示了另一个余华形象，并提供了许多新的话题"①。其中《活着》《许三观卖血记》更是获得极大的赞誉和社会认同。第三类是对其文本形式的研究。很多学者对余华的写作技巧给予了肯定。王侃的《论余华小说的张力叙事》认为："余华谙熟张力的诸种结构，并能驾轻就熟地将叙述置放于诸种张力关系的某个最佳节点上，使文本张力最大化""以其极富张力的叙事艺术为当代中国叙事文学提供了样板，丰富和深化"。② 赵毅衡就余华在小说语言、形式方面进行着"文类颠覆"发表了《非语义化的凯旋——细读余华》一文。而赵丽红《论余华的小说语言风格》从语言学角度出发，研究余华个人的语言风格特点等。

综上所述，可以看到，长期以来国内学术界关于余华的研究大多都围绕着其暴力、冷漠、血腥的创作风格，苦难、死亡主题的解读或者是其创作转型和叙事语言技巧这几个方面，而余华小说创作中关于市井意识的部分及其意义却很少被提及，无直接针对其"市井意识"的研究。其实余华塑造了大量的"市井小人"形象，"市井意识"在余华小说创作中有着不

---

① 吴义勤. 中国当代新潮小说论［M］. 南京：江苏文艺出版社，1997：312.
② 王侃. 论余华小说的张力叙事［J］. 文艺争鸣，2008（8）：127-131.

可忽视的地位。目前学术界尚未有专门研究余华小说中"市井意识"的相关论著，关于余华"市井意识"的研究资料非常少。为了进一步丰富余华及其作品研究，笔者认为有必要从"市井意识"角度出发对余华小说进行比较系统的研究。

综上所述，笔者认为有必要结合余华的生平创作来看其市井情怀、"市民意识"的具体表现，主要从江南小镇海盐之于余华创作的重要性（它成为余华的情结和精神故乡），以博大的温情描绘众多"小人物"苦难中的人生、为平民百姓代言、借鉴传统市民小说叙事以及文本语言的"市井味"等几方面探讨余华小说的"市井意识"。预期通过该章节，揭示余华对市井人物生存状况的思考。余华小说的"市井意识"是对市井平民的生命表现出的怜悯与关怀，也是对他们的精神世界表现出的伦理关切，有着不可忽视的文学价值与现实意义。

二、江南小镇海盐：余华的情结和精神故乡

江南小镇海盐是余华的情结和精神故乡。1960 年 4 月 3 日，余华生于浙江杭州，约两岁时跟随母亲从杭州迁往海盐，其童年和青少年时代都生活在这里。在《最初的岁月》中，余华曾这样描述他的童年：我的记忆是从"连一辆自行车都看不到"的海盐开始的，我想起了石板铺成的大街，一条比胡同还要窄的大街，两旁是木头的电线杆，里面发出嗡嗡的声响。我父母所在的医院被一条河隔成了两半，住院部在河的南岸，门诊部和食堂在北岸，一座很窄的木桥将它们连接起来，如果有五六个人同时在上面走，木桥就会摇晃，而且桥面是用木板铺成的，中间有很大的缝隙，我的一只脚掉下去是不会有困难的，下面的河水使我很害怕。到了夏天，我父母的同事经常坐在木桥的栏杆上抽烟、闲聊，我看到他们这样自如地坐在粗细不均，而且还时时摇晃的栏杆上，心里觉得他们实在是了不起。① 余华描述的就是海盐县武原镇，是一座典型的江南水乡小镇。余华在海盐度过了他的整个童年和青少年时代，前后 30 余年的创作中，可以说自始至终都是在小镇（或小城）的背景中展开。不论是其早期的先锋写作，还是后来的作品如《活着》和《许三观卖血记》，只有为数不多的作品例外。作品中还时不时地能看到具有鲜明地域文化特色的海盐元素，余华说道："如今虽然我人离开了海盐，但我的写作不会离开那里。我在海盐生活了

第七章 被遗忘了的『市井意识』

① 余华. 没有一条道路是重复的 ［M］. 上海文艺出版社，2004：60.

差不多30年，我熟悉那里的一切。在我成长的时候，我也看到了街道的成长、河流的成长。那里的每个角落我都能在脑子里找到，那里的方言在我自言自语时会脱口而出。我过去的灵感都来自那里，今后的灵感也会从那里产生。"①

通过余华的描述，我们可以注意到江南小镇海盐之于余华，就像北平胡同之于老舍、高邮之于汪曾祺、上海弄堂之于张爱玲一样。海盐小镇是他的情结和精神故乡，在他的创作中总是自觉或不自觉地出现与海盐小镇有关的人、事、物，他的作品中充满了浓郁的市井意识。

三、以博大的温情描绘"小人物"苦难中的人生

余华注重对"市井细民"的人物描写，以博大的温情描绘这些"小人物"苦难中的人生。从20世纪90年代开始，余华的创作风格发生了明显的变化，《在细雨中呼喊》《活着》和《许三观卖血记》这三篇小说的发表，一反他先锋时期冷酷、血腥、暴力的风格，开始以一种平实的民间姿态转向市井人物，温暖地讲述底层小人物生存的故事。余华在其文本中着意描绘这些市井人物生存的现实生活状态，注重对其形象的塑造，将他们的日常生活纳入创作的主体部分，即攫取常态化的生活场景或片段来呈现市井人物在琐碎市井生活里演绎的悲喜剧。

余华小说中的人物众多，形象各异，但是绝大部分都是"市井小人"。《活着》中的福贵，原本出生于富贵人家，有殷实的家境，家里有100多亩地，祖辈靠勤劳打下半壁江山，用徐家老爹的话说就是徐家老祖宗把小鸡变成大鹅、把大鹅变成肥羊、把肥羊变成壮牛的过程，把徐家积累成福贵人家。但是徐家出了两个败家子，一是他自己，二就是福贵了。福贵终日吃喝嫖赌，梦想着能靠赌博把他爹弄掉的100多亩地赢回来，最终却是输光家产，变成了一个彻头彻尾的穷人，从此过上既苦又悲的一生。他的身边出现了各种各样的死亡，老爹意外摔死、母亲生病，为了给病中的母亲买药，被抓去做壮丁，等被解放军送回后，母亲也已经去世，妻子家珍又得了软骨病，接着儿子有庆因为献血过多而死，女儿凤霞难产死亡、女婿也因为意外工伤而死，最后外孙苦根被豆子噎死，福贵身边的人一个接一个死去，只剩下他一个人，饱尝了人世间一切的苦难，却顽强地抵抗命运的捉弄，坚强地活着。

---

① 余华. 没有一条道路是重复的 [M]. 上海文艺出版社，2004：65.

余华通过福贵的人生历程向世人折射出中国广大底层小人物的艰难生存史和苦难奋斗史，描绘这些市井人物生存的现实生活状态，也透视了他们身上独有的生存哲学。"活着"是一个最朴素、最强烈的愿望，他们的"活着"排除了物质、金钱、道德、情感等外在因素的干扰，关注的只是生命本身的存在意义。无论是在恶劣的自然环境中，还是处于动荡的社会环境下，他们都依靠着自身的生命韧性顽强地"活着"，显示了隐藏在中华民族传统基因中最强大、最坚韧的精神力量。

余华在小说《许三观卖血记》中建构了一个世俗化的市井底层空间，还原了一个常态化的市井底层的生活场景。在作者的笔下，市井底层的混沌、平实与朴素都焕发出勃勃生机。小说主人公许三观是一个充满市井气息的城市底层平民，作者把他置身于"民间—市井"这样一个生存场所中来观照他的人生历程。虽然他有着市井人物特有的粗俗、自私和狭隘：说话粗俗不堪；得知一乐不是自己亲生儿子，一度想要抛弃他；为了报复情敌何小勇，怂恿二乐、三乐长大后强奸他的两个女儿；在得知何小勇意外车祸的消息后，他整天乐得眉开眼笑。但是许三观身上也有美好的特质，他安守本分、知足常乐；在苦难面前从未妥协和退缩，以一个市井小人物独有的生存智慧去反抗命运带给他的压迫。前后12次令人动容的卖血经历是许三观一生的生命镜像，"本质上，血是'生命之源'，但许三观恰恰以对'生命'的出卖完成了对于生命的拯救和尊重，完成了自我生存价值和生存意义的确认"①。

许玉兰在小说中是一个典型的市井妇女形象。年轻时候是有名的"油条西施"，在许三观死缠烂打的追求下终于答应和他结婚。生活中她精明圆滑、精打细算，有自己的小智慧，利用许三观厂子里发的手套给家里人织毛衣；买菜的时候总是精挑细选，把最好的菜择出来留给自己；每次做饭时总是抓一把小米放在床底的小米缸里，这一行为在饥荒年代还能维持全家人的生命起了很大的作用。"市井细民因处在社会底层，他们为着人的生存的基本需要，在实际的生活中，形成了世故实用、趋时善变、精明圆滑、精打细算、泼辣勇敢、顺从忍耐以至小奸、小坏等性格，体现出市井间巷间的生存智慧。"②

对像福贵、许三观、许玉兰这样的市井细民来说，所谓的"人生的终

①　余华. 在细雨中呼喊 [M]. 北京：作家出版社，2012：17.

②　肖佩华. 20世纪中国社会的市井叙事——现代市民小说的叙述特征及文化意识 [J]. 海南师范学院学报（社会科学版），2006（3）：22—28.

第七章　被遗忘了的「市井意识」

极意义"对他们来说太过遥远，目下的生存现实才是他们所关切的。世俗的生活虽有种种灾难和不平，但他们总是能够并愿意承受。"好死不如赖活着""及时行乐"对于市井细民来说更现实，即使是苦中作乐或以苦为乐。

四、借鉴中国传统市民小说叙事及文本语言的"市井味"

余华作品注意借鉴中国传统市民小说叙事。中国古典市民小说题材类型丰富多样，如才子佳人、武侠等题材，都深受民众的欢迎。余华的部分作品对上述题材小说进行了借鉴，他从古典传统小说中获得创作灵感，其作品体现中国传统市民文学的叙事特征，继承了中国宋元以来的市民文学传统，充满了浓郁的市井意识。

余华小说《古典爱情》化用传统民间故事中才子佳人的模式，题材类似宋元话本小说中人鬼离合的爱情故事，讲述了进京赶考的书生柳生和富家小姐惠之间凄婉的爱情故事。柳生家境贫寒，父亲早亡，在上京赶考的路途中邂逅富家小姐惠，二人坠入爱河，惠还赠予柳生信物。第二天，柳生带着惠赠予的盘缠和一缕青丝踏上进京赶考之路，不料考试落榜，无法衣锦还乡的柳生自愧无颜去见惠，径直归家。人事易迁，昔日惠小姐家的高宅大院已经变成断壁残垣，惠小姐也不知去向。三年后，柳生再度进京赶考，昔日光辉繁荣的景象已不见，民间到处遍布荒野枯河、甚至还上演"人吃人"的恐怖荒诞景象。在这之后，柳生在菜人市场里，找到了阔别已久的小姐惠，她已经沦为"菜人"，一条腿正被砍下待售。柳生倾其所有赎回了小姐的腿，并答应小姐的请求，一刀结果她的性命。柳生把她的遗体埋葬在河边。柳生三次进京赶考均落榜，最终决定放弃功名，终身陪伴在孤苦伶仃的惠的坟墓旁。这时奇迹出现，一天夜里，惠小姐化为人形出现在柳生的屋子里，如同重生一般，柳生又惊又喜，将惠的坟墓掘开欲探究竟。他惊喜地发现，小姐的身体正在长出新肉，柳生将土轻轻盖回。夜里，惠泪眼蒙眬："小女本来生还，只因被公子发现，此事不成了。"此故事可以说以悲剧结束，看得人心绪百转千回，颇感失落。

余华的《古典爱情》在人物塑造、情节设置等方面与明朝汤显祖《牡丹亭》有很多的相似之处，但又可以说是一个"反《牡丹亭》"的故事。从人物塑造方面看，余华的《古典爱情》里的柳生和《牡丹亭》的柳梦梅都是一介寒儒又颇有才气，二人同是进京赶考的学子；女主人公惠与杜丽娘一样是富家小姐，大家闺秀，天生丽质。在情节设置上，男女之间都是偶然相遇且一见钟情，杜丽娘和惠后来都变成了"鬼"，两部作品都由"人人恋"变成了"人鬼恋"，且都有男子掘墓的行为和女子还魂的情节。可以看出，余华的小说《古典爱情》对《牡丹亭》有所借鉴，体现了中国传统市民文学的叙事特征。

余华还继承了中国传统市民小说中的"武侠"叙事模式。"侠义"一词是从中国武侠小说里引申出的一种精神。爱国爱民，机智勇敢；劫贫济富，惩恶扬善；为人仗义，肯于助人；路见不平，拔刀相助；抱有强烈的社会责任感和正义感都是民间侠义的体现。儒家也讲"舍生而取义者也"，"义"的内涵极其复杂，包含了个人间的情义、恩义，江湖间的侠义、信义，对国对君的大义、忠义，对长对亲的孝义、亲义等。

余华的《鲜血梅花》包含了"义"这个主题，是对长对亲的孝义、亲义。这类子报父仇，为亲人复仇的行为通常被认为是正义的，是天经地义的行为，体现了传统伦理观念。该小说发表于1989年，主要讲述了一代宗师阮进武被杀后，其子阮海阔在母亲告诉他寻找杀父仇人的方法后，寻找杀父仇人的漫漫历程。在寻找白雨潇和青云道长的途中，他遇到了胭脂女和黑针大侠。阮海阔找到了青云道长，帮助胭脂女和黑针大侠打听到他们想知道的仇人。当他在三年后遇到白雨潇时，却得知杀父仇人已经被胭脂女和黑针大侠杀死了。可以注意到，《鲜血梅花》中余华对中国传统父仇子报式武侠小说进行了借鉴，无论从文本题目、文本语言，还是从情节结构上看，这部小说都带有父仇子报式武侠小说文体类型上的明显特征。首先，小说的标题就具有浓重的武侠小说色彩，给人以腥风血雨、刀光剑影的想象空间。另外，一代武林宗师阮进武离奇被杀、梅花剑的奇幻传说、阮海阔母亲为复仇自焚而死、胭脂女和黑针大侠的独门绝技、青云道长和白雨潇退出武林却无所不知，以及虚弱不堪但依然以复仇者形象出现的阮海阔等，这些武侠元素的存在使整部小说飘荡出武侠小说的文类特征和审美特征。其次，在情节设置上，父仇子报式武侠小说极为经典的复仇模式是"惨祸—遗孤—学艺—防凶—复仇"，小说的情节设置也基本上遵循这一模式：阮进武神秘死去—遗孤阮海阔艰难成长—成年之后踏上复仇之路。①

小说是语言的艺术。余华作品中的文本语言有着民间化的特点，多是口语化的市井语言，大多浅白，直截了当，不拐弯抹角，在正常对话的基

---

① 邬春立. 复仇宿命中的漫游——析《鲜血梅花》的戏仿反讽色彩 [J]. 常州工学院学报（社科版），2010，28（04）：43—47.

础上加上充满民间特色的俗语和口语。其作品里还时不时地能看到具有鲜明地域文化特色的海盐元素的语言描写，充满着浓郁的市井气息。

这种口语化的市井语言随处可见。如《许三观卖血记》里许三观掰着手指给许玉兰详细地算账："小笼包子两角四分，馄饨九分钱，话梅一角，糖果买了两次共计两角三分，西瓜半个有三斤四两花了一角七分，总共是八角三分钱"①。这写出了市井细民的斤斤计较，给读者以真实感。而小说《活着》中有许多日常化的比喻，符合人物的所见所闻，如福贵这么形容他爹"几十年来我爹一直这样拉屎……那两条腿就和鸟爪一样有劲"②，把他爹的腿比喻成鸟爪，"这个嫖和赌，就像是胳膊和肩膀"③。这都符合福贵自身的生活体验。福贵在输光家产后，他娘不怪他却怪他爹，"上梁不正下梁歪"一句把这层意思表达得淋漓尽致，把人死了说成人"熟"了，也很符合市井民间的风俗习惯。

此外，余华在海盐度过了他的整个童年和青少年时代，作品里有关海盐这座市井小镇的语言描写的地方有很多，比如在《许三观卖血记》中的一段话："他就这么独自笑着走出了家门，走过许玉兰早晨炸油条的小吃店；走过了二乐工作的百货店；走过了电影院，就是从前的戏院；走过了城里的小学；走过了医院；走过了五星桥；走过了钟表店；走过了肉店；走过了天宁寺……然后，他走过了胜利饭店。"这是在记忆里他所生活过的海盐小镇，给读者以真实感，仿佛身在其境。另外，《许三观卖血记》这本小说的语言，尤其是人物对白诙谐、浅白，具有明显的南方小镇的口语感，充满了浓郁的市井意识。

五、融化中外：抵达新的境界

余华被誉为中国的"狄更斯"，确实，余华的创作与 19 世纪英国伟大的作家狄更斯有很多的相似之处。狄更斯是英国批判现实主义文学的奠基人、开拓者，为英国文学和世界文学的发展做出了卓越的贡献，被称为英国维多利亚时代"最伟大的小说家"。狄更斯生活在 19 世纪中叶维多利亚女王时代前期，他的作品洋溢着一种自觉的反思与批判精神，写出了那个时代上层社会的堕落和下层人民的不幸。"这是一个最好的时代，这是一

① 余华. 许三观卖血记［M］. 北京：作家出版社，2014：46.
② 余华. 活着［M］. 北京：作家出版社，2014：7.
③ 余华. 活着［M］. 北京：作家出版社，2014：9.

个最坏的时代"——是当时英国复杂社会现实的写照。他具有博大的人道主义精神，描写生活在英国社会底层的"小人物"的生活遭遇，特别是妇女、儿童、老人的悲惨处境。狄更斯追求社会正义，站在弱势群体一边，为"小人物"代言，揭露批判各种丑恶的社会现象及为富不仁者，憧憬更合理、更美好的人生，以理想主义和浪漫主义的豪情讴歌人性中的真、善、美，探寻能使人类和谐相处的核心价值。

余华与狄更斯有很多相同的地方。余华的作品真正打通了中国都市与乡村间的血脉联系，描写了中国城市与农村的真实现状，关注中国平民百姓的生存境遇，对他们的生存现状给予了真实的描写，也对他们的精神世界表现出伦理关切，塑造了福贵、许三观等诸多典型、饱满、鲜活的市井人物形象。余华视野开阔，其作品既植根于源远流长、博大精深的中国传统文化，又广泛吸收了西方批判现实主义、现代主义乃至后现代主义等各种创作手法，达到了很高的水准，有着一定深度的哲学意蕴，不少作品显现出强烈的哲学意识。"一切历史都是当代史（克罗齐语）",[①] 追求一种能够穿透历史的当代精神的激扬，一种蕴藏着更深刻的文学的、美学的、伦理和历史的丰富性，摒弃了简单化的美丑善恶等写法。哲学的历史"是最高的、最自由和最丰富的形态"[②]。历史哲学意识乃是对历史本体做总结观照时所阐释的历史发展规律和对这种规律上升到哲学高度的认识。用哲学的方法审视文学是余华创作思考的关键和前提，即认知的文学还原。如《活着》就很注意从总体上对历史的踪迹进行观照和把握，作家不是把福贵一家的悲剧写成某某人所造成的，而是从诸种错综复杂的矛盾交叉点上揭示福贵一家的悲剧的偶然中的必然和必然中的偶然，从而揭示其深层的规律，开掘出丰厚的哲学意识。他以追求哲学的深刻为制导，至此，《活着》等文学作品的审美才开始了真正意义上的选择，以自省为基点，以审美意识的独立为特征，以对社会生活、历史的理性的全程式把握为基本内容。审美不仅要最大限度用自己的形式装载丰富复杂的人生历史内容，还要在这一承载之中大规模革新自身，使材料与结构在新的层次上取得平衡。审美不仅选择内容，也在同时广泛地选择形式；不仅选择历史，也将在选择时代的前提下选择未来，借助于哲学这一跳板，进入民族审美的文化层次，并在文化层次中完成民族精神心态的选择与重构。余华的创作终于抵达了新的境界，实现了中外文学的融合，具有深厚的中国本土经

① ［美］M. 怀特. 分析的时代 ［M］北京：商务印书馆，1986：40.
② ［德］黑格尔. 历史哲学 ［M］. 北京：三联书店，1956：90.

验——中国话语，体现出另一种现代性——中国现代性。其小说《活着》《许三观卖血记》《兄弟》《第七天》等众多作品，大多已成为中国当代文学史的经典。

这里我们可再谈谈他 2013 年发表的长篇小说《第七天》。《第七天》开篇写道："浓雾弥漫之时，我走出了出租屋，在空虚混沌的城市里孑孓而行。我要去的地方名叫殡仪馆，这是它现在的名字，它过去的名字叫火葬场。我得到一个通知，让我早晨九点之前赶到殡仪馆，我的火化时间预约在九点半。"一个已经死去的走向殡仪馆、将被火化的人，怎么还能跟读者说话，他又将说些什么呢？我们知道，中国民间有头七的说法，但在 2014 年 5 月，余华回答《京华时报》记者采访时谈了他创作这个小说的想法。余华说自己写作的时候，不让自己去想头七，脑子里全是《创世纪》的七天。《第七天》的正文前，是这样的一段话：到第七日，神造物的工已经完毕，就在第七日歇了他一切的工，安息了。这段话引自《旧约·创世纪》。余华通过这段引文让我们知道，他的小说《第七天》分为几个部分，分别是"第一天""第二天""第三天""第四天""第五天"乃至"第七天"，但并不是机械地与《创世纪》的七天一一对应。小说塑造了两个世界，近景世界是现实世界，这是一个荒诞的、冷酷的世界；远景世界是死者世界，这是一个至善的、温暖的世界。现实与魔幻交错出现，在这两个世界中，爱恨情仇、悲欢离合、光怪陆离、复杂丰富的社会生活一一呈现，既表现出作者对平民百姓的人文情怀、呼唤真善美的理想主义，又显现出作者强烈的现实主义批判精神。白烨说："《第七天》以死人还魂再去赴死的魔幻故事，打通了虚幻与现实的界限，实现了生活与戏剧的对接，作品以荒诞的艺术形式完成了现实批判，存在的渴望与苦命的绝望始终相随相伴，让人感到无比的痛心与彻骨的虐心。"①

作为中国的"狄更斯"，余华是在国际上最出名的中国作家之一，其作品被翻译成英文、法文、德文、俄文、意大利文、荷兰文、挪威文、韩文、日文等 20 多种语言在国外出版。长篇小说《活着》和《许三观卖血记》同时入选百位批评家和文学编辑评选的"20 世纪 90 年代最具有影响的 10 部作品"，荣获了多个国内、国际文学奖，先后获得意大利格林扎纳·卡佛文学奖、法国文学与艺术骑士勋章、澳大利亚悬念句子文学奖、中华图书特殊贡献奖等多种奖项，影响广泛。

---

① 白烨：直面新现实，讲述新故事［N］. 文艺报，2014－01－29.

综上所述，市井意识作为一个重要的文学现象贯穿了余华小说的创作过程，研究余华小说的"市井意识"有着不可忽视的文学价值与现实意义。我们从江南小镇海盐之于余华创作的重要性——余华的情结和精神故乡，其小说注重市井人物的塑造、借鉴传统市民小说叙事以及文本语言的"市井味"、被誉为中国的"狄更斯"等多方面探讨了余华小说的"市井意识"，揭示了余华对市井人物生存状况的思考以及对市井平民的生命表现出的怜悯关怀，对他们的精神世界表现出伦理关切，以博大的温情描绘了苦难中的人生，以激烈的故事表达了人在面对厄运时求生的欲望。诚如余华自己所言："随着时间的推移，我内心的愤怒渐渐平息，我开始意识到一位真正的作家所寻找的是真理，是一种排斥道德判断的真理。作家的使命不是发泄，不是控诉或者揭露，他应该向人们展示高尚。这里所说的高尚不是那种单纯的美好，而是对一切事物理解之后的超然，对善与恶一视同仁，用同情的目光看待世界。"①《活着》《许三观卖血记》等小说就表达了余华的这种创作理念，完整丰富的人性在小说中得到充分的体现。如前所述，20 世纪 90 年代之后的余华由"先锋"转向平实，从中华民族古老深厚的文明中找到了灵感，进入民族审美的文化层次，并在文化层次中完成了民族精神心态的选择与重构，促其创作抵达了新的境界。

第二节　　"讲故事的人"：莫言的市井意识

一、莫言研究现状及其创作灵感的来源：高密乡镇

生于红土遍地的高密乡，莫言以乡土文学为主要写作基点，结合自己实际生活的方方面面，在小说中融入了故乡中具有代表性的风土人情，为我们展现出一幅幅平凡但生动的生活图画。我们通过其小说中的乡土文化的表现，可以了解其中的市井文化，帮助我们进一步了解莫言创作的出发点及透过他笔下的市井意识反映出的当时的社会特征。目前，研究莫言小说中市井文化的学者依然寥寥无几，国内外暂时还没有学者对其小说作品中的"市井文化"方面做一个详尽的归纳总结，因此我们也难以找到系统

---

① 余华. 活着［M］//余华作品集：第 2 卷. 北京：中国社会科学出版社，1995：292.

的研究文本。虽然市井类文献不多，但目前在其他学者对于莫言小说中"民俗性""民间性"的研究中也可提取与市井文化相关的参考内容。下面拟重点分析莫言小说中与市井文化有关的部分、某些具有市井文化代表性的人物及行为，剖析他所呈现在小说里的市井意识及市井文化对其作品的影响，并总结归纳市井文化对于莫言文学创作的重要性，丰富完善现今市井文化、市井意识的研究。

中国传统市井小说擅长讲述小市民的日常生计烦恼和婚恋情感的迷茫，对俗世生活和人的食色本性逐渐上升到哲学认知和审美层次，对养育街衢百姓、汇集三教九流的市井有相当深入的揭示。新世纪市井小说映射着中国城市现代化转型引发的矛盾和阵痛，以其明确的问题意识和现实感成为文学创作中一个突出的叙事类型。① 作为在芸芸众生中毫不起眼的市井小市民，他们可以肆无忌惮地以享乐为主，以自我感受为生活的主要依据，在生存中找到自我生活，并不会受到颠簸变化的外界所影响；他们又是重情义的，虽说他们以乐为先，但当面对家庭、朋友需肩负起责任时，又会义不容辞地挺身而出。他们尽显小市民的倦态，但无可否认他们是中国社会中最真实的存在。

因为太过日常化的生活，市井文化往往被束之高阁，不为文学家所接受，更不要说被记录在文学小说中。但市井文化的出现，并且得到进一步发展，并不是毫无理据的，它更多的是冲破牢笼，重视日常生活，深层发掘人的真实生活，并化为文字作为现实对我们的扶持，比起浪漫语言更具有实用主义。因市井在文学作品中逐渐显露头角，故对市井文化的研究就显得十分重要和必要。

莫言出生、成长在这广袤无垠的高密乡中，直到 21 岁才离开那里。莫言的文字深深植根于故乡，高密乡镇是他一切创作灵感的来源。但刚开始走上写作道路的时候，莫言也和大部分作家一样有着功利的目的，为了创作而创作，重复书写着主流的内容。慢慢地，他才开始意识到自己也可以描写不同的东西。环境塑造人，长期生活在故乡，经历了三年困难时期，又遇上文化大革命，所以选择了把文学的重点转向了鲜有人愿意提及的、在当时主流小说中是"突兀"存在的市井文化。他用文字表达像他一般的市井小民。也因长期沉浸在这一环境中生活，培养出他做人、做事要有"根"的想法，懂得"寻根"才能做到真正为百姓而创作，这也是他的寻

---

① 丁琪. 从新世纪市井小说看城市新价值观的崛起与文学反应 [J]. 社会科学文摘，2017（08）：111－113.

根文学、乡土文学如此深入人心的原因。

小市民会为了三餐而奔波，为了生活在底层拼命挣扎，也有生活富足外的消遣。他们虽然有时悭吝、性格暴躁，但也有重情义、讲诚信的一面。他们在道德面前对价值的选择是隐藏在这些文字中的，值得我们探究。透过他们事无巨细的琐碎，着重表现他们的价值选择。莫言不再一味追求故事性，而是选择写实。这既反映了时代的特点，同时也更容易理解覆盖在生活下的真谛。

二、小说中平民百姓人物生活的真实化

莫言笔下的市井人物形象多样、性格各异、覆盖面极广。如《野骡子》中的母亲，并不是多数小说中的温柔和蔼、每日规矩生活的"慈母"形象，而是有着火爆性格的人："母亲喊我起床，第一声温柔，第二声提高嗓门不厌烦，第三声怒吼，要是还不能像火箭一样从被窝里窜出来，就会用非常麻利的动作，将盖在我身上的被子掀走，顺手捞起扫帚，对准我的屁股猛打。"[①] 莫言是他母亲最小的儿子，母亲对他的疼爱和教育、他对母亲情感上的依恋，对他日后的创作产生了巨大的影响。[②] 这一连串对母亲动作的描写，描写的不正是日常挑战母亲底线并游走在母亲的怒气中生存的我们吗？不同于以往小说中母亲总是以极高大的形象出现，莫言没有对母亲进行美化，而是真实地把一个母亲面对孩子时的愤怒表现了出来。正是母亲这些怒气，让我们格外怀念，让我们在虚拟小说中找到真实感，适配自己的生活；又如《长安大道上的骑驴美人》中，"中午吃了一碗韭菜炒猪血，几个热爱侯七的青年还捏着他的鼻子灌了一碗啤酒。下午接着议论日全食与彗星，熬到五点，下班……"[③] 的枯燥生活，这流水账把芸芸众生中我们每日得过且过的常态全都表露无遗。莫言将市井生活作为小说主要描写的中心，展现出社会形形色色的人在生活中所经历的平凡事又或者是遇到的困难，真实客观地反映了作为"人"的生活。再如《红高粱家族》中："罗汉大爷牵着骡子，挤进集市。集上有卖炉包的，卖小饼的，卖草鞋的，抽书的，摆卦的，劈头要钱的，敲牛胯骨讨饭的，卖金枪不倒药的，耍猴的，敲小锣卖麦芽糖的，吹糖人的，卖泥孩的，打鸳鸯板说武

① 莫言. 生蹼的祖先 [M]. 北京：文化艺术出版社，2001：8.
② 卢顽梅. 莫言的"创伤性记忆"与其创作 [J]. 黄冈师范学院学报，2019，39（01）：36—39.
③ 莫言. 长安大道上的骑驴美人 [M]. 深圳：海天出版社，1999：09.

二郎的，卖韭菜黄瓜大蒜头的，卖刮头篦子烟袋嘴的，卖凉粉的，卖耗子药的，卖大蜜桃的，卖小孩子的——专门有个'孩子市'，出卖的孩子，脖领子上都插了根干草。黑骡子不时把头扬起来，弄得铁嚼环哗啦啦地响。罗汉大爷生怕骡子踩了人，前后招呼着，天近正午，日头毒辣，他汗水淋淋，一件紫花布褂子溻得透湿。"① 短短一段排比，把形形色色的集市地摊买卖列举完毕。人要生存，有的依靠劳动，有的出卖自己的骨肉，还有的付出肉体，但这由不得外人去批判，外人也没资格批判。不可否认，这都是人在面对艰苦生活，为了生计时无可奈何的选择。回归现实，普通人如我们，虽然生活不至潦倒于在大街上摆卖，但总有些时刻需要我们为生活做出抉择、做出牺牲。

莫言把描写对象瞄准社会底层的市井小民，通过他们的日常生活表达人的真实生活。他们的生活不但不俗，反而击中在底层为了生存而拼命挣扎的普通人，以小见大体现出人生哲理。市民阶层呈现的市井文化是小说描写的新视角，通过放大市井小民的生活习惯，对生活进行重新解说和定义，真实地道出生活并不如小说中般顺心如意，但也不是想象中的凌乱不堪，而且能代表大多数人的往往是这种市井小民，每日为了生计奔波劳累，甚至为了满足欲望不惜出卖自己的肉体；他们有生活的矛盾，也有金钱的满足；有感情的纠葛，也有日常的简单。

从方法论方面来说，民间可以看作是一个视角，是一种工具，是一种价值态度和立场，也是一种思维方式或者生活方式，从这个方面来说，就是具有民间特殊性的价值判断。② 莫言加大对市井人物及其日常行为的描写，同样也是颠覆我们一路以来从其他小说中获得的价值观。哲学是藏在生活中的琐碎，生活的真理又体现在细节上。《三十年前的一次长跑比赛》中，朱老师和桑林因为一颗杏子而起了小肚鸡肠的争论，通过市井文化，着重表达的是人也是普通的人，并不是除了吃饭就是睡觉的神圣人物，他们有着一切人该有的欲望。莫言不仅要通过美好的风光去歌颂这个他深爱着的高密乡，更要在小说中穿插不同的市井文化去表达这一个高密乡中隐含的各种主观缺陷。他借小说人物的语言行为告诉读者，人是有缺陷的人，但也由此铸造了人，以此认清生活的真相。

作家既能通过揭露时代风貌和社会文化状况来批判世事，还能表达作者笔下的理想世界。他们作品的语言大多平和朴实，人物各有所态，就像

---

① 莫言. 红高粱家族 [M]. 海口：南海出版公司，1999.
② 涂登宏. 莫言小说的乡土特征探讨 [J]. 北方文学（下半月），2010（03）：33-34.

生活在你我身边的一样，都是微不足道的小人物，能减弱作家和读者间的距离感，所以读者更能有共鸣。用"市井"来修饰大道理，"真实感"是莫言小说的一大优势。在《师傅愈来愈幽默》中，因工厂裁员而下岗的丁师傅因为苦闷上街游荡而受到了同为下岗工人的王大兰的热情款待："丁师傅，吃草莓""丁师傅，吃西红柿""丁师傅，吃红萝卜"。最终他也悟出了生活艰苦，但只要肯出力，放下架子，日子还能过得很好的道理。①这就是市井小民的生活，他们没有随意挥霍的本钱，哪怕遇上再艰苦的环境，也只能咬着牙坚持，因为一旦放弃，生活也将支离破碎。莫言除了表露生活的真相，其中还暗藏浓烈的人情味。人情源自个体生存的欲望，是从人本体的角度对人性的洞察和体谅，是市民文化中世俗经验和智慧的体现。② 多年来传统的专制让我们循规蹈矩，压制了人性，不敢有异，于是人情便成了维系关系的重要工具。但由于市井文化是一种孕育在城市间的特殊文化，于是人情便成为市井小民行事的重要标准，也是市井文化的叙述技巧。莫言用人情味区别于其他夸张的情感，为我们带来了一丝的温情，这是极具活力的，赋予了人和文字一种新的生命力。市井除了琐碎的柴米油盐、苦恼的无病呻吟，更多的还是我们一直逃避、需要面对的真实自我，它们是最贴近我们生活的写照。对这些市井不厌其烦的描绘，是他试图摆脱我们心中那个肆意妄为的幻想的自己，生活是困苦的，所以我们更不能忽略其中的市井味道。

三、小说语言充满世俗情趣

文学是语言的艺术。莫言已出版的小说，如《红高粱家族》《丰乳肥臀》《司令的女人》《野骡子》等，我们从题目就可以发现，都是极具市井气息的：用词简单直接，大多是生活中常见用词及日常事物，甚至有点世俗化的粗鄙，长驱直入表露小说的内容，带给人一种耐人寻味的感觉。

莫言小说的一大特色，是字里行间隐含着非常多的荤段子。长期以来，因为中国对于性的排斥，使谈论性成为社会中的一大禁忌。荤段子包含色情、不雅内容，一直都不被接受，难登大雅之堂，在文学作品中更不受待见。但在莫言的小说里，对荤段子的创作不但没有限制，反而因为这

---

　① 莫言. 司令的女人 [M]. 昆明：云南人民出版社，2002：11.
　② 夏雪飞. 论叶广芩家族小说中的市井书写 [J]. 同济大学学报（社会科学版），2018，29（02）：103－108.

种潜在的不成文规矩让他运用得更加大胆。破除规矩冲破牢笼的文字，让他及他的作品饱受社会的诟病。性代表粗鄙，小说中提及性更是羞耻，很长一段时间内莫言甚至被批判。其实，荤段子就如逛街、吃饭一样，是市井市民生活情趣的体现，并无雅俗之分。"饮食男女，人之大欲存焉。"性本身，就是人类的自然需求，是一种如同每日吃喝拉撒般存在的必需品，只因为社会文明和人的羞耻心的发展，性才被放置到一个极高的神圣位置。莫言却成为冲破这道阻碍的重大力量，在小说中以露骨的文字大胆地谈论性。弗洛伊德将性本能和营养本能看作是人类最为重要的本能，他更将性本能看作人类发展的原动力。正是这些性冲动，对人类心灵最高文化的、艺术的和社会的成就做出了最重大的贡献。①《红高粱家族》中，奶奶和爷爷在田野里放肆地野合；《司令的女人》中用民谣的方式隐晦地表达农民青年对知青唐丽萍的性冲动："……好像馒头，刚刚发酵；好像鲜花，刚开放了；闻到她味，没酒也醉；闻到她味，三天不睡。"② 莫言曾说："我的'高密东北乡'可以包容天下物，而天下万物，皆可以为我所用。"③性是危险的，人是脆弱的，必须通过控制性来保护人。但人并不是孑然一身地存活在这世上，思想上的情感牵绊、肉体上的情欲纠纷正是活着的真实证明，并不能一味通过压抑性而描绘出一个无欲无求的社会，将人进一步神化。好的作品应该去发现市井的丰富性和可能性，而不是简单地以道德戒尺压抑可能的生机和活力，或者正好相反，对丑恶的东西熟视无睹。④

人是世俗的，但人的欲望和生活是和谐的。荤段子的出现，颠覆了文学小说中人的清高形象，还原人生活的真相。大胆谈论性，创作荤段子，莫言小说中荤故事的插入及其粗鄙特色，这种创作特征正体现了高密东北乡人民的狂欢化精神。⑤经济基础决定上层建筑，只有温饱得到满足，人才会有心思去寻求其他消遣，提升自己的生活情趣。人对于荤段子的大肆创作可看出是生活目的的转变，当生活的重心不再是单纯为了活着，而转向在活着外寻找情趣时，也从侧面表达出人民生活的安稳。生活是比生存更高层面的一种状态，也是人生的一种乐观的态度，证明生活在某种程度

---

① ［奥］弗洛伊德. 精神分析引论［M］. 高觉敷，译. 北京：商务印书局，1984.

② 莫言. 红高粱家族［M］. 海口：南海出版公司，1999.

③ 莫言. 没有个性就没有共性 用耳朵阅读［M］. 北京：作家出版社，2012：136.

④ 丁琪. 从新世纪市井小说看城市新价值观的崛起与文学反应［J］. 社会科学文摘，2017（08）：111－113.

⑤ 张相宽. 试论莫言小说中的荤故事及其审美意义［J］. 中国政法大学学报，2018（05）：195－205.

上说已经达到他们心目中的富足，这是社会变化的重要体现。市井文化特有的包容性，使所呈现出来的生活内容更具宽广性，也使作家真正走进人的世界，从人最原始的欲望出发去了解市井生活，品味市井含义，探寻人生活的真谛。

四、市井文化对莫言的影响

市井文化对莫言写作风格的形成具有重要的影响和作用。

莫言创作《红高粱家族》的想法，是基于韩少功当年提出的文学要"寻根"的倡导。文学如果不植根于民族的文化土壤中，内涵就是不深刻的，也无法发展壮大起来。因而文坛上许多年轻作家纷纷注重突出"寻根"的意识，秉承文学民族性的观念，不断寻找个人特色，而莫言的民间性写作，歌颂故乡传奇也从此时开始。只是寻根文学的局限性促使文学家忽略了对现代社会的指导，一味发掘非典型现象，不能从本质上带来积极意义。莫言在山东乡镇生活了20余年的时间，爷爷奶奶的家庭生活都给予了他足够多的经验去寻根，然而"根"不能简单停留在表面的民俗习性上，这是可以随着时间、环境而改变的。真正不变的，属于民族的根的，只有普通百姓在生活中不经意流露出来的文化，那就是存在于社会上的市井文化。莫言毫不掩饰地称自己是"作为一个老百姓在写作"，且反应的是个人感受到的痛苦和愿望，将个人的感受代表老百姓的感受，20年的乡镇生活让他看清了生活的真相，普通市民在生活的考验前是无从选择的，生活是朴素又心酸的，因此必须依靠文字记录下来，作为文化去传播到大家的思想上，从而去认同理解这种文化带来的影响。他认为，在写作时，应该让自己笔下的人物和景物，释放出自己的气味。[①] 小说里的市井气息，就是他文字中隐藏的味道。城市就等于市井，市民就是老百姓，他们多数是没有任何权势的普通人，只用自己热爱的方式生活在社会中，日复一日与生活对抗，柴米油盐是他们的生活，但并不是全部。因此，需要有一个人通过日常化的语言去描绘颠覆往常的形象，表现出生活的真实性。

莫言出生于高密东北乡镇，自幼耳濡目染，受到齐文化的熏陶，莫言作品中所记叙的爱恨情仇、善美丑恶的人性都和他生长的环境有关。他见证着忠厚老实的爷爷辛勤务农；见证着母亲处理琐碎的日常事务；见证着高粱地中的英雄传奇故事；故乡长达20余年的生活给他提供了足够的市井

① 吴树新. 读懂莫言 [M]. 合肥：安徽人民出版社，2014：12.

文化的参考，小时候能说会道的莫言，偷看过不少"禁书"，也在叔叔介绍下当过棉油加工厂的临时工。莫言小说脱离不开魔幻的风格，但怕吃说话的亏，于是他把被压抑的本能转化为小说中的激烈热情的语言去表达生活的真相。在见过如此多的市井现象后，人成为他写作的核心。他热情赞叹着敢于走自己道路的人，他赞颂这些为了坚持对抗生活的人。莫言创作初期，即使构思不错，但碍于没有恰当的语言能表达他的想法，故创作的小说都离不开学生作文的一板一眼。他秉承着"一个好的小说家的语言都是有一种说服力的，即使他说的故事是超出现实的，只要语言有说服力，就能营造出一种独特的氛围"① 这一宗旨，通过多年来浸泡在市井环境中的优势，对市民生活有更深刻的了解，他借由文字直言不讳地道出生活真相，采取市民价值本位——市民化书写，以市民身份去照观市井生活，直面人生的残缺与无奈，发掘出生存的意义与价值。②

好的作品是形象大于思想，把生活中最根本的东西描述出来，把人身上最本质的东西表现出来。唯有如此才能超越时间、地域、阶级的限制，成为全人类的经典。③ 莫言的市井文化，是站在故乡的人、事、物的高度所上形成的，通过他在乡镇生活的经验及多年来对底层的市井小民观察得出的。小说中所呈现的市井意识，都是莫言在市井生活中受到的潜移默化的影响。莫言曾说道："小说，原本不是什么高贵的东西。它起源于下层，是那些茶楼酒馆的说书人，用他们的嘴巴，讲述给那些引车卖浆者听的故事""写这些小说的目的就是讲故事给别人听。从'三言二拍'到蒲松龄，摆出一个说书人的架势给别人听"④。小说来源于底层，自然是要与市井挂钩，反映人民的生活。莫言作品中的市井现象，可以说是最能代表中国传统市民特性的表现，他道出了文学创作中最重要却被忽视的"真实"。一个人越过高山，走南闯北，行虽远，但无法逃离市井带来的宿命。市井是一个能给予它无限想象的范围，作家不必规矩内容，因为它可以被赋予任何的含义，最终呈现出的，就是读者心中的市井。

概而言之，市井文化可能一直都被误解为只是柴米油盐的琐碎和妇女间的闲话家常，看不到的是背后隐含的突破规矩和人性的自在舒心。市井

---

① 莫言. 小说的气味 [M]. 北京：当代世界出版社，2004：1.

② 肖佩华. 市井意识：现当代中国市民文学的灵魂 [J]. 韶关学院学报. 2006 (11)：11—14.

③ 张相宽. 试论莫言小说中的荤故事及其审美意义 [J]. 中国政法大学学报，2018 (05)：195—205.

④ 莫言. 我为什么写作. 用耳朵阅读 [M]. 北京：作家出版社，2012：286.

意识作为莫言小说一个重要的文学现象，不仅包含着莫言自己的经历，更是通过这些看似不起眼的无关紧要的日常，映射出每位市井小民关于道德价值观的选择，是社会人性的本质投射到小说中的一种重要体现。我们没有三头六臂，不是神人也不是圣人，我们只是在现实和欲望中挣扎的普通人，要始终认清这一个事实，并希望能通过小说逐渐找到属于我们对应的性格，并警示自己回归本质，不要让所谓等级、粗鄙限制了自己。

贴近生活的市井文化，是莫言小说创作的重要来源和动力，我们不再沉浸在社会、人、事物的过分美好之间，而是去接受隐藏在市井下我们多年来不敢提及的真相，并逐步了解市井带来的力量。市井意识的研究对于未来的文学创作有着重要的作用，必须引起重视，并不断深入研究。

结语："讲故事的人"——蒲松龄的传人

莫言的作品在国内外影响广泛，获有国际性声誉，被翻译成英文、法文、德文、俄文、意大利文、日文、韩文等多种语言在国外出版、发行。2011 年莫言获得茅盾文学奖，2012 年斩获诺贝尔文学奖。无疑，莫言是新时期以来中国文学杰出的代表性作家。2012 年，莫言在瑞典发表获得诺贝尔文学奖感言时说："二百多年前，我的故乡曾出了一个讲故事的伟大天才——蒲松龄，我们村里的许多人，包括我，都是他的传人。"莫言等当代中国作家从中国传统文化、传统文学，包括市井文化、市民文学丰厚的资源中广泛汲取营养，同时不忘放眼世界，借鉴国外优秀文化、文学。他们学习、吸收了西方的现代主义、拉美的魔幻现实主义等写作手法，像威廉·福克纳、加西亚·马尔克斯等对他们的创作都有影响。正如波德莱尔有关现代性的经典定义：现代性一半是变的，一半是不变的。莫言融化了中外（西）文学，不少作品充满哲理意义，凸现出强烈的历史哲学意识。哲学的历史"是最高的、最自由和最丰富的形态"[①]。这些作品所揭示的内涵大多具有多义性、复合性，而非单一性；其内容也不仅展示社会外在力量间、众多事理之间的交锋，而且进入人的性格以及人的内在矛盾之间的交锋，揭示人的自身所陷进的各种旋涡；进而引发出对人的生命本体的探询与叩问、人的生命存在形态的思考。人的生命不仅交织着政治、经济、宗教等的内容，同时深刻地交织着礼教、人性、灵与肉等各方面的内容。生命在此不是孤立的，而是历史的、文化的、生活化的。存在与毁

① ［德］黑格尔. 历史哲学 ［M］. 北京：三联书店，1956：90.

灭、悲悯与爱情……构成了一个无限苍茫的空间。莫言等新时期以来的中国作家的创作给了我们一个深刻的启示，这就是"现代化与民族化"并行不悖，"把中国文学固有的特质因了外来影响而益美化"①，并使得在一个更高层次上的中外（西）文学"融化"成为可能与现实。日本福冈亚洲文化奖评委会高度评价莫言：莫言先生的作品引导亚洲走向未来，他不仅是当代中国文学的旗手，也是亚洲和世界文学的旗手。确实，莫言等当代中国作家的创作取得了很高的成就，他们所取得的成就预示了一种民族文学的方向：既是中国的，又是现代的，是中国文学调教出来足以面对世界的。毋庸讳言，莫言等新时期以来的中国作家的创作也存在不少问题，所以我们要善于发现、总结这其中的成功与不足。毋庸置疑，在世界经济全球化和城市逐渐一体化的今天，本书致力于探讨属于中国本土经验和城市文化之根的市井意识，不论是对总结、促进中国当代文学创作如何走向世界，还是对推动中国当代文学史的研究都具有重大的理论意义和学术价值。与此同时，我们深深期待中国作家增强文化自信，创作出更多的经典作品，实现我们的文化强国目标。

---

① 周作人. 扬鞭集·序［J］. 语丝，（82）.

参考文献

一、论文、著作类

［1］钱乘旦. 文明的多样性与现代化的未来［J］. 北京大学学报（哲社版），2016（1）.

［2］汪晖. 当代中国的思想状况与现代性问题［J］. 天涯，1997（5）.

［3］单世联. 韦伯命题与中国现代性［J］. 开放时代，2004（1）.

［4］邓正来. 国家与社会——中国市民社会研究［M］. 成都：四川人民出版社，1997.

［5］［英］迈克·克朗. 文化地理学［M］. 南京：南京大学出版社，2005.

［6］［美］保罗·诺克斯，史蒂文·平奇. 城市社会地理学导论［M］. 北京：商务印书馆，2005.

［7］［美］理查德·利罕. 文学中的城市：知识与文化的历史［M］. 上海：上海人民出版社，2009.

［8］［法］热拉尔·热奈特. 话语·新叙事话语［M］. 北京：中国社会科学出版社，1991.

［9］LEHAN，RD. Literary Modernism and Beyond.［electronic resource］：The Extended Vision and the Realms of the Text. Baton Rouge：Louisiana State University Press，2009.

［10］DUFF，K. Contemporary British literature and urban space：after Thatcher. New York：Palgrave Macmillan，2014。

［11］VEIVO，H. Authors on the Outskirts：Writing Projects and（Sub）urban Space in Contemporary French Literature. Knowledge，Technology & Policy. 21，3，131，Sept. 2008.

［12］MARTINHO−FERREIRA，P. Urban Space and Female Subjectivity in Contemporary Brazilian Literature. 1，2016.

［13］［南宋］孟元老等. 东京梦华录［M］. 上海：上海古籍出版社，

1956.

　　〔14〕吴福辉. 都市漩流中的海派小说〔M〕. 长沙：湖南教育出版社，1995.

　　〔15〕吴义勤. 中国当代新潮小说论〔M〕. 南京：江苏文艺出版社，1997.

　　〔16〕温儒敏，赵祖谟. 中国现当代文学专题研究〔M〕. 北京：北京大学出版社，2002.

　　〔17〕李欧梵. 上海摩登——一种新都市文化在中国〔M〕. 北京：北京大学出版社，2001.

　　〔18〕蒋述卓. 城市的想象与呈现〔M〕. 北京：中国社会科学出版社，2003.

　　〔19〕杨剑龙. 都市文化研究读本：都市文学卷〔M〕. 上海：上海人民出版社，2014.

　　〔20〕杨义. 中国现代小说史〔M〕. 北京：人民文学出版社，1998.

　　〔21〕章培恒，梅新林. 中国文学古今演变研究论集〔M〕. 上海：上海古籍出版社，2002.

　　〔22〕郭延礼. 中国文学精神（先秦卷—近代卷）〔M〕. 济南：山东教育出版社，2003.

　　〔23〕陈思和. 中国新文学整体观〔M〕. 上海：上海文艺出版社，2001.

　　〔24〕田中阳. 百年文学与市民文化〔M〕. 长沙：湖南教育出版社，2002.

　　〔25〕赵园. 北京：城与人〔M〕. 北京：北京大学出版社，2002.

　　〔26〕陈平原. 想象北京城的前世与今生——答新华社记者刘江问〔J〕. 北京师范大学学报（社会科学版），2005（4）.

　　〔27〕刘勇. 城市：中国现代作家的一个独特心结〔J〕. 中国现代文学研究丛刊，2013（7）.

　　〔28〕谢有顺. 重构中国小说的叙事伦理〔J〕. 文艺争鸣，2013（2）.

　　〔29〕傅修延. 一时代有一时代之叙事——关于中国叙事传统的形成与变革〔J〕. 文学评论，2018（2）.

二、作家、作品类

　　有关新时期以来中国当代作家全集、文集、选集等。

▌▌▌后 记

　　岁月悠悠，蓦然回首，从 1982 年大学毕业迄今近 40 年矣，青葱日子一去不复返，一晃已近花甲之年，两鬓添了不少白发，抚今追昔，真是令人不胜感慨······

　　这些年来，教学之余，我的主要精力用于研究中国市民文学，自从在读博时跟吴福辉老师从事京海派文学研究后，我对市民文学就颇有兴趣。我觉得这是个很有意义的课题，可以不断拓展丰富深化它，现今这部拙著就在做这个方面的努力。本书从"市井意识"视角切入，探讨新时期以来的中国文学，力图融合中西、连接城乡、贯穿古今、打通流派，突破传统的类型学研究框框，对文学、历史、文化之间的关系进行探寻与会通，重新认识我们的文学，考量、追问中国文学从哪里来又要到哪里去，把我们丢失的灵魂找回来。

　　全书共七章二十三节。毋庸讳言，目前学界研究中国市民文学，包括新时期以来的中国市民文学，其主流观点仍然是沿用费正清学派的挑战—回应模式，在这种观点影响下，中国现当代文学的形成是对西方文学冲击的被动反映。虽然挑战—回应模式被后来的一些学者进行过批判和反思，但这种观点依然是中国现当代文学研究的主流。其研究多基于将中国当作西方的"他者"。为了阐述现代主义以至后现代主义在中国的大行其道，甚或一些研究往往生硬地套用西方的理论概念来对中国文学做削足适履、买椟还珠的阐述——千方百计从中国文学中寻找符合西方观念的事例，而历史、国情、文化的巨大差异常常被有意无意地忽略，从而使中国文学的真面目变得愈加扑朔迷离。如何正视中国文学的特质及其独有的某些形态、深入具体的历史情景中去而不是简单地套用西方的概念和范畴来定义和分析中国文学，应是我们文学研究中值得注意的问题。其实，世界上每个国家、民族的文学历史文化等并不完全相同，中国有自己的特色与主动性，尤其从改革开放新时期以来中国的变化更大，现代化取得了巨大成功，中国文学亦日益繁荣，成为构建中国文学与世界文学关系的重要路径。而相比于中国实际发生的剧变，学界的研究则表现得迟缓甚至陈旧。我愈来愈发现以往的关于中国文学的解释范式已经很难用于阐释中国这种种变化。现代化实现的途径不仅仅有西方欧美模式，还有其他模式。新中国成立以来，特别是改革开放新时期以来中国的崛起、城市（镇）化的成功充分说明了这一点。基于此，本书侧重从属于中国本土经验和城市文化之根的"市井意识"这一核心观念入手，透视新时期以来的中国文学，无疑有助于打破学界长期以来中国/西方、传统/现代、落后/先进、国家/社会、乡土/都市的划分模式，打通中国的都会、城市、乡镇割不断的血脉相连，是中国现当代文学研究上的新视域，具有独特的学术价值与现实意义。

与此同时，这还是一个颇具挑战的课题。研究过程中的烦琐、辛苦自不必说，还因为长期以来，从事中国文学研究的队伍基本上已形成古代、近代、现代、当代几大块，各有一套研究领域、知识谱系以及理论话语，往往是"一个萝卜一个坑"，古今隔绝。而我眼下的工作正是要打破这种局面，"市井意识"古代有，近代有，现代有，新时期有，以后或许还会有，可谓"一轮明月照古今"！或许也因如此，故我在拙著中论及相关问题时不得不用了较多的篇幅谈到中国的古代、近代、现代的市民文学，尽管我一而再、再而三地提醒自己应突出新时期，然而，非如此似乎不能谈清"市井意识"。这是选题的性质所决定的，姑且也算是这部论著的一个特色吧。

写了这么一些话，也不知说到主题上没有。令人感叹的是，在图像视频、时尚文化风行的今天，还会有多少读者严肃认真地阅读所谓的学术著作呢？他们还屑于"我思故我在"吗？

另需说明的是，鉴于某些原因，一些写"市井"颇有成就的作家未能出现在本书中，殊为遗憾……还有我指导的几个学生林锡谋、冯海霞、梅玉君、林瑶、彭韵彤对第四章第二节、第五章第三节、第四节、第七章第一节、第二节的部分内容做有贡献。

值拙著付梓之际，我要衷心感谢熊德彪教授、吴福辉教授等老师，师从他们读硕、博研究生，我受教许多。他们学问精湛、善良正直、宽容博大、热心助人。还要感谢广东海洋大学文学与新闻传播学院、科技处、发展规划处的资助，感谢成都品诚文化传播公司的姜燕老师、周禄雨编辑，以及群言出版社的责任编辑杨青。他们也为本书付出了不少的心血，在此一并致谢!

最后我想说的是，由于本人才疏学浅，本书的不足、错误还有不少，冀望读者朋友批评指正。

肖佩华
2020 年 12 月于广东湛江南海之滨